U0917943

最熟悉的陌生人

IDENTICAL STRANGERS

〔美国〕埃利塞·沙因　保拉·伯恩斯坦　著
胡开宝　王彬　缪佘　译

译林出版社

图书在版编目（CIP）数据

最熟悉的陌生人 / （美）沙因（Schein,E.），（美）伯恩斯坦(Bernstein,P.) 著；胡开宝，王彬，缪余译．—南京：译林出版社，2013.11
（外国通俗文库）
书名原文：Identical Strangers
ISBN 978-7-5447-4133-0

Ⅰ.①最… Ⅱ.①沙… ②伯… ③胡… ④王… ⑤缪… Ⅲ.①长篇小说－美国－现代 Ⅳ.①I712.45

中国版本图书馆CIP数据核字（2013）第169549号

著作权合同登记号　图字：10—2008—146 号

书　　名　最熟悉的陌生人
作　　者　〔美国〕埃利塞·沙因　保拉·伯恩斯坦
译　　者　胡开宝　王　彬　缪　余
责任编辑　陆元昶
特约编辑　周冬辉
出版发行　凤凰出版传媒股份有限公司
　　　　　　译林出版社
出版社地址　南京市湖南路1号A楼，邮编：210009
电子信箱　yilin@yilin.com
出版社网址　http://www.yilin.com
印　　刷　北京京都六环印刷厂
开　　本　640×960毫米　1/16
印　　张　16.25
字　　数　150千字
版　　次　2013年11月第1版　2013年11月第1次印刷
书　　号　ISBN 978-7-5447-4133-0
定　　价　26.80元

译林版图书若有印装错误可向承印厂调换

目　录

序

想象一下，有个人和你长相几乎没什么两样。她穿过房间，望着你，说声“你好！”，说话的声音和你一模一样，你会是什么感觉？你发现她的生日、过敏症、痉挛的发作，甚至笑的模样都和你相同。看着这个人，你仿佛是在凝视自己的眼睛，从外面观望自己。这个相貌酷似你的人具有和你完全相同的DNA，实质上就是你的克隆。

然而，我们不必去想象我们是一对双胞胎。小时候我们被不同家庭收养，长大成人。我们知道彼此是双胞胎之后，三十五岁时才第一次相见。

我们试图了解这一内幕，同时本能地想记录所掌握的情况。重逢后的最初三个月内，我们发了数千封电子邮件，比较我们最喜欢的电影、书籍和食品。很快我们发现彼此既有一些不可思议的相似之处，也有一些令人惊讶的不同之处。

我们全身心地了解彼此，情不自禁地对先天和后天影响进行非正式研究。我们不清楚我们个性的哪些方面是由基因决定，哪些方面是由环境影响所致。

起初，我们打算各自撰文描述我们的重逢，但这一计划后来变成我们两年协同完成的一个项目。我们在了解亲生父母家庭，分析我们分离的原因时，发现安置我们的一家收养机构令人不愉快的真相。我们了解到我们分离的原因不是情势所迫而是现今摒弃已久的理论——孪生现象给双胞胎本人和他们的家庭带来负担。一些参与同胞子女秘密研究的人员曾经对我们和其他被分离的双胞胎和三胞胎进行跟踪研究。

许多难忘的双胞胎故事，如《王子与贫儿》等文学作品和《父母陷阱》等流行经典作品，都围绕起初分离但最后团聚的双胞胎展开。这一传奇反映了人们对自我本质的根本兴趣。同时，这一永恒的故事也提出了一个问题，即每个人与众不同的原因是什么？

自一八七五年以来，这一问题一直使科学家们着迷不已。当时，查尔斯·达尔文的表弟，英国人类学家弗朗西斯·高尔顿爵士开展了有史以来第一项双胞胎研究。高尔顿比较了一组同卵和异卵双胞胎，认为“先天因素的影响远远大于后天的影响”。自那时以来，分离的同卵双胞胎——DNA 相同，但在不同环境中长大——给研究人员提供了宝贵的线索，使他们得以理解先天和后天这一永恒的问题。二战期间，门格尔在纳粹集中营对双胞胎进行骇人听闻的试验。自那之后，这类研究逐渐减少。通常，人们对行为是天生的这一观点嗤之以鼻，甚至认为这一观点反映了种族歧视。

如今，大多数收养机构禁止分离双胞胎，认为这可能有害健康。《双胞胎：关于我们自身》一书的作者，普利策奖获得者劳伦斯·怀特估计，世界上经确认分离的双胞胎不足三百对。和我们不同的是，大多数双胞胎在一段时间内由血缘关系亲属抚养，都知道自己的孪生兄妹，或者彼此接触多年。

在超声波扫描图像上，我们看到双胞胎在母体的子宫内亲吻、击打、拥抱。显然，双胞胎之间的亲密联系在出生之前就已存在。然而，在母亲体内一起待了九个月之后，我们重逢之时却形同陌路。

第一章

埃利塞：六岁时，母亲，也是我的养母，我的真正母亲，就已过世，但整个童年时代，我总觉得母亲在天堂里关注着我。我内心珍藏着她的一些形象，如同珍贵的照片一般，我可以随时使这些形象复活。我仿佛看见，一个周六的夜晚，她坐在梳妆台前，描着她那黑亮亮的睫毛，准备和爸爸一起出去。她那香奈尔五号香水的香味令人痴迷。

我能看见她。我穿着睡衣站在门道里，她在镜子里朝我瞥了一眼，对我笑了笑。她头发乌黑，仿佛白雪公主一般。去世之后，她似乎只是暂时失踪了，如同一位公主被流放到某个偏僻王国一样。我相信在那个王国，她会赐予我神奇的力量。

在长岛社区，我跳绳跳得比其他女孩好。我知道这是因为母亲和我在一起。同爸爸和哥哥一起去钓鱼时，母亲帮我把钓到的鱼拉起来。我只需集中注意力，便可调用母亲的力量，我的青蛙会获得社区比赛的胜利。

我没有被允许参加母亲的葬礼，她的死对于我而言始终是个谜。其他孩子问起她的死因时，我很有把握地说她是因为背疼而去世。后来我才知道她背疼是因为癌细胞已侵入她的脊椎。

母亲的离去使我意识到自我的存在。我记得她过世后不久，我站在房子的窗户前，屋内一片漆黑。一人独处时，只有我在窗户玻璃中的映象与我相伴，我开始意识到自我。然而，离开窗户玻璃时，我的映象消失了。我问自己，为什么我是自己而不是其他某个人？

二〇〇二年秋天之前，我从来没有去寻找自己的亲生父母。几个城市和多种文化塑造了我，我为此感到自豪。我对母亲的死一无所知，我搜集到的几个情况在我看来是那么重要——她去世时才三十三岁，这似乎与我们家新地址格兰纳达圆形区三十三号有某种联系。我在巴黎待了一年之后年满三十三岁，这时我越来越想了解自己的出身。这或许并非偶然。人到三十三岁的感觉同其他人描述的人到三十岁没什么两样。我觉得自己应该顺理成章地步入成年。

为矫正严重的散光，我近日开始戴眼镜。由于散光，数年来我所看到的世界只是美丽的模糊景象。戴眼镜之后，往昔看不见的所有细节一下子被聚焦，被放大。不过，即使这意味着放弃自己关于世界的乐观看法，我也愿意面对现实。

我在最靠不住的地方上班，在位于巴黎商业区中心的一家法国资本投资公司做临时接待员。我在这里上班，部分原因是我想吃除罐装炖菜之外的食物。聊以自慰的是，我和那些使用通勤票的郊区人不一样。他们得省下钱来购买卫星接收器，支付每年到法国南部六周假期的费用。

刚开始，我观察法国商务礼仪，觉得有趣。不过，这种新鲜感逐渐消失。于是，我便摆弄起前台电脑。我摆出一副公事公办的姿态，一坐就是几小时。我一边接听电话，一边在不同搜索引擎内键入一些单词和话题。我键入老朋友的名字，发现来自纽约州立大学石溪分校的同学已做了哲学教授和纪录片导演。有一位甚至制作了最新的雅克·库斯托电影。

此外，我还将煮好的浓咖啡送给那些穿着制服的大人物。与此同时，我开始怀疑自己所走的道路是否能够实现导演电影名作的梦想。大学毕业之后，我移居到巴黎，离开了纽约和男朋友，追求一种自认为是风格独特的导演所过的生活。我经常到索邦大学附近街道两旁的小影院和小戏院看电影，这便是我在巴黎所接受的电影教育。坐在漆黑的影院里，我仿佛又回到了让人感觉安全的母体，与陌生人组成的国际大家庭里的人连为一体。

我想走得远远的，成为另外一个人。在法语中，我的名字“斯塔西”听起来像东德秘密警察的名称“斯塔思”。我想起一个在任何语言里都可以发音的名字，于是我选择了我中间的名字“埃利塞”。不过，我不能完全改变自己的名字，因为不管我跑多远，我总是希望人们能够轻而易举地找到我。

我的家人仍然叫我“斯塔西”，但不会当面叫，因为我 4 年来都没见过他们。我哥哥患有精神分裂症，不能走出家门，更谈不上乘飞机。我不在家，这让他们觉得方便。我批评他们过度消费，而他们不能理解我为什么不愿意选择他们的生活方式。如果我付不起每月二百一十五美元的房租，他们会帮我摆脱困境的；尽管如此，我却不愿意让他们这样做。我同父亲和继母托妮的联系只是两周打一次电话到俄克拉荷马州。我十一岁时，我们便搬到了那里。

“一切都好吗？”他们会问。

“是的，你们一切都好吗？”我回答道。

“一切都好。和往常一样。”“和往常一样”意味着我侄子还在把家里搅得鸡犬不宁。侄子泰勒小时候就被收养在家里。杰伊和他当时的女朋友抛弃了泰勒。挣扎于精神分裂症的发作，杰伊和达娜——一个十七岁的高中辍学生，无力抚养孩子。我从来没有看见他们吸毒，但有传闻说达娜怀孕时喜欢闻油漆的味道。

自从我蹑手蹑脚走进医院病房，看见泰勒来到人世间的那个时刻起，我就一直想做他的守护天使。我甚至想过把泰勒偷偷带到加拿大，当自己的孩子抚养。可是，如今这个孩子已变成脾气暴躁的少年，而我当初对他抱有很高的期望。后来泰勒开始吸毒，情况没有什么转机。由于我和父母对如何对待泰勒有分歧，我便被排除在他的生活之外。

办公室里一片寂静，只有电脑的嗡嗡声。格朗热先生在开一个重要会议，他让我不要打扰他。于是我表面上客客气气，私下里却通过因特网与外界联系。

突然，我灵机一动，键入“收养查询”。如今，已没有任何退路。

于是，无数个网站出现。我对这些网站进行挑选，找到了纽约州收养信息注册处，这家机构的声誉似乎是最好的。在有些州或其他国家，收养档案对被收养人开放。但在纽约州，收养档案是封存的，只有向法院申请方可启封。如果收养各方都注册的话，收养注册处会让亲生父母、孩子和兄弟姐妹接触。

也许我的亲生父母只是在等我去注册。不久，我就可以与这些令人生畏的神秘人物团聚，他们使我的生活蒙上了阴影。也许寻找多年之后，他们还是不能找到我。另一方面，我只是个临时雇员，当然还没有达到艺术成功的巅峰,哪怕它是微不足道的。想到会使这些想象中的亲人失望，我很沮丧。也许他们会再次抛弃我。也许他们已经平静地接受多年前做出的决定,压根就不会烦恼。我只不过是他们生活中出现的小小波折而已。寻找亲生父母可能出现的情形及其影响在我脑海中无限增加，数不胜数。

我填了一张表格，要求提供关于我亲生父母的公开及非公开资料，并寄往设在奥尔巴尼的注册处。

保拉：在我最早的记忆中，我还记得坐在外婆排屋前的砖砌台阶上。外婆的房子坐落在布鲁克林的东弗拉特布什街区。我像印度人那样盘腿坐在地上，两腿苍白，瘦骨嶙峋。我不停敲击着黑色的手动打字机，在上面练习“弹钢琴”。我尽量坐得笔直，显得成熟。我一次按下许多键，打字机辐条便卡在一起，我担心把打字机弄坏了。

小时候我就对打字机着迷，我认为这很早就表明我最终的职业是作家。也许，在那个和煦的夏日下午，打字机是我在外婆房子里所能找到的与玩具最近似的东西。当然，我经常回想起这段往事，因为它是为数不多的与外婆有关的往事之一。两年后，外婆就过世了。

她是我有幸遇到的唯一的祖辈亲人，其他祖辈亲人在我出生之前就已去世。在长大成人之前，我缠着爸爸妈妈回答关于这些如烟往事的问题。我常常嫉妒那些有外公外婆的朋友，外公外婆给予他们关爱，更不要说给他们礼物了。

如今，我明白自己之所以非常依恋外公外婆，是因为他们同与我无关的过去有联系。我所拥有的关于他们曾活在世上的唯一证据是爸爸妈妈的一些照片。这些照片存放于阁楼上发霉的旧剪贴簿里。这些照片都是黑白照片，我猜想外公外婆生活的时代还没有彩色照片。和其他孩子不同，我不能仔细端详粗糙的旧照片，找到和自己长相相似的人。

这些年老的陌生人怎么和我有关系呢？仅仅是因为我把养父母看成自己的“真正父母”，他们的父母就自动成为我的祖父和祖母吗？

尽管人们传统上认为“血浓于水”，我始终认为家是创造的，而不是生来就有的。妈妈从“亲爱的阿比”专栏剪下一首诗，贴在我婴儿书的内封面里。这首诗写道：“任何时候都不要忘记，你生长在我的内心深处，而不是在我的心脏下。”

一个秋天的下午，那时我很快就要过六岁生日。我依偎在外婆旁边，坐在疗养院里她那硬邦邦的单人床上。外婆在那里度过了她一生中的最后一年。按照现在的标准，外婆七十一岁，还是比较年轻的，不过在当时，她似乎算得上是长寿老人了。她瘦骨嶙峋的双手托着我的小手，我们静静地坐在那里，仿佛过了很久。虽然我们没有说话，但她用眼神向我告别。

我母亲没有亲生子女，姨妈也从未结婚，没有孩子，外婆的血脉在母亲和姨妈这一辈人过世之后便不复存在。而且，我相信外婆从来不会觉得和我有什么关系，因为我不是她的嫡亲后代。

如今，我又回到了布鲁克林，这离我母亲出生、长大的地方不远，我外公在那里开了家犹太肉食店。不过，除外婆之外，母亲的其他家人要么很早就已经去世，要么移居到南方。我告诉妈妈我们计划搬到斜坡公园，她满腹狐疑地问道："你迁到了布鲁克林？"对她而言，郊区才是"应许之地"。我们为什么要在她想方设法离开的地方安家？

埃利塞：我曾写信给收养注册处。六个月后，我收到了关于生母的唯一资料，这份资料是我期盼已久的。注册处来信告诉我，他们已同曾经安排我让别人收养的一家收养机构——路易斯·威斯服务公司联系，要求他们将非公开资料寄给我。算是一种安慰吧，他们随函寄来一张表格，列出我母亲的各种特点，其中只有我母亲的国籍（美国）和年龄（二十八岁）是现在填的。

我马上算了算年龄：亲生母亲现在可能六十五岁左右，而非五十出头。在我心目中，她是一位怀孕的少女，遗弃我的时候生活在纽约黑社会的边缘。我可以稳妥地排除许多可能是我亲生母亲的人选：她不是影星伊迪·塞吉维克。传说一九六七年她在电影公司时与传奇歌手鲍勃·迪伦逢场作戏……我对此一直持怀疑态度。我亲生母亲那时已二十八岁，完全可以抚养孩子，因此肯定是发生了不同寻常的事情，不然她不会将我遗弃。

我在布拉格学习电影三年之后，便回到了美国。二十八岁时，我经历了平生第一次分娩的阵痛。以前，我一直以为，作为艺术家，我不得不在家庭和电影事业之间做出选择。我选择了虚幻的电影世界。在布拉格那神话般的城市里，我渴望将彩色灯光变成图像的梦想最终变为现实。我被选送到著名的FAMU电影学院深造，参加一个国际课程班的学习。我打点行装，深知自己已无回头路。

我拍摄了一部十六毫米短片《我偷走了幸福》。这部短片受到了好评，一九九六年被科罗拉多州特柳赖德电影节接受。这时，我觉得自己的选择是对的。我就像一位刚分娩的母亲那样骄傲、知足。然而，这一知足却不完美。

我虽然对为了事业放弃家庭的理念深信不疑，但内心里却非常渴望拥有伴侣和孩子。我想即使自己从未怀孕，将来某一天总会有个任性的、被人遗弃的孩子进入我的生活。在我看来，我的那位同性恋挚友约翰会帮我抚养孩子的。

一九六八年，我的生母显然还没有做好抚养孩子的准备。不管她替我找养父母有多崇高的动机，但她最终还是将我遗弃了。这封信说明她如今并没有在寻找我。

我不得不接受这一现实，即生母的身高、体重和眼睛的颜色等特征将永远是个谜。

我曾要求收养机构提供有关资料。过了六个月之后，在二月寒冷的一天，我到家时看到寄自路易斯·威斯服务公司的挂号信，十分惊讶。他们是不是有新情况要告诉我？我的生母是不是在找我？我想回味这一时刻的酸甜苦辣，一边倒饮料，点燃香烟，一边盯着信封。

我品味着充满期待的最后时刻，灵巧地打开信封。我急切地浏览了这封信，很快我注意到第三句：“你于下午十二点五十一分出生，是双胞胎姐妹中的妹妹，你的生母二十八岁，是犹太单身女士。”

这句话虽然看起来似乎不可思议，却验证了我内心深处的揣测。一时间，往昔和现在仿佛交融在一起，意味隽永。我内心充满着喜悦。

我紧张得屏住呼吸，一把抓起电话，打给一位知心朋友，想与他见面。起初我本能地想告诉朋友这一消息。我想让让克劳德看看这封信，弄清楚我是不是在做梦。

在蒙帕纳斯大街的一家比利时酒吧里，我和55岁的文学爱好者让克劳德在一起喝啤酒。到下午三点钟左右，我们喝干了一瓶啤酒。他同我一样对我的发现感到非常吃惊。晚上我常常教他英语，之后便在一起喝酒，但他在酒吧里同样轻松自在。他穿着十分讲究，常常将一品脱浓郁的比利时甜酒一饮而尽。我把这封信的一些细节讲给他听,他孩子般感到好奇，眼睛瞪得大大的。

对于我而言，孪生姐姐是抽象的、模糊的，还有许多问题需要去寻找答案。譬如：我们是异卵双胞胎还是同卵双胞胎？看着自己会是什么样的感觉？那是不是我总是喜欢端详着镜子或商店橱窗中自己的原因？一想到她和我过着一样的生活，和我一样住在巴黎，提高着法语水平，让克劳德和我不禁笑了起来。我们有多少次是擦肩而过？这时，我想起一部最受欢迎的电影，克日什托夫·基耶斯洛夫斯基拍摄的电影《维罗尼卡的双重生命》。这部影片讲述了一位年轻的法国姑娘到波兰去，路上巧遇和她长相酷似的人。

“我们为什么分开？”我委婉地问道。

冬日的下午，光线非常明亮，让克劳德脸上露出一副困惑的表情。他望着我，仿佛这是个解不开的谜，一个他冥思苦想的哲学难题。

“这就像阿道夫·德埃内里导演的十九世纪系列剧《两个孤儿》，”他常常提到一些玄乎的东西，大声说道，“他们想揭开自己出身的秘密。”

我们接着喝第二瓶啤酒。我把烟灰缸挪走，把信摊在桌子上，这样我们可以一起看信。

“信上说我的，呃，我们的生母——说‘我们的’真别扭！——非常聪明，智商高，在一所名牌中学读书时成绩出类拔萃。”我一边同让克劳德一起仔细阅读这封信，一边朗读起来。

“她非常聪明！”让克劳德兴奋地说道，“这倒是在预料之中！”

“她获得了奖学金，考上了大学，但因为情感问题中途辍学，”我接着朗读，“她曾因情感问题住院治疗。”

“情感问题？”让克劳德问道，“是不是类似于抑郁症之类的问题？”

“间接资料表明你母亲患有精神分裂症，属于混合型的，但后来通过药物治疗得以治愈。”

我望着让克劳德，希望能得到他的安慰。他对我无声的发问做出回应，握着我的手，说道：“你没事的。”

这封信指出我生母的精神分裂症已治愈，但我知道我哥哥一直在与精神分裂症抗争，目前还没有能够治愈这类疾病的灵丹妙药——1968 年当然也没有。我不愿接受对她病情所做的诊断。如今，混合型的精神分裂症或许可以准确地诊断为躁郁症。

不过，哪怕她是疯子天才，我也愿意找到她。

我对精神病的遗传因素很好奇，想知道这些因素对自己的情感问题有何影响。大学三年级时，我曾患有精神抑郁症，身体衰弱，因而常常卧病在床，而且考虑过退学。我的孪生姐姐是否也得过类似疾病？倘若她真的疯了，看到和自己长得一模一样，行为举止却发狂的人，我能受得了吗？看到一个陌生人体貌特征和我一样，却神志不清，我担心不能正视自己曾经差一点未能脱身的生活。

让克劳德和我再三思忖着可能出现的各种情况。如果姐姐死了，我怎么办？十四岁时我服用过硫黄抗生素，产生了非常严重的过敏反应，差一点死去。要是她对这种药也产生类似的反应却没有活下来，那会怎么样？如果看着她就像看到自己一样，不过她没有那种化学烧伤造成的伤疤，我会有什么样的感觉呢？这一伤疤不太显眼，但对我而言是那么的熟悉。倘若我为情所困最终找到孪生姐姐，她却是娇生惯养的公主般的美国犹太人，不愿和我相认，并对我多年的流浪生活嗤之以鼻，我该怎么办？

然而，最让我害怕的情况莫过于她不再孤独，过着安定的生活，身旁有心心相印的伴侣和孩子。看到她家庭幸福，我不知道自己是不是后悔选择了一种自由自在却很寂寞的生活。我们思考着这些情形，有时内心不安，陷入沉默。不过，我们感到庆幸的是，我知道了自己的身世。

我清楚寻找孪生姐姐是个漫长而艰辛的历程，但想到我一直感受的孤独如今并不存在，而只是名义上的，我的内心就平静了很多。

“这才刚刚开始。”让克劳德说道。这的的确确是新生活的开始。不过，我内心深处一直觉得自己有个孪生姐姐。

在图书馆的一本书里，我看到双胞胎在母亲子宫内偎依在一起的图画。母亲怀胎六个月时，我第一次睁开眼睛，肯定会看到孪生姐姐朝后望着我。

心理学家认为，双胞胎不仅在出生时与母亲痛苦地分离，而且他们与双胞胎同胞的联系也会被粗暴地割断。他们曾经共居于母体内，关系密切，分享母体内的营养与空间。

虽然科学研究尚未证明胎儿在母体里时是否具有意识，许多人却声称他们有关于失散双胞胎兄弟或姐妹的记忆。这可能是因为，按照研究人员的估计，百分之十二至百分之十五的胚胎是孪生的，但只有八十分之一的孪生胚胎存活了下来。

超声波检测表明，母亲怀孕初期，第二或第三个胚胎囊可能存活，只是到后来才消失。此时，这些胚胎可能部分地被母体或它们的孪生同胞重新吸收，也有可能完全脱落。怀孕期间，只要没有并发症，这些被形象地称作“消失的双胞胎”的胚胎不会引起人们的注意，常常无影无踪。由于双胞胎更有可能是左撇子（百分之二十的双胞胎是左撇子，但总人口中只有百分之十至百分之十二的人是左撇子），一些研究孪生现象的专家推测，许多左撇子是双胞胎胚胎中存活下来的胚胎。

不过，在比较罕见的情况下，两个胚胎合为一体，一个孪生胚胎与另一个孪生胚胎合并，形成一种嵌合体。在希腊神话中，这类嵌合体拥有狮头、羊身和蛇尾。与这类命名为凯米拉的怪物不同，人类嵌合体只有通过 DNA 检测或血液检测才能发现。这些检测表明一个人常常有两种血型。

但是，由于同卵双胞胎血型相同，要从新生儿身上确定原来母体内是否有个同卵双胞胎和她在一起，几乎不可能。

保拉：我周围是迷宫般的纸板箱，人显得格外渺小。我不知道丈夫和我怎样收集到这么多废品。书籍和装满旧衣服的垃圾袋四处堆放着，似乎召唤着人们去翻找、整理。

我们搬到布鲁克林的新公寓才刚刚一个月。今天是我特意安排整理房间的日子。苦行僧的生活看起来挺不错。我想象着自己有一套禅堂式的房子，里面家具不多但很雅致。然而，现实情况——尤其是我有个蹒跚学步的孩子——要比这乱得多。

这是二月里的一天，天气非常寒冷，人们呼出的气依稀可见。尽管天气寒冷，但我丈夫艾弗还是把女儿杰茜裹得暖暖的，用手推车把她推到附近操场上玩。这样，我可以专心干眼前的工作。我已宣布在两周后女儿过两周岁生日之前，把这些搬家用的箱子全部清空。

给女儿过生日，不仅可以展现杰茜刚学会的走路和说话技能，还可以充作非正式的审判日。我们决定离开令人胆战心惊的东村，搬迁到适合居家过日子的布鲁克林斜坡公园时，我很清楚那些性情古怪的朋友可能不能理解。在杰茜的生日聚会上，那些来自东村的朋友将有机会参观我们的新居，讲些我们如何上当受骗的消息。

我过腻了放荡不羁的生活。作为记者和电影评论家，我经常出没于电影试映、艺术节开幕式和深夜聚会等活动。结婚之前，我和我的室友以举行喧闹聚会而出名。参加这些聚会的人形形色色，有独立制片人，有雄心勃勃的摄影师，还有摇滚乐乐师。我记得一次狂欢会特别热闹。正当一群全身戏装的莎士比亚戏剧演员退场时，一位著名的德国导演和他的舞伴却戏剧性地登场了。

艾弗和我曾经认为在东村养育儿女是冷静的象征。与其他不愿在郊区（我长大的地方）抚养孩子的家长不同，我们以生活在郊区而自豪。我们通常乘坐公交车和地铁，不再开着小车带着杰茜四处兜风。杰茜经常到破旧不堪的汤普金斯广场公园去呼吸新鲜空气，而不需待在后院里。

但是，无论我们如何推崇自己的生活方式，我们却不得不接受这样一个现实，即我们六百平方英尺的公寓很快就会不够用。这套房子位于一栋没有安装电梯的楼房内。我们打算将来某个时候给杰茜生个小妹妹或小弟弟，所以需要更多空间。在我们看来，斜坡公园以维多利亚式别墅和开明居民而著名，该地区房屋墙壁上的涂鸦少，树木多，这些要比东村强。

圣诞前夕，我们搬了家，在火炉边品尝外卖的比萨饼，迎接新年。然而，身居此地，我最担心自己可能成为老套的纽约人：斜坡公园妈妈。在东村，为人父母曾经让人变得勇敢。在斜坡公园，我们仿佛是一群妈妈中的士兵，每个人只要一听到手推车上“小警官”的呼喊，就如同接到命令般马上冲过来。在这个地区，孩子就是非正式入场券。这里，人行道上摆满了双人手推车，咖啡馆里坐满了喂奶的母亲和憔悴的父亲。

我曾努力在居家母亲生活和自由创作之间找到平衡点，可是转变角色比我想象的困难。偶尔，我会把脏尿布扔到一边，给不同杂志和报纸写文章。写文章不仅可以赚点外快，而且还可以确保我不至将所有精力都放在做母亲的琐事上。

我在杰茜的书架上摆满了她最喜欢的小熊维尼故事书和莫里斯·桑达克的作品。我想我们正在建设一个家园。在这个家里，杰茜将有自己最初的记忆。我希望我们能给予她稳定的生活，如同我父母曾给我稳定的生活一样。十几岁时，我觉得他们生活得循规蹈矩，让人感到压抑。不过，我感到欣慰的是，在成长过程中，我可以指望父母给予我支持，如同我最喜欢的电视剧《布雷迪家庭》中的父母一样。我可以指望妈妈捐款给学校烘烤食品展销会，设计富有创意的万圣节服装，自愿担任童子军的训导。爸爸总是赶市郊往返列车，回家与家人一起吃晚饭。妈妈通常在下午六点准时做好晚饭。

我不会做饭，也不会缝纫，自然也对童子军训导不感兴趣。我不得不承认，我不可能达到电视剧《布雷迪家庭》所倡导的母亲标准。我唯一想模仿的是这样一种不变的感觉，即每当我们需要爸爸妈妈时，他们总是施以援手。

埃利塞：电影学院毕业后我来到了旧金山。抑郁症发作而且难以招架时，我常常对朋友说：我觉得自己失去了一个双胞胎姐妹。”我一直以为自己非常孤独，不仅是因为妈妈很早就去世了，而且在某种程度上是由于哥哥得了精神分裂症。我的一些朋友则认为这是因为洪堡县的一种药草在起作用。然而我的猜测是对的——实际上也是如此。我后来所承受的其他痛苦都和最初与孪生姐姐的戏剧性分离有关。

我不仅知道我与孪生姐姐离散，而且不得不接受这一事实，即如同这封信明确表明的那样，我不是在出生不久之后而是在六个月大的时候被人抱养。我总以为自己一出生便被收养。父母以前常常怜爱地讲述我被收养的故事，但从未涉及具体细节。然而，如今这已没有多大用处。妈妈已不在人世，不能重复这一故事，而爸爸的记忆总是七零八碎。

我以前以为哥哥六个月大时被收养是他患有精神分裂症的原因。知道自己曾经几个月被人遗忘，没有父母关爱，身体虚弱，我非常同情失去双亲的幼儿，我过去曾经也是如此。

自从收到注册处寄来的信，我满脑子想的都是怎样才能找到孪生姐姐，而找到生母的计划便暂时搁置了下来。早在一九八八年，我回到离我被收养地方不远的长岛上大学，不知道自己某一天是否与生母擦肩而过。我期盼着一种场景的出现，希望想象中的一些旁观者会大声叫喊，提醒我：

“就是她！”

我仿佛儿童书籍中的雏鸟一般破壳而出，好奇地站在每个善良的女士面前。“你是我妈妈吗？”“哦，我知道你是谁，”雏鸟说道，“你是鸟，你就是我妈妈。”

也许看到她浓密的头发和小母鹿般含情脉脉的眼睛，我便本能地认出她来。我不大清楚血缘这一概念。是不是有血缘关系的人就能根据基本特征认出彼此？

我回到位于拉斯佩尔大街上的小房子，盯着镜中的自己，拼命地想象着在世界上某个地方有个姐姐长得和我一样。我经常看着自己在镜中的映象，思忖着自己是不是一直在漫不经心地寻找她——我的幽灵。

想到有人长得和我一模一样，我不禁陶醉起来。上大学时，我从头到尾上完了专门讲述电影中自我反射的一门课程。正是受到这门课程的激励，我才想当电影导演。观看伯格曼导演的电影《假面》时，我很着迷。这部电影讲述了一位聋哑女演员和她的护士来到一座偏僻的海滨小城，她们分不清各自的身份是什么。我当时的情绪可以用这位护士的问题来表达：“我们是不是有可能同时是两个人？”

令人奇怪的是，幽灵这一概念突然变得和我有关。于是，我到了当地图书馆尽可能找些书来看。“doppelgänger”（幽灵）这一词汇源自德语词汇“doppel”和“gänger”。前者意即“相似”，后者表示“行人”。该词在英语中通常理解为“长相相似”。我记得读过弗洛伊德一九一九年发表的文章，题为《诡异论》。在这篇文章中，作者将幽灵描述为非常熟悉但令人惊恐的事物。

看到自己的幽灵，常被看成是预示死亡的不祥之兆。事实上，诗人珀西·雪莱看到自己的幽灵在阳台出现之后便溺水身亡。在民间传说中，幽灵类似于吸血鬼，他们没有影子，在镜中和水中都没有自己的映象。他们给自己如影子般伴随的人提出一些可能是错误或不怀好意的建议。很多情况下，人们一旦看到自己的幽灵，便注定会被幽灵的形象缠住。

一八三九年，埃德加·爱伦·坡写了一篇短篇小说，题为《威廉·威尔逊》。小说中，主人公威廉·威尔逊遇到一位同学。不可思议的是，这位同学的名字及生日居然和他一样，而且长相也一模一样。他受尽了这个人的折磨，在决斗中一时兴起杀死了他。在威尔逊看来，这个人是个破坏分子。无独有偶，在陀思妥耶夫斯基的中篇小说《双重人格》中，主人公的幽灵扬言要使他身败名裂，篡夺他的社会地位。

我想象着自己刚刚找到的孪生姐姐在世界上的某个地方。我不清楚关于孪生现象的观点为什么有如此负面的文化遗产。可是，知道自己有个神秘的失散多年的孪生姐姐，只会让人感到离奇、神秘。

上个月，我朋友洛朗偶然看到一尊雕塑。他觉得这尊雕塑和我出奇地相似。一个星期天，他在蒙帕纳斯区一家小型博物馆里参观时，看到名为“波兰女子”的这尊雕塑时，一下子从恍惚中惊醒过来，因为这位女子看起来像是我的祖先。在洛朗的再三坚持下，第二个星期天我便来到布德尔博物馆，参观了这尊雕像。我以为随时有可能看到她，充满期待地穿过这座富丽堂皇的博物馆。我穿过一大群希腊神灵的塑像，之后便见到了她。尽管她只是由黏土做成的半身塑像，但我们长相非常相似。我们都有一头浓密的头发和顽皮的微笑。

过去，我的生活一直基于一个错误的理念，即我是独自一人来到人世间的。晚上，我辗转反侧，难以入眠，将我上大学第一天买的玩具熊偎在胸前。我反复絮叨着：“我是独自一人来到人世间的，我们都是这样。”想到那个谎言，我再也无法入睡，我永远都不能真正弥补自己失去的一切。我的孪生姐姐是不是就是我一生中不知不觉寻找的“我的我们”？

保拉：许多孩子即使知道了婴儿出生的基本常识，也还是不相信这样不得体的生理行为居然会使他们来到人世间。然而，他们最终还是接受了这个事实，即他们的父母为了生儿育女至少有过一次性生活。不过，我是抱养的，所以没有什么证据能表明我的父母亲曾有过性生活。小时候，我猜想他们过着禁欲生活，不能生儿育女，因而收养了我和哥哥。

九岁时，我们一大家子聚集在餐厅里吃犹太晚餐。当时，我没有任何心理准备。我心情愉快，全然不知周围大人们在谈些什么。不过有句话引起了我的注意，我一下子愣住了。当时，玛丽莲姑姑对妈妈漫不经心地说道："我记得你怀孕的时候……"我观察着妈妈脸上的表情，看看有什么反应，可妈妈无动于衷。她为什么不纠正玛丽莲姑姑的话，提醒她史蒂文和我都是抱养的呢？我拨弄着盘子里的麦糊，但已无食欲。我绞尽脑汁，想理解玛丽莲姑姑刚才说的一番话。我仿佛看见妈妈年轻时挺着大肚子，脸上泛出孕妇特有的光泽。

吃完晚饭，妈妈开始擦盘子，我试探地走近妈妈。

"妈妈，你能到我房间里来吗？我有些事想和你说。"我尽量让自己的话听起来显得成熟些。

妈妈在我的平板床上替自己腾出地方，然后坐在床边。我望着床单上鲜艳的花卉图案。

"玛丽莲姑姑说你怀过宝宝。我不知道你是不是怀孕过。"我试探地说道。我抱着心爱的动物玩具。这是只体积很大的兔子，它带着傻笑。

"对，我怀孕过好几次，但都流产了。"

我不禁热泪盈眶。我用紫红色天鹅绒上衣的袖子擦了擦泪水。我不清楚流产是怎么一回事，但我揣想这不是什么好事。

"大夫不能给出医学上的解释。不过，我知道自己不能再流产了，"妈妈柔声细语地说道，"你爸爸和我一直都想收养孩子。我感到高兴的是，我流过几次产，要不然的话，我永远都不会有你的。"

听到妈妈说如果她不是几次流产的话，爸爸妈妈就不会抱养我，我很伤心。我曾以为爸爸妈妈没有生儿育女，是因为他们想过禁欲生活。而且，我潜意识里一直以为收养孩子是他们的第一选择。

我说不清自己什么时候知道自己是收养的孩子。我以为自己一直都知道这件事。这件事从来都不是秘密，只是个心照不宣的事实而已。我哥哥和我儿时的好朋友都是收养的子女，所以这件事对于我而言很平常。我的同学当中没有谁认为被人收养有什么大惊小怪的——没有人嘲笑我，也没有人安慰我。

我被收养这件事很平常，家人不大谈论此事。不过，也有例外，因为我经常缠着爸爸妈妈讲述有关我童年的辛酸故事。

"你生下来时体重只有四磅十一盎司。你五个月大时我们把你抱到家里，体重不足十磅。你的脚后跟有一层尘垢，我们只好把它刮掉。你爸爸自豪地把你的照片拿给办公室同事看，当时人们肯定以为你像集中营里的幸存者。不过，我们认为你很漂亮。"妈妈慈爱地讲述着这个故事，仿佛她在讲一段孩子们最喜爱的睡前故事。

"大夫还讲了我什么情况？"每次我都想知道每个细节。

"检查你身体的大夫推测，抚养你的夫妇把为你配制的婴儿奶煮得时间太长，婴儿奶因而失去了所有营养成分。这导致你不能消化食物，营养不良。他告诉我们'不要太顺着她'。"

儿科医生曾经草率地认为我不可能活下来，这在当时肯定毁掉了我生存的希望。不过，我父母生性乐观，这显然足以使我身体变得强壮。出生的头几个月，我一直没有人疼爱，他们很快让我得到了补偿。

一个可怜的孤儿被养父母从死神那里抢救过来，在他们的精心抚养下恢复了健康。这一凄婉的故事与我在郊区的舒适生活是那么不协调，我经常反复想起这个故事。我再也不是那个挨饿的弃婴，可我常常对自己卑微的出身感伤不已——尤其是当我住在韦斯特切斯特县舒适的四居室里的时候。我可能穿着贝纳通牌的羊毛衫和卡尔文·克莱恩牌的牛仔裤，可我出身寒门。我很坚强。

父母收养我之前，我居然还有另外一个身份，这让我感到荒诞离奇。路易斯·威斯服务公司的社会工作者告诉我父母，在寄养家庭里，我的名字叫珍。也许因为珍这个名字所代表的是我拥有真正的家之前的时光，我瞧不起这个名字。对于我而言，这个名字听起来俗不可耐。我父母决定叫我保拉，这让我感激不尽。

尽管我认为自己来到人世之初生活不稳定，因而要比被宠坏的同龄人坚强得多，可情况并非如此。相反，当朋友因为另外一个玩伴冷落我，或者我没有得到理想的成绩时，我倒是更加敏感，更容易哭鼻子。父母很少惩罚我，因为大多数情况下我对自己的要求比父母更为苛刻。

同大多数收养子女一样，我偶尔会想象自己亲生父母的家庭会是什么样子。七岁时我喜欢看电视综艺节目《桑尼和雪儿喜剧时光》，以为那对魅力四射的明星就是我的亲生父母。他们的金发女儿和我年龄一般大。她把我的身份偷走了，搬到了舞台上。

我还觉得自己和孤儿安妮是亲姐妹，因为她也有一头拳曲的红发。九岁时，我放学后便钻入房间，伴随着《安妮》唱片接连唱好几个小时，按照“可能”的口形唱歌词。我打量着镜中的自己，想象着亲生父母在远离我的地方过着浪漫的生活：“他们一定年轻，他们一定聪明，他们一定收集烟灰缸之类的东西，还有艺术品！”

我盼望着将来某一天，我在百老汇主演《安妮》，亲生父母会来看我表演。他们会意识到自己当初遗弃我是错误的，因为我显然是个与众不同、才华横溢的孩子。

埃利塞：我压根都没想到自己会忙着找自己的孪生姐姐。我开始是在因特网上查找路易斯·威斯收养机构。我一直都知道自己是从这个机构被抱养的，但之前从未研究过这个机构。我在网上查到的第一个情况是有关迈克尔·朱曼的悲惨经历。他同我和哥哥一样也是从路易斯·威斯公司被收养的。巧合的是，迈克尔和我同一年出生，也患有精神分裂症。

迈克尔拼命地寻找有关他生母的一些资料，希望能了解他疾病的根源。他的心理医生与路易斯·威斯公司联系，但没有得到迈克尔的病史。最后，迈克尔在纽约公共图书馆的一九六五年出生登记簿中找到了生母的名字。他开始着手寻找生母。生母可以给他提供有关他病因的线索，帮助他找到治疗办法。迈克尔找到了一位嫡亲表哥，他告诉迈克尔家人他的生母是一位精神病人，做过脑白质切除手术。

一九九一年，迈克尔·朱曼一家对路易斯·威斯公司提起诉讼，控告这家公司犯有欺诈和非法收养两宗罪行。有消息说迈克尔过早去世是由于他患有急性精神分裂症，这让人颇为难过——一九九四年，他意外地服用过量药物，因此离开了人世。当时，他才二十九岁。两年以后，法院要求路易斯·威斯公司将迈克尔的档案提供给他的家人。这份档案表明迈克尔的生母和生父在精神病医院里相遇。生父也是精神分裂症患者。

被收养的子女同大多数人不一样，都有两份出生证明，一份是在他们出生时颁发的，上面写有他们亲生父母的名字。另一份出生证是在他们被收养时颁发的，上面写有他们养父母的名字。目前，只有少数几个州（阿拉巴马、阿拉斯加、堪萨斯、俄勒冈和新罕布什尔）允许那些达到法定年龄的被收养人看到自己的两份出生证。在美国其他地方，那些想看自己原来出生证的被收养人必须在情有可原的前提下向法院提出诉请，而法院很少同意他们的请求。

二十世纪三十年代之前，被收养的子女、亲生父母和养父母可以持有原来的出生证。不过，在战后收养高峰期间，为了避免亲生父母干扰收养工作，许多州将这些档案封存，而且也不让被收养人看到原来的出生证。

倘若我找到我原来的出生证，这份出生证的号码可能与我被收养时收到的出生证号码相同，那么我孪生姐姐的出生证是不是和我的出生证相差一号呢？前一年我申请法国国籍时，曾请求纽约市人口档案处提供出生证以备用于这一申请。这份出生证上写了医院名称和我出生的具体时间，而我以前对此却一无所知。

看到出生证上写有母亲琳恩歪歪扭扭的字迹，我感到惊讶。不过，让我感到欣慰的是，官方文件上有她的名字，仿佛在我追寻新国籍，寻觅生母和孪生姐姐的过程中，她一直陪伴着我。养母三十三岁时就离开了人世，这让我费尽周折才知道孪生姐姐的真实情况。我渴望着与她，我真正的母亲一起分享这一意外的发现。要是有家注册处能让我和她团圆那该有多好呀！

路易斯·威斯公司收养后续服务主任写了一封信给我，随信寄来一张兄弟姐妹登记表，要求提交给纽约注册处。我最初是向该处提出请求的。不过，她没有给我提供任何有用的线索，我决定从她那里入手。我知道团圆的概率几乎等于零，除非孪生姐姐通过某种途径了解到我还活在世上。也许这家机构在暗示，他们知道孪生姐姐已注册并且也在寻找生母。我思忖着，大脑在飞快地运转。生母是不是有可能将孪生姐姐留在身边，将我遗弃呢？我们为何被分开？

一阵喜悦之后，我感到困惑，于是打电话给在俄克拉荷马州的父亲。虽然我们相隔数千英里，彼此观点不同，尤其是在如何对待侄子问题上意见分歧很大，但我们相互尊重。我觉得他不可能知道这一切情况却不告诉我，但我得查实这件事。

“喂？”我意外地在他上班不忙的时候找到了他。上班时他很少闲着。

“爸爸，我收到了路易斯·威斯公司的一封来函。”

一阵沉默。我十八岁时，爸爸曾答应帮我找到生母，他很清楚这个名称的含义。

我接着说：“你忙吗？你坐下来了吗？”

“哦，怎么了？”

“我有个孪生姐姐。”我可以想象得出，在电话另一端，他那清澈的眼睛如同婴儿眼睛一样湛蓝湛蓝的。

“我们得找到她。”爸爸不假思索地说道，似乎35年前就已将这次谈话的台词写好。虽然从他话语中我知道他吃惊不小，但他没有任何犹豫倒让我惊讶不已。他以特有的男高音大声说道：“让孪生姐妹分开是错误的。”

路易斯·威斯公司没有让他和妈妈收养一对双胞胎，这让他非常愤慨。他曾经如此地信任这家机构，并对它尊重有加。虽然我和孪生姐姐被分开，爸爸没什么责任，但一种不合逻辑的内疚感始终压在他心上。他肯定清楚我承受的双重损失不堪重负——我年幼时，孪生姐姐失散了，母亲也去世了。

即使我的孪生姐姐还健在，我心里清楚自己必须按照自己的人生设计走下去。我不会因为想象中的孪生姐妹和谐、幸福的生活而放弃人生的前三十五年。我陶醉于对孪生姐姐的想象之中，但是我要专心走自己的道路。眼下，我要为非常难的法语教师考试做好准备。

爸爸和我决定找到孪生姐姐，并计划在两个月后我放春假时，到纽约去一趟。自从我们上次一起回到纽约，已过去了很长一段时间。

第二章

埃利塞：我尽力表现得一如往常。然而，世界毕竟与以往不同，我知道自己有个孪生姐姐：这一情况给我信心，也让我担心这件事的结局可能是什么。这时我想起了朋友约瑟夫。他想在我十三岁生日那天和我一起分享生日跳伞的快乐，他要努力克服恐高症。当单引擎飞机飞到加利福尼亚上方一万三千英尺的高空时，我们同时握住对方的双手。飞机到达云层时，我们一个接一个跳下来，在空中翱翔。他最终在坚实的地面着落，兴奋地看了看四周。让他惊讶的是，世界还是那个世界。

如今我又在跳伞。

我在巴黎待了三年，四月份我来到纽约。在我出生的这座城市里，我竟然觉得自己像个外国人。我多次出门在外，与大学时代的朋友都失去了联系。我在纽约的唯一朋友是约瑟夫，我曾在旧金山的法式小餐馆等候饭菜时遇见了他，他友好地让我和他坐在一起。他脸色阴沉，若有所思，人们很容易把他看成是墨西哥电影明星或无声电影中的酋长。虽然他有男朋友，却如同恋人般宠爱我。从他的眼神中，我可以看到自己神采奕奕的样子。

约瑟夫的小房子位于 B 大道。外面的雨淅淅沥沥下个不停，令人心旷神怡。父亲打算下周末来帮我找孪生姐姐，可我现在就准备开始寻找。可是，要找到孪生姐姐非常艰难。我坐在占据了整个房间的床上，整理了许多报纸。每张报纸代表一个线索。

路易斯·威斯公司收养后续服务处的凯瑟琳·博拉斯来信说我有个孪生姐姐，不过她没有写上“如果你有问题请和我联系”之类表示客气的语句。所以，我以为这家机构不会帮我找姐姐的，于是，我决定在没有充分准备好备选计划之前，不打电话给凯瑟琳。我翻了翻电话号码簿。我生于斯塔滕岛医院，便与这家医院的人口档案处联系。我想引起电话那端不知名的管理人员的同情，讲述了自己目前的尴尬处境。这位医院工作人员听起来蛮友好的，不过她还是把电话转接给另外一个工作人员。这个人让我稍等。

每个人都给我些其他电话号码，似乎不忍说我不可能找到孪生姐姐。由于没有任何有关找到失散孪生子女的协议，人口档案处让我没完没了地等待。

最后，我挂断电话，拨了路易斯·威斯公司的号码。他们接电话时，我要求与收养后续服务处主任凯瑟琳·博拉斯通电话。她给我写过信。这是我生平第一次与他们直接联系。

“哈哈！”她找到了我的档案后大声说道，“你一定是个非常冷静的人。我一直以为你会来电话的。”

“那你为什么不告诉我可以打电话给你呢？”我想对她大声喊叫。凯瑟琳曾寄给我一份兄弟姐妹登记表，让我白白忙乎了一阵。她肯定知道如果我的孪生姐姐不知道有我的话，她不可能登记的。我想请凯瑟琳帮忙，便努力克制住怒火，以争取她的帮助。以前我从未利用妈妈的去世来博取别人的同情，可如今为了获取孪生姐姐的资料，我准备运用任何一种策略。

“找到她对于我而言极其重要。六岁时，我养母就去世了。哥哥患有精神分裂症。我孤苦伶仃，独自一人。”我诉说着，尽力让自己说话的声音听起来很可怜。

她马上回答道："哦，你姐姐一九八七年就和我们联系过，她索要非公开资料。"这说明她想了解生母的病史，却不清楚生母的身份。让我惊讶的是，姐姐和这家机构联系，却不想了解亲生父母家庭的情况。要是现在，她对我会有什么样的回应呢？

凯瑟琳接着说道："我会尽力找到她的。"

"是吗？"我满腹狐疑地问她。真的有这么容易吗？我感觉就像电影《绿野仙踪》中的多萝西一样。真希望能马上找到她！

保拉：二〇〇四年四月十三日，我同今年春天每个周二一样，一上午都泡在杰茜的"权力游戏"课堂上。她和一群一两岁的孩子在与奥运会游泳池一般大小的蹦床上蹦蹦跳跳。我站在一旁，骄傲地笑着。

泡泡机，舞池，彩色泡床垫，一流的体操设备，一应俱全，如今位于布鲁克林破旧区域的废弃仓库已成为儿童乐园。女儿在蹦床上腾空而起，在滞留空中的一刹那，脸上露出纯真、欢欣的笑容。她金发飘舞，小嘴张开着。看到这一切，我感到非常幸福。

女儿眼睛呈钴蓝色，唇薄如翼，下巴微翘，仿佛是艾弗的微缩版。可她杏仁般的眼睛，骄傲的额头，以及她那弯弯的鼻子在我看来都是我的功劳。每个家长都会仔细端详孩子的体貌特征，希望能找到他们自己的影子。但对于我来说，杰茜的脸部能证明我是她母亲这一点至关重要。她不仅是我生下的第一个孩子，而且也是我所知道的第一个与我有血缘关系的亲人。

我一直很在乎自己是被抱养的，与父母和前几代长辈相貌不相同，因而显得特别。但自从杰茜来到这个世界，她的体内 DNA 有我的一部分，想到有人和我的基因相同，我很欣慰。

我用手推车推着杰茜，从她上的体操课出来，穿过地势陡斜的五个街区。回到家时，我满头大汗，非常疲惫。我一直注意着开门时不让猫跑出来，几乎没有注意到电话铃声。

不过，我那经常失眠、一门心思照看小孩的大脑总算听到了电话铃声。我把尿布袋丢在地上，从手推车上将杰茜抱下来，然后穿过四处乱放的动物玩具和其他幼儿玩具，冲到电话机旁。来电显示的是“路易斯·威斯公司”。三十五年前父母在这家公司收养了我。他们总是满怀敬意地提起这家赫赫有名的犹太收养机构。这家公司拥有上帝般的权利，可以将孩子赐予那些受人尊敬的夫妇。我不明白这么多年以后他们为什么要和我联系。

我还没有来得及考虑可能发生的种种情况，便接了电话。一位女士问道：“你是保拉·伯恩斯坦吗？”说话带有很浓的东欧口音。

“是的。”我小心应答道。

“这个电话可能有点奇怪，不过并非如此。你是被收养的吗？”

“是的。”我回答道，虽然她还没有自报家门。

杰茜开始不安分起来。我打开电视，给了她几只苹果。她一直盯着电视看，直到我挂断电话。

“早在 1987 年，你和我们联系，寻找有关亲生父母家庭的资料，可你没有索要公开资料。为什么不呢？”

这个问题——我还是小姑娘时就有人一直问我：难道我不想知道自己的“真正父母”是谁吗？我告诉人们自己没有兴趣寻找亲生父母时，他们总是一副不可置信的惊讶样子，这让我心里很窝火。对于我而言，我的养父母——而不是生下我却又随意遗弃我的那两个陌生人——才是我真正的父母。有关先天影响和后天影响的辩论，我一直主张后天的影响大，甚至可能有点过分强烈。当记者之后，我对这个问题的态度还是那么强硬，给《红书》杂志写了一篇散文，阐述了为什么亲生父母对我没有产生任何影响。

“我压根就不想去寻找有血缘关系的亲人。在我看来，爱我的朋友和亲人很多，”二零零零年我在给《红书》写的那篇文章里写道，“我虽然不想找到亲生母亲，却希望能够向她灌输一个观点，即：你生下的孩子如今健康、快乐，你当初做对了。”

毋庸讳言，我之所以不去寻找与自己有血缘关系的人，其中有害怕因素在内。如果我知道自己是由于强奸或乱伦等行为生下来的，或者自己的父母是罪犯，我该如何应对。就算往最好的方面设想，生母很有可能生活幸福，不欢迎多年前她遗弃的孩子突然来访。更让人担心的是，收到我的来信后，她可能会因为回忆起过去而陷入惶恐之中。我已经有了父母，我的女儿也不需要另一个外婆。

“说实话，过去我一直拿不准要不要了解亲生父母家庭的情况。我现在还拿不准。”我对来自路易斯·威斯公司的这位女士说道。

“哦，我有个情况要告诉你。我不忍说，可是你有个孪生妹妹。”

我倒吸一口凉气，一时还弄不清我听到的消息有多重要。当记者已有十年的我，习惯性地拿起笔和笔记本，在上面使劲地乱画。

“你是哪位？”我问道。

“我是凯瑟琳·博拉斯，路易斯·威斯服务公司收养后续服务处主任。我刚和你孪生妹妹谈过。她想和你见一面。她住在巴黎，已到纽约来找你。”

就在这时，起居室窗户外，蒙蒙细雨变成倾盆大雨。雨水浸润着二十世纪初建的棕褐色建筑和冷冷清清的人行道。街道两边，树木成排，高高的窗户上蒙着雾气。这时我才领悟了凯瑟琳一番话的含义。

这番话仿佛一块厚重的水泥板一般，压得我喘不过气来。此时此刻，我才真正理解了“哑口无言”的含义。如果我是卡通人物，我脑袋周围一定有许多星星和问号。

我平生只有一次有过类似感觉。上大学二年级的第一天，我在地铁台阶上跌了一跤，头撞在台阶下的水泥地上。后来，医疗急救工作人员推着轮床赶到现场，问我感觉如何，我说不出话来，他们便赶忙把我送到急救室。

埃利塞：“我找到她了！她就住在布鲁克林。”凯瑟琳回电时和我说道。

我的孪生姐姐一直待在纽约，与我只隔一个区。这一切来得太快，超出了我的想象。

凯瑟琳接着说道：“我和她谈过。今天上午，她在照看两岁的女儿，听到这个消息很吃惊。”

我告诉凯瑟琳：“我自己花了很长时间才接受这件事情，请告诉她需要花多长时间去理解这件事就花多长时间。十天后我要回巴黎，但我很快就会回来。”

既然凯瑟琳和孪生姐姐联系上了，我很快想到另外一个问题。“我们为什么被分开？”我问道。

“这是因为一项有关先天和后天影响的研究。”凯瑟琳平静地说道，似乎这只是非常平常的事情而已。

我考虑过我们分离的所有可能存在的原因，但从来没想到科学研究。难道为了研究将孪生幼儿分开是合法的吗？我很吃惊，但忍住不去问更多细节。我还需要凯瑟琳帮助我与孪生姐姐团聚。“你们是同卵双胞胎。”凯瑟琳兴高采烈地告诉我。尽管我揣测过我们是同卵双胞胎，但这个消息还是让人猝不及防。在这个世界上，居然有个人和我长得一模一样。

“另外，”我赶在凯瑟琳回电给姐姐之前问她，“你还有没有更多关于我们生母的资料？”

“没有了，我寄给你的那封信都说了。”

在我的档案里，没有任何“致女儿”这类的解释。想到很快就能见到同卵双胞胎姐姐，我欣喜若狂，自然不会因为没有这类解释感到失望。

“他们找到了她！”我激动地将这一消息告诉了父亲。这么快就能找到她，我颇为吃惊。我敢说爸爸肯定想放下手中的工作，乘坐第一班飞机过来。

“我想见她。”他严肃地说道。我能感觉到他对我的爱。

“你会见到她的。”我盲目自信地向他保证。

保拉：她做什么工作？”我问凯瑟琳。她在告诉埃利塞找到了我之后便回电给我。我仍然六神无主，不过最后总算能说话了。

“她是位电影制片人,也做过电影评论员之类的工作。”凯瑟琳告诉我。

“你在逗我！我研究过电影,也曾做过电影评论员。这简直不可思议。”

一时间，我非常兴奋。我想象妹妹的生活绮丽多彩，穿梭于欧洲电影节之间，与法国电影明星一起痛饮美酒。我想象她嫁给了精英阶层，并有好几个可爱的孩子，名字分别叫作史蒂文和埃洛斯，或许，我和妹妹两家一起在法国南部的农庄里消夏。兴许有个双胞胎妹妹并不糟。

如今，潘多拉盒子已打开，我想了解更多情况。在我所有问题都有答案之前，我当记者的好奇心是不会得到满足的。

“你知道我对这个消息很矛盾，不过我很有可能见到这位女士。”我说道，还是说不出“妹妹”这个词。“我不能否认她是我妹妹，也不否认我感到好奇。此时此刻，我很想听听所有情况的介绍。我想了解真相。”

“你想听到她的名字吗？”凯瑟琳问道。

“是的。”我试探地说道。

“你妹妹的名字叫埃利塞·沙因。”凯瑟琳说道。她把埃利塞的电话号码给了我，我草草地将这个号码记下，以备将来打电话给她。

我有个孪生妹妹，她的名字叫埃利塞·沙因。我大吃一惊，内心里思忖着。

“她是什么样的人？”我问道。

“我马上打电话给她，提一些问题，这样你可以更好地了解她的为人。”凯瑟琳答道。她答应马上打电话过来，告诉我一些情况。

埃利塞：凯瑟琳打来电话问我，譬如，我在哪里长大？我是否结婚了？我有没有孩子？等等。姐姐让凯瑟琳询问我的一些情况。我觉得自己好像是在试演一个角色。我至今单身一人，无儿无女，是不是做人不及格呢？毫无疑问，姐姐希望自己的孪生妹妹结婚成家，有儿有女。这时，我想起自己一生中做出的许多选择。

"你在哪里上的学？"

"在纽约州立大学石溪分校。后来我在布拉格学习电影。"

"你姐姐在纽约大学获得电影学硕士学位。"

我曾想上纽约大学，可最后只上了一所州立学院。我要是不到布拉格，也会攻读硕士的。我离开了纽约，不知不觉地与姐姐离得更远。

"她在纽约大学研究电影！"我对约瑟夫说，他听了十分惊喜。

我告诉凯瑟琳我写过一些东西，她兴奋地问道："与电影有关吗？你姐姐写过有关电影的一些文章。"

"她写过有关电影的文章！"我悄悄地对约瑟夫说道。我不清楚我们还有没有其他共同之处。雨越下越大，这时雷声大作。我心潮澎湃。

保拉："五分钟之前我和你妹妹通了电话。要是我不做进一步了解的话，我真的很难分得清你们。"凯瑟琳回电时告诉我。

想到世界上有人说话声音和我相像，我忍不住哭了起来。我一直以为将我带到父母身边的不是命运。如果收养机构当初交换我们的收养登记表，妹妹会是"保拉·伯恩斯坦。"在那个命运任人摆布的时刻，我的一生听从他人安排，我的身份由别人替我选择。

我满腹狐疑。我父母是否一直都知道孪生妹妹的情况。我有孪生妹妹，这是否就意味着我生下来时体型就这么小？他们还有什么瞒着我？

知道自己有孪生妹妹之前，我一直被蒙在鼓里，不过这倒是件好事。

多年来，我患有抑郁症，对未来感到迷茫，但我后来心满意足。二十几岁时，我以为自己一辈子都不会结婚的。我曾与几个忧郁类型的人有过短暂的恋爱关系，但都没有超过三个月时间。

如今我嫁给了一位爱我、支持我的男士。六年前，我经第三方安排与他初次见面。在我们相遇的那个晚上，我们在东村一家露天咖啡店里谈了好几个小时，喝了几杯酒。我们双方都很清楚：我们找到了彼此的生活伴侣。一年之后，我们订了婚。第三年的六月，我们结了婚。我们都有同样不同寻常的幽默感，同样的旅游爱好。我们都对电影感兴趣，拥有相同的政治观点。我们和大多数令人反感的骄傲的家长一样，都认为自己的女儿最聪明、最可爱、最惹人怜。

突然，我被一阵恐惧攫住。我害怕自己的家庭幸福受到威胁。我把孪生妹妹想象成电影《叠影狂花》中珍妮弗·贾森·利饰演的精神病患者。她企图接替她室友的生活。

“如果多年前你没有打电话给我们机构，我现在可能不会和你联系。”凯瑟琳说道，“如果你沿着第五大道走，碰到和你长得一模一样的人，你怎么办？”想到在拥挤的市中心人行道上遇见自己的幽灵，我惶恐不安，不禁哭了起来。凯瑟琳可能受过社会工作方面的训练，意识到自己刚才说错了话。

“我必须想一想从道德角度上讲，做哪件事更为妥当。我是不是打过电话，告诉你一些你不需要的信息，抑或我没有告诉你需要的信息？”凯瑟琳说道，“如果我做的决定是错的，我向你道歉。如果是对的，我会感到自豪的。”

我很紧张，几乎透不过气来，只好把电话挂断。

“好好放松放松。”凯瑟琳说道，她显然想开开玩笑。

毋庸置疑，她本来可以巧妙地将这个消息透露给我。

我把杰茜放在小床上，让她睡觉。她的周围都是她熟悉的朋友，那些磨坏了的玩具动物。这些玩具伴随她度过了人生最初的两年时光。有个动物她非常喜欢——这是个玩具熊,有个红色的塑料心脏,上面刻有“不要弄破”字样。最初我离家去上大学时，妈妈把这只玩具熊给了我。当时我比较讨厌这种自作多情。不过，多年以后我却喜欢这只柔软的棕熊，在与艾弗相识之前一直抱着它睡觉。

看着杰茜很快入睡，我很羡慕她不通人事。“你不知道妈妈的生活刚刚发生了变化,”我低声说道，“你永远不会记得妈妈曾经没有妹妹。”

自现在起,我的生活将永远打下了解自己有双胞胎“以前”和“以后”的印记。此时此刻，艾弗还生活在“以前”的时空中。我蹑手蹑脚地走出杰茜的房间，拿起电话。我打电话给艾弗，听到他的声音，我很快便想起，他今天早上上班以后,我的生活发生了多么重大的变化。我不禁热泪盈眶，向他透露了这个异乎寻常的消息。他说话听起来很兴奋。

“你有个妹妹，她一切都好。她想见你。这个消息太棒了，就像你中了彩票一样！”

“我拿不准。”我说道，对他的热情感到生气。毕竟，这整个情况引发了许多问题：我们最初为什么被分开？我一生是不是都生活在谎言之中？我突然觉得不知道自己是谁。

“这会很棒的,”艾弗安慰我，“我要是你会很激动的。”

“你说起来倒轻松，毕竟从来没有人突然打电话给你，告诉你有个同卵双胞胎妹妹。我可不像你想象的那样兴奋。我感到震惊、迷茫。”

“我知道会发生什么情况。你会见到她，彼此相处融洽。这真不可思议！”艾弗接着说道。

“我肯定会见她的。我怎么可能不见她呢？”我答道，“她可能和我一样吃惊。我想了解她。我不清楚她会是什么样子的人。你认为她性格会和我相似吗？”

第三章

保拉：和凯瑟琳交谈时我记了一些东西，读起来如同一首简约的奇诗：孪生，巴黎，妹妹，电影，纽约，想见我。这些词语下方，用黑墨水潦草地写下了两个电话号码——凯瑟琳的和我妹妹的电话号码，电话号码周围是信手涂写的东西。

我灵机一动，拨了凯瑟琳的电话号码，却不清楚自己要问她什么问题。我只知道自己需要更多的答案。

电话通了，一位女士接了电话。

“喂？”

电话线另一端的声音听起来和我的声音非常相似，如同播放我说话的磁带录音一般。我一直很讨厌这种感觉。

“埃利塞？”我说道，不可思议的是对方不是凯瑟琳。我拨错了号码。

不到两个小时之前，我才知道自己有个孪生妹妹。可如今，我却在和她通电话。任何业余心理分析学家都会说根本不是什么错误。听到埃利塞的呼吸声，我一时间就想挂断电话，把这当作怪梦而已。然而，我们却交谈了起来。

埃利塞：我拿起话筒，听到的说话声和我一样圆润、响亮。我马上意识到她是谁。听到自己的声音在发出回声，我觉得自己在打长途电话，线路出了故障。顿时，我产生了一种灵魂出壳的感觉。

“我以为自己拨了凯瑟琳的电话号码。”她说道。她知道是我，会不会挂断电话？她勇敢地打破了沉默，做了自我介绍。我只是在今天上午开始寻找孪生姐姐，可如今我居然在和她通电话。

“你住在哪里？”她问道。

“在东村一个朋友这里。”

“我在东村住了很多年！”保拉兴奋地说道，“我刚刚搬迁到布鲁克林。”她说话的声音那么温柔，那么熟悉。

“你知道我们分开的原因吗？”她问我。

“凯瑟琳提起双胞胎研究项目的一些情况，但我还不了解所有细节，”我说道，“她只是告诉我路易斯·威斯公司的一位精神病学家认为双胞胎最好要分开。后来，一个研究小组决定对双胞胎展开研究。”

“这简直糟透了。”她说道。

我们都卷入了这项研究，这一内幕让我们瞠目结舌。

保拉：是不是有人的确研究过我们？我父母知道这一切吗？我还没有把这个消息告诉他们，他们还停留于“以前”的世界。

为了证明这一切不是某种精心策划的阴谋，我问埃利塞她生日是哪一天。

“一九六八年十月九日。”

“呀，和我生日一样。”我回答道。

我们分别有一个哥哥，出生时间前后只差一周时间。他们也是通过路易斯·威斯公司收养的。这家收养机构把我们分别寄养在两个家庭——两个家庭都已收养了一个男孩，而且年龄相同，是不是出于研究目的？

埃利塞：爸爸没有机会收养我们两个人，他觉得遗憾。他希望我有个姐姐或妹妹，我也希望如此。我一直觉得缺了点什么，以为这是因为我小时候妈妈就去世了。

“我不清楚自己是不是一直都很想念你。不过，我始终对女性之间的友谊深信不疑。我与她们关系过于密切，把一些男士都吓跑了。”保拉回答道。

“我也有一些知心朋友，尽管常常是男性朋友，”我附和道，“上大学时我有个男朋友,至今我还对他念念不忘。那时与他分手,还真的不容易。”我们有很多话要谈。

保拉：上大学时，我很孤独，这是不是因为自己失去了孪生姐妹？上大学一年级时，我的挚友曾短暂地“与我分手”。她抱怨我只是希望用她来填补自己的空虚。我不知道当初自己是不是把她孪生姐妹。

我一生中总是夹在双重性格之间左右为难。我既是温顺的女儿，真诚的朋友，也是自暴自弃的叛逆者。一方面，我做事情井井有条，另一方面我又看重个性的率直。我聪明但又无知，沮丧却又乐观，自信却感到不安全。我经常扪心自问，哪个“我”才是真正的我。

“如何解决这些看起来无法解决的人格矛盾呢？”十年前我在所买的杂志上随意写道，“我是个缺乏安全感的自我中心主义者。我比世人出色，但又比不上世人。”

那时，我的整个生活表现出双重性倾向。如今同埃利塞电话交流时，我尽可能避免表现自己独特的个性成分。

第四章

埃利塞：我居然在和孪生姐姐通电话！我费尽心思构思电影剧本，也不会想出比这更有趣的场景。

“你长得什么样子？”保拉问我，是不是鼻子漂亮，胸部丰满，屁股有点大？”

“对，我就是那个样子。”

“人们总是说我长得像电影明星艾丽·西迪。”

“我也像她，”我答道，“不过，我二十几岁时，人们常说我长得像歌星贾尼斯·乔普林。我想那是因为我们头发相似。”

“从来没有人说我像贾尼斯·乔普林。”保拉说道。

即使我们长相酷似，但我们性格肯定不同，这让我感到安慰。

“你体重多少？”

“一百二十七磅。”我回答。

“你比我瘦些，不过我有个孩子。”保拉辩解道。

我不禁感到吃惊。我不会将有孩子与身体瘦做比较的。这不是比赛。我经常吃法式奶酪和面包，喝葡萄酒，保持了身材的苗条。十几岁时，我常常偷偷地暴饮暴食，但那是很久以前的事了。保拉是不是对自己体重没有信心？我非常希望我们彼此和睦。我对她说话的声音很着迷，交换意见时常常忘记她在说什么。

保拉：“我得问你一件事。你服用过磺胺类药物吗？”埃利塞问道，她的声音很低沉。

“对。我在以色列上初中时，为了治疗粉刺，吃过磺胺药。结果，我全身都肿了起来，长满疹子。我发高烧，非常危险。有位朋友急急忙忙把我送到医生那里。医生告诉我，如果我不是及时被送到他那儿，我会没命的。”

“我也因为服用磺胺药差一点送了命，”埃利塞解释说，“十四岁时，我服用磺胺药治疗粉刺，结果严重烧伤。我伤势很重，在烧伤科待了两周，一度昏迷。这个事情还在当地报纸上报道过。”

想到同年轻时的我长相酷似的人三度烧伤，如同晚间电视新闻播出的烧伤患者，我不寒而栗。我尽量不去想这些。

埃利塞：“好消息！我们都能生孩子。”保拉直截了当地说道。

我如今没有和谁在约会，也拿不准自己是不是想要孩子。不过，我不想去考虑这件事。

“顺便说一声，我怀上杰茜时，和艾弗一起做了基因测试，结果发现自己是高雪氏病患者。这种病在德系犹太人中间司空见惯，”保拉说道，“我想你可能也是如此。”

突然发现有个人的基因背景和你相同，这实在让人觉得怪怪的。如果我理论上尚未出生的孩子患有这种我一无所知的疾病，保拉可以救他们。

“你得过抑郁症吗？”保拉问道，“我几次抑郁症发作，10年来一直服用抗抑郁药百忧解。”

“我得过抑郁症，但从未吃过药，也许我该吃药。”

她笑了起来，我也跟着笑起来，虽然我是在半真半假地笑。我们生母患有精神病，我们也得过抑郁症，这绝非偶然。有多少精神疾病是遗传的呢？

几分钟之前，保拉还不知道我的存在，我不清楚她对生母了解多少。我将收养机构寄来的信函读给她听："经诊断，你母亲患有混合型精神分裂症，并通过药物治疗治愈。她曾因情感问题住院治疗。"

"谢天谢地，我们都身心健康。"我对保拉说。

保拉明天要带女儿，还需要时间消化这些情况，我和保拉便安排后天见面。一挂断电话，我便打电话给朋友和亲戚，与他们分享这个好消息。"是个女孩！"我开玩笑地说道。

保拉：同埃利塞通电话时，我静静地倾听着，虽然我还不能完全理解她讲述的有关生母的一些细节。我挂断电话，精神分裂症这个词使我联想起一个疯女人穿着约束衣，被人用车子送到疯人院。埃利塞安慰我，说生母患有躁郁症，而不是精神分裂症。不过，不管怎么称呼这种病，生母所得的病是一种严重的精神疾病。听到生母的病情，我想起自己也曾差一点精神失常。

十九岁时，我非常消沉，暴饮暴食，不能自拔。我和路易斯·威斯公司联系过，想知道自己自暴自弃的原因。

上中学时，我表现非常突出，我总是要求自己如此。我做过校报总编、班级秘书和学校年鉴的摄影师。但是，到了高年级时，我的淑女形象开始破碎。我不再循规蹈矩。我头发乱蓬蓬的，盖住了长满粉刺的脸部。我下身穿着撕破的牛仔裤，上身套着硕大的扎染T恤衫，试图遮住自己气球般滚圆的身材。为了治疗自己的抑郁症，我开始频繁抽烟。这也是使自己忘却痛苦的办法，我曾经对此嗤之以鼻。在精神错乱的时候，我仿佛看到自己身患癌症，身体逐渐萎缩，最终从凡身肉胎中解脱出来。

在马萨诸塞州威斯利学院上学时，我非常孤独，经常整晚打电话给朋友，指望他们能够填补自己内心的空虚。然而，这些短暂的联系并不能让我满意。我于是采用暴食的方法。每次吃饭时，我总是大口大口地吃成勺的土豆泥，成碗的糖霜麦片，成碗的法式煎饼。在旁人看来，我对食物似乎情有独钟，胃总是填不饱。不过，情况却恰恰相反。我一点也不喜欢自己强咽下去的食物。我暴食，我甚至担心自己的胃会被撑破。

而且，凡是能容易填饱肚子的食品，我都会大吃一顿的。冰淇淋是我的最爱。冰淇淋柔软，口感舒服，吃起来很方便。我肚子发胀，感到恶心，便从一楼宿舍窗户中溜了出去，蹲在灌木丛下面。我用手指往喉咙里捣，后来我呕吐，头晕目眩。

上大学二年级时，在一个秋天的下午，一阵令人痛苦的暴食和呕吐之后，我望着宿舍里的镜子，心想要是我坚强些，就会知道自己为何这么一意孤行地伤害自己。“不知生母是否也有类似的经历？”我心想，“也许她会理解并能够解释我现在的所作所为。”

我马上坐在桌旁，写信给路易斯·威斯公司，要求他们提供生母的非公开资料。我不想知道她的名字，也不想和她见面，却需要知道她是不是也得过精神病。她的体形是不是和我一样走形了？她是不是也迷恋食品？我也想知道她的体重是不是五百磅。虽然我只是有点超重，但我想了解自己是否天生就胖。

大约一周以后，我迫不及待地撕开路易斯·威斯公司寄来的公函，细读这封中间不空行的打印信件。我希望这封信能提供关于我所患疾病的线索。这种病当时实际上在侵害我的肠胃。

“根据我处的档案，你的生母是一位二十八岁的单身犹太女性……她怀孕期间很迟才来我处，有关记载很少。但是，我们知悉她智力超群，曾就读于一所最好的学院，不过一年之后辍学。”路易斯·威斯公司收养后续服务协调员芭芭拉·米勒写道。

按照这封信的内容，生母觉得父母不喜欢她，宠爱弟弟。米勒夫人暗示我的生母退学是因为反对家人对她要求高。

生母退学之后便做办公室文员工作。米勒夫人未曾提到她患有什么精神疾病。我仔细阅读信中的每个词汇，希望字里行间某种密码会说明前程似锦的年轻人为什么辍学，安心做办公室工作。我觉得这封信遗漏了一个至关重要的线索。

于是，我计划与米勒夫人见面。威斯利学院放寒假之后，我便从父母位于韦斯特切斯特的家里出发，乘坐市郊通勤列车，跋涉穿过曼哈顿中部地区。我来到位于东九十四街的路易斯・威斯公司总部，这是一栋赤褐色建筑。我觉得自己与这栋房子有一种特别的联系，因为它是我与生母之间实实在在的纽带。我不知道她是否到过这些办公室。

米勒夫人年过花甲，戴着厚镜片眼镜，肩膀向上耸起。她打断了我的遐想,将我引进她的办公室。“你被收养时我就在这里上班。”她告诉我，“对了，我还记得你当时被收养的情况。”她紧锁着眉头说道。

她在路易斯・威斯公司干了三十年，经手的收养案例即使没有上千，肯定也有数百个，却能回忆起我被收养的一些细节，这倒让我感到惊奇。不过，我没有深究下去。我对生母的了解很少。我们之间的交谈也没有使我了解更多具体情况。回想起来，我当时也许担心若追问起来，自己会知道一些不想了解的情况。

一九八三年，在我与米勒夫人联系的四年前，路易斯・威斯公司所在的纽约州通过了一项法案，要求各收养机构须将非公开的医疗资料交给被收养的儿童及其养父母。该项法案规定这些资料包括说明被认为是遗传性身体状况或疾病的所有资料，被收养儿童的生母怀孕期间服用的任何药物以及包括心理方面资料在内的其他任何信息……这些因素可能会影响这些儿童目前或未来的身心健康。

上大学时，要是知道生母患有精神分裂症，我就会知道自己的情感问题有遗传方面的原因，这样我会感到宽慰的。也许，我会做最坏设想，担心自己会产生幻听和幻觉。在我看来,精神分裂症实质上是遗传性疾病。但是，我同迈克尔·朱曼一样，没有得到生母的医疗资料，而根据法律，收养机构应该提供这些资料。

我是不是年纪大了，不会得精神分裂症？我女儿会得这种病吗？我曾凝望大学宿舍里的镜子，想知道自己为什么这么痛苦。如今，十七年过去了，我不得不相信那封信虽然多年来一直让我好奇，实质上却是一场骗局。这家收养机构最初向我隐瞒这些重要的资料，现今我怎么能再相信他们呢?

埃利塞：目前，路易斯·威斯服务公司因为官司缠身，资金短缺，即将破产。如果我迟一点寻找亲生父母的话，我就可能不会找到保拉。倘若我像保拉那样，上大学时就开始寻找关于亲生父母的资料，我会和她一样收到路易斯·威斯公司的公函，有可能不会再去寻找。那样的话，我们永远都不会团聚，除非我们在大街上相遇。

和保拉通完电话，我便坐在约瑟夫的电脑前，着了魔似的键入她给我的网址。在她的网站上，我看到一个可爱的孩子朝我灿烂地笑着。她金发，蓝眼睛，和我想象中自己的子女长相不同。

我浏览一张又一张照片，仿佛看到了十八岁时的自己，那时我被叫作斯塔西。不同的是,保拉已长大成人,看起来心满意足。她的头发比我短,颜色稍红,但和我头发一样浓密、蓬乱。她的脸颊圆润些，而且也比我胖。不过，我们有着一样灿烂的笑容。我曾认为自己长得蠢头蠢脑的，可我觉得保拉很漂亮。

我用鼠标点击了保拉怀孕时拍的照片，不禁想象自己怀孕的样子。在第一张照片中，她的手，简直就是我的手的复制品，托着自己隆起的肚子。在照片的背景中，她的脸笼罩在阴影之中。在另一张照片中，春光明媚，保拉同丈夫和年幼的女儿依偎着坐在中央公园树木下方的长椅上。保拉穿着黑色鸡心领T恤衫和灰色羊毛衫，我也可能穿这些衣服。她心满意足地对着镜头微笑。倘若她父母抚养的是我，坐在那里的会不会是我，而不是她呢？看着这张照片，我不禁想起我的老朋友会不会曾经看到她同家人一起漫步穿过中央公园而思忖：“斯塔西现在很幸福。”

如果保拉没有告诉我她曾得过抑郁症，而且历经艰难才找到合适的伴侣，我可能会嫉妒她安逸的家庭生活。不过，我感到欣慰的是，她如今一切顺利。两个月来，我一直在揣摩可能发生的种种情形。想到自己经历了许多磨难却一点也不后悔当初做出的选择，我不禁感到惊讶。

如果我能够和照片中的女孩交换位置，我也不会那样做的。

与孪生姐姐不能在一起是无法解决的矛盾。如果我们在一起成长，我们理应如此，我可能不会和哥哥在一起长大。我如今接受两种生活，我目前所过的生活和过去可能过的生活。

保拉：“你知道自己是孪生双胞胎时感觉如何？”我们第一次通电话几小时之后，我便打电话问埃利塞。

“我当然很吃惊，也很兴奋。此外，我还有点伤心，因为我不是独一无二的人。刚才和你交谈，我知道你独立性很强，我也如此。想到我们两人如此相似，真让人感到奇怪。”埃利塞说道。

“我总是觉得自己很特别。”我说道。

“我也一样。”她答道。

“不过，我从来没有觉得自己在思念孪生妹妹。”

“我现在才明白自己一直挂念着你。”埃利塞说道。

我们曾经一起在母体中待了九个月。我不清楚这么多年之后，我们是否还渴望着彼此，而我们对此却浑然不觉。

“我渴望以前我们在一起长大，那是天性使然。”埃利塞又说道。

如果在一起长大，我们的生活就会截然不同。我不想再做假设，因为这需要大量思考。不过，我对命运深信不疑。生活往往按照其本来的轨迹运行。我认为我和埃利塞不可能在一起长大,因为那不是命运的安排。

我不大愿意有个孪生妹妹，原因之一是由于我始终相信我就是我，真正的原创作品。人们说起我让他们想起某个熟人时，我常常做鬼脸。亲眼看到与自己长相相似的人，那会是什么感觉？我会不会因惊愕而晕倒？我会不会马上和自己的另外一半取得联系，接纳她？

“刚开始见到你时我很紧张。”我对埃利塞坦白。事实上，能够见到埃利塞我兴奋不已，同时我也希望她永远找不到我。

“我们有很多相似之处，也有许多差异，你不会感到有什么威胁。”埃利塞安慰我。我知道她看到我登在网站上的照片。“我们在很大程度上仍然是我们自己。看到我，你不会觉得自己在照镜子。”

埃利塞和我 DNA 相同，我觉得对她有种无条件的爱，如同我在杰茜出生之前对她的爱一样。

那天深夜，我兴奋得难以入眠，于是给埃利塞写了第一封电子邮件。“你好，妹妹，”我写道，“我盼望见到你。”

第五章

保拉:知道自己有个孪生妹妹之后的第一天，我醒来时感到一阵茫然，我说不清这件事的整个情景是不是自己凭空想象出来的。于是，我跑到卫生间的镜子前，打量自己一夜之间是否变成了另外一个人。人们从我脸上是否能看出我知道自己有孪生妹妹？某种孪生密码是否在一夜之间神奇地出现？然而，我与昨天并没有什么不同，对此我既有点如释重负，又有点失望。

进入青春期以来，我脸上便长满粉刺，我一直不照镜子。与所认识的大多数女士不同，我不会伸长脖子，在商店橱窗前端详自己，看看头发是否蓬乱。我从来都不会注意脸上的皱纹,也不会数皮肤上的毛孔有多少。这倒不是因为我觉得自己长相难看，我只是不愿意打量自己的长相而已。

刷牙或涂唇膏的时候，我不得不面对镜中的自己，但我尽量不去端详自己。我望着镜子，却什么也没有看见。看见埃利塞时，我是不是就像看见镜中的自己一样？我不知道自己是不是更能接受她的相貌，或者会转过身不去看她。

第一次与孪生妹妹相见，我该做哪些准备？我开列了一个清单，列出要问她的一些问题，仿佛我要去采访名人似的。她小时候是不是和我一样挑食？她写没写过充满朝气的青春诗？听没听过令人伤感的 70 年代爱情歌曲？高中时代上体操课时，她是否编造过借口逃课？我急切地想知道她有过哪些经历。

我列举了能够描述我的所有特点。我稍微喝点酒，紧张或兴奋时脖子发红。我喜欢撒谎，但对朋友真诚。我从不吸烟，闻到烟味和香水味鼻子就会发痒。我特别爱吃巧克力。

如果埃利塞的一些特征和我相同，我是否会觉得自己不再那么与众不同？我们的DNA相同，这是否能说明我们会相处融洽呢？我们之间的相同之处是否会让彼此不快呢？

找到孪生妹妹两天之后，我沿着圣马克广场步行，第一次去和埃利塞见面。我的心怦怦直跳,生怕惊扰了过路的行人。我曾无数次经过这里，带杰茜到汤普金斯广场公园的操场上，或者带她去吃色拉三明治。然而，往日习以为常的景色和声响如今在我看来是那么不协调，因为我再也不是上次路过此地的那个人。

去见埃利塞的路上，每向前迈一步，对我而言意义都非同寻常。几个刺青的少年“朋客”摇滚乐师大摇大摆地从我身旁走过，他们全然不知身旁正在发生的戏剧性事件。我在如同电影般的生活中担任主角。电影画面已变成慢镜头。春光明媚，我愈加兴奋。再过几分钟，我的生活将永远改变。我已做好拍摄特写镜头的准备。

埃利塞：摩加多尔咖啡馆让我想起自己在大学时代的黄金时期经常光顾的位于东村的咖啡馆。那时，我通常每周一次乘火车离开长岛，去学习纽约的先锋派艺术。咖啡馆的室内摆设以中东为主题，温暖舒适，看起来非常诱人。不过，我坐在室外露台的桌子旁，这样我可以在保拉到达之前抽几根烟。

自从两个月前知道自己有孪生姐姐以来，我便一直审视着街上的陌生人，看看有没有迹象表明他们之间有亲缘关系。我患有视觉错觉症，加上想象力过于活跃，经常把朋友和远亲想象成同卵双胞胎。此时此刻，我一边等着保拉的到来，一边扫视着过往行人，希望能找到自己的孪生姐姐。

我在网上见过保拉的照片，但对她原先的看法依然存在。每个想法读起来就像格言一般："如果和我外貌相似，她肯定会有长发，肯定到过布拉格、巴黎、旧金山。"我推测如果她的生活轨迹和我相同，那她同我就没什么两样。我们非常相像，因而会马上变得亲密无间。我们对于彼此的理解都很独特，会以与众不同的方式分享彼此的快乐和幸福。

解开了自己一生中的重要谜团，我如释重负。但一想到自己的独特性将不复存在，我又感到不安。实际上，我不希望她成为我的复制品。我一向认为自己的人生磨难塑造了我的性格，但我还是担心孪生姐姐比我更加出色。

保拉：看到埃利塞坐在摩加多尔咖啡馆外面的桌子边，我不禁想到：谢天谢地，她不是我的复制品。她的头发比我更长更黑，我定睛片刻才敢确认她是自己的孪生妹妹。她戴着墨色的太阳镜，我看不清她的眼睛。

"你一定是埃利塞了，"我说道，"你好，我是保拉。"

没有泪水。没有温柔的拥抱。我们只是轻轻地拍了拍对方。两天前，我还不知道自己有孪生妹妹,可如今我却坐在她的身旁。一切是那么离奇，我甚至有点怀疑自己是不是恶作剧的对象。

"我们当然是孪生姐妹。"我说道，彼此都匆匆看了对方一眼。盯着人看的确有失大雅，但我很想打量她身上的每个部位。

我扫视着她的体貌特征，看看有没有和我相似的特征。对，她和我一样鼻子扁平却很漂亮。不过，她的鼻子稍微向上翘起，嘴唇很薄，棱角分明。她的肤色呈橄榄色，兴奋时脖子和我一样发红。她眉脊戴眼镜的地方有两道很深的皱纹。我是不是也有一副与之媲美的眼镜呢?

看着她，我可以想象得出自己的长相。

埃利塞：第一次见到保拉时，我仿佛看到了自己的另外一个版本，只是她身体稍胖，头发短些，呈淡红色。她没有化妆，只轻轻抹了些草莓色的唇膏，和我穿的衣服是同一种颜色。

她仔细端详着我，但很快就显得很亲热。我的耳垂是不是像她那样挂着饰物呢？她摸了摸耳垂，看了看耳垂上的饰物。我们虽然长得很相似，彼此之间却十分陌生。

望着她，我可以知道自己的长相如何。我感觉自己就像电影《鸭羹》中的格劳乔·马克思一样。最近我在巴黎看过这部电影。哈珀站在空荡荡的门口，假装成格劳乔的镜子，像哑剧演员般模仿格劳乔的动作，哪怕是最不引人注意的动作。看到有人在眼前模仿我的手势，我就觉得自己的手势很夸张。

保拉拿出笔记本，上面写有许多问题。这时，我倒有点不好意思。觉得自己是在参加重要的求职面试。

“我们从哪里开始说起？”保拉问道，她的眉毛稍稍上扬，我也经常如此。

从她身上我看到自己的一些特质。这时，我想起一个人的癖性肯定是可以遗传的。

我们如同动物园的猴子一般彼此打量着对方。她注视着我，大大的眼睛和我一样都呈棕色。朋友们常夸我深棕色的眼睛非常美丽，且富有表情。我如今才理解这番话的含义。蓦然间，我领悟了看着自己的眼睛是什么样的感觉。不过，她眼睛所透射的思想却不同。

我两眉之间的皱纹很深，而她却没有。这或许是因为我过迟配戴眼镜的缘故，抑或是我在国外生活面临诸多压力的结果。但是，我们身体的其他部位都有皱纹。我不清楚这是不是因为我们有相同的忧虑和恐惧，还是因为我们还在母体内时就已有皱纹。我们仔细观察着彼此的皮肤，让我惊讶的是我们的胎记并不相同。在我们长大成人时，人们很容易将我们区分开来。不过，在我看来，在我们小时候，人们也可以根据这些胎记将我们区分开。

尽管孪生子女的生活环境不同，如暴晒或过量吸烟等，但他们衰老的速度却大致相同。这一点不足为奇。芝加哥整形外科医生大卫·特普利加博士对双胞胎做过非正式研究。他拍了六千对同卵双胞胎的照片。特普利加博士发现从遗传学角度上说，几乎所有次要的皮肤特征都是先天决定的。譬如说，纽约北部一对双胞胎眼角的鱼尾纹完全相同，另外一对双胞胎“都在左耳的同一个部位患有同样的皮肤癌，而查明这对双胞胎患有癌症的时间前后只相差几天”。特普利加在《今日心理学》杂志上写道：“这一切得听命于一对卵子和精子，真让人不可思议。”

根据特普利加的观点，同卵双胞胎的生理差异是由环境差异所致，这其中包括双胞胎在母体中的位置。

我让保拉看了看我身上的伤疤。

“这些伤疤一点都不显眼。”她安慰我。

十几岁时，我常常因为这些伤疤感到尴尬，可现在我却为这些伤疤感到骄傲。它们如同刺青一般见证了我十四岁时因对磺胺过敏造成的皮肤灼伤。我指着两只手臂后面的小疤痕和右臂关节上的静脉切口，坚持说这些伤疤很显眼。

让人感到惊讶的是，同卵双胞胎并不总是有相同的过敏症。一对双胞胎中，如果其中一位对花生过敏，另一位有同样过敏症的概率仅为百分之六十五。就气喘病而言，双胞胎之间的关联系数非常低，只有百分之二十。尽管同卵双胞胎会对同类物质过敏，但其过敏反应的强度却不同。关于我们不经意间加入的双胞胎俱乐部，我们将会得到成百上千条新的信息，而上述信息仅仅是其中之一。

保拉：我仿佛是在同失散已久的老朋友团聚，而我以前根本就不认识她。我可以向埃利塞坦露最隐秘的生活细节。理论上，孪生妹妹应该比世上任何人都更能理解我。

从童年时代算起，我们已错过了三十五年一起团聚的时光，我们得补偿这段时光。可是，在我十几岁时，在我的生活轨迹中，乃至在我的恋爱生活中，我应该将她放在什么位置上？“自从我们一起离开娘胎，你都做了些什么？”我想问她。

我坐在摩加多尔咖啡馆外，回忆起在这里经历的无数重要时刻：与纽约大学伙伴们的聚会，和艾弗的最初约会，第一次带刚满月的杰茜外出就餐。

“需要喝点什么？”服务小姐问道。

埃利塞在欧洲生活多年，肯定清楚各种异域酒水，我让她来点酒。她要了一瓶西班牙里奥哈葡萄酒。

“为我们的团聚干杯！”我们一边碰杯，一边说道。

我倾听着埃利塞的叙说，让我惊讶的是，她讲话的腔调、丰富的面部表情以及生动的手势居然和我别无二致。我从来都没有想到一个人的行为举止是遗传的。不过，同埃利塞相见之后，我改变了自己的看法。

埃利塞：“在这个世界上，只有我不是信奉素食主义的女同性恋。”保拉调侃道。她讲述上大学时自己在女性主义消费合作社生活的情景。

过去上大学时，我的男性朋友只要有一点性别歧视的腔调，我就斥责他们。但是，作为石溪分校一个男性团体的唯一女性成员，我又很看重他们对我的关注。想到保拉在威斯利学院接受纯粹的女性教育，我便联想到许多穿着校服的女孩子，她们都很势利。

“几乎我所有的高中同学都上了四年制大学，大多数还是私立大学，”

保拉说道，“那时学校里的竞争氛围非常浓。”

“我父母都不是大学生，但他们始终希望我是大学生。他们要应付哥哥的精神分裂症，只要我一切顺利，他们就很开心。因而，他们没有给我施加压力。”我对保拉讲道。

我曾经在一个小镇的高中上学，是那里的优等生。我的同学要是都上了大学，大多数也只能考上当地的州立大学。保拉成为许多学生中的明星，肯定吃了不少苦头。

“无论外界压力如何，我始终有种动力，渴望获得成功。”保拉说道。

“我也如此。”我附和道。

让我们惊奇的是，保拉和我骨子里都雄心勃勃。后来，我们了解到明尼苏达大学的研究人员发现，不同家庭长大的双胞胎往往选择类似的工作，其原因在于他们有着相同的工作爱好和个性特征。对此，我们并不惊讶。

一九八六年，新泽西州怀尔德伍德地区举行一年一度的消防员会议。会议期间，三十一岁的杰利·雷维到一家酒吧喝饮料。一位叫吉姆·特德斯科的陌生人问他有没有双胞胎兄弟。特德斯科和另外一位消防队员马克·纽曼在新泽西州帕拉默斯的一个消防队工作。他认为杰利·雷维和马克·纽曼长得很像。虽然杰利·雷维和马克·纽曼都知道自己是抱养的，但从来没想过自己还有个双胞胎兄弟。后来，特德斯科安排马克·纽曼和杰利·雷维见面。于是人们很快就知道他们两人是同卵双胞胎。“要是他体重降一点，他和我之间便毫无差异。看见他如同看见镜中的自己。”杰利说道。

杰利和马克到明尼苏达孪生及收养研究中心做了智商测验。他们的智商得分只相差两分。杰利和马克发现彼此都做过电力设备安装工作，之后都对林区工作感兴趣。而且，两个人在同一年当上了消防队队长。他们都是新泽西志愿消防队队员。如果不是因为职业相同，他们永远都不会相逢。

研究表明，即使教育环境和家庭环境不同，在不同家庭长大的同卵双胞胎的智商系数也要比同龄的异卵双胞胎更为接近。

若将基因百分之百相同的同卵双胞胎与基因并无相似之处的异卵双胞胎进行比较，研究人员可以测量出各种特征的遗传性。此外，测量遗传性的另外一个方法是将不同家庭长大的同卵双胞胎与在一起长大的同卵双胞胎进行比较。前者的基因百分之百相同，但环境截然不同，而后者的基因和环境都完全相同。

百分之零的遗传性是指基因在某个特征的形成过程中不起任何作用。如果遗传性是百分之百，该特征的形成则被认为完全受基因的影响。

显然，遗传基因在智力发展方面发挥着作用，但环境的作用也不能被完全忽略。有机构曾经对一百五十九对在不同家庭长大的同卵双胞胎的智商进行研究。该研究表明这些同卵双胞胎的关联系数为百分之七十五，而在一起长大的同卵双胞胎的关联系数则高达百分之八十六。环境通常会激活遗传基因赋予个人的天赋，除非儿童完全失去了外在刺激，或者根本没有接受任何教育。

此外，关于不同家庭长大的双胞胎的一些逸闻趣事也具有说服力。一对英国同卵双胞胎姐妹分别由不同家庭抚养。其中一个女孩上了入学条件高的私立学校，另外一个则在中低层社会的环境中长大，十六岁时即退学。成年后，她们在明尼苏达孪生及收养研究中心做了智商测验，结果表明他们的智商测验得分只相差一分。伦敦大学国王学院的行为遗传学教授罗伯特·普洛闵发现，同卵双胞胎的智商系数几乎等同，如同一个人接受两次智商测验一般。

上高中时，我曾经想到纽约大学上学。不过如今，我却为父母把我送到一所州立学院读书，节省下数千美元而喝彩。

保拉：我对埃利塞绘声绘色地讲述了自己在威斯利学院参加自由主义活动的许多故事，埃利塞赞许地点了点头。她补充说她因为道德方面的原因成了素食主义者。

我们发现彼此都将自己视为自由主义者，而且对于一些热点话题，如流产、学校祷告仪式、同性恋者权益和死刑等的观点相同。我们父母的政治立场倾向于中间道路，而埃利塞和我的立场有点偏左。人们可能会说政治观点完全由社会环境决定，但研究表明情况并非如此。

二零零五年刊登在《纽约时报》上的一篇文章披露了一份政治研究报告的结果。研究人员整理了对八千对双胞胎开展的两项研究的调查数据，发现同卵双胞胎政治观点的关联系数为百分之六十六，而异卵双胞胎的关联系数却只有百分之四十六。当然，没有证据表明DNA决定了人们对具体问题的看法，但遗传基因在人们对一些话题的情感反应中的确发挥了作用。

这时，我的手机响了，来电显示是我父母打来的。他们显然想知道我是不是非常震惊。我父母在韦斯特切斯特的一栋房子里生活了三十年。一九九七年，他们搬迁到南卡罗来纳州的希尔顿海德，过着健康的退休生活。父亲自愿帮助残疾儿童学习骑马。他和母亲结婚已有四十三年，至今仍然是挚友。他们一起在当地医院做义工，并在当地动物收容所收养了一只名犬。

他们的农舍漂亮、整洁，在人们看来与家具展厅没什么差异。昨天晚上，我把自己找到失散已久的孪生妹妹这一肥皂剧般的消息告诉他们时，他们和我一样都非常吃惊。

他们一直向我灌输后天培养的影响大于先天遗传因素这一思想，但似乎没费多大周折便接受了我有孪生妹妹这一事实。

“我突然说不清自己有两个还是三个孩子了。”妈妈开玩笑地说道。

“我希望自己喜欢她的程度不至于超过对你的喜欢。”爸爸调侃道，言语中带有博施尔特·贝尔特喜剧式的幽默。

埃利塞：“我们几乎天天通电话。”保拉说道。她和父母谈完话便将手机关闭。

我和保拉的生活有天壤之别。我在巴黎待了三年，远离亲戚。想到每天都有家人打来电话，我感觉怪怪的。在巴黎，我和让克劳德及其他朋友来往密切，但没有一个人经常打电话问我吃过饭没有，坐哪条地铁线回家。我对此并不在意。

保拉和我调侃起我们崇拜的电影评论家。我们对这些评论家都很熟悉，不需要解释他们给哪一家杂志写评论。我非常愿意与这些成功人士打交道。保拉甚至给《访谈》杂志写过影评，而我多年来一直阅读这本杂志。她还在《乡村之声》周报社当过J. 赫伯曼的实习生。想到我在读自己从不知道的孪生姐姐的作品时的情景，保拉和我笑了起来。

我炫耀似的提起大学时代的著名电影学教授，保拉赞赏地点了点头。我可以轻松地憧憬自己沿着保拉所选择的人生道路走下去，最终成为知名的电影评论家，要知道我上大学时学过电影理论，在布拉格时我还为十二家杂志写过评论。而且，和保拉一样，我也做过高中校报的编辑。我父母一直以为我会干新闻工作的。我担心他们会认为保拉能说明我错失了良机。我还担心他们认为保拉是原件，而我是复制品。的确，在他们的印象中，保拉作为《综艺》的记者在电视上亮过相。

保拉：埃利塞和我都将手放在桌子上。这时，我注意到我们的手指修长、纤细，手腕纤巧。近年来，我养成了咬指甲这一不大得体的习惯，指甲因此总是发炎。埃利塞的指甲却非常洁净。

我一直为自己手腕细长而感到非常自豪。在我看来，手腕细长说明我的骨架小，身材肯定苗条。大学二年级时，我得到了饮食紊乱援助小组的帮助。该组组长，一位年轻的心理学家，让我们说出每个人喜欢自己身体的哪个部位。我讨厌自己的相貌，我唯一能想到的部位就是手腕。

此时此刻，我看到埃利塞的手腕和我完全一样。也许旁观者不会注意到埃利塞体重比我轻 15 磅，但是对于我而言，这一体重差距确实非常明显。看着比我苗条的埃利塞，我既感到不安，又感到心满意足。在高中和大学时代，我怪罪生母，这倒不是因为她抛弃了我，而是由于她将自己肥胖的大腿和硕大的臀部遗传给了我。尽管我手腕细长，但总是担心自己从遗传学角度上说注定是个胖子，但看到埃利塞时我才如释重负，因为情况并非如此。

根据一九八六年所做的一项研究，身体肥胖在很大程度上受遗传的影响。这项研究表明，同卵双胞胎的体重比异卵双胞胎更为接近。科学家们认为人们体重的相对差异百分之八十是由于基因差异所致。基因不仅影响新陈代谢，而且也影响诸如饮食和锻炼这类行为。

科学家们曾将收养子女的体质指数同他们的亲生父母和养父母家庭的体质指数进行比较，发现收养子女的体质指数同亲生父母更为接近。与之相反，收养子女和养父母的体重之间则没有任何关联性。不管环境影响如何，人们的体重似乎受基因控制点的影响。

埃利塞：“你希望身体有哪些变化？”保拉直率地问道。

“大体上讲，我不想有什么变化。你呢？”

“我想臀部有些变化。”她答道。听到她的回答，我想起自己对身体曾有许多顾虑。我大学时的男朋友曾给我许多关爱，我对自己的圆臀不再那么在乎。大学毕业后，我无数次来到体操馆，但显然不能按照自己的意愿减肥。于是，二十四岁时，我便采取了极端措施，对鞍囊般的大腿做了吸脂手术。

“你为什么不做吸脂手术呢？”我劝她。

“你觉得我应该做吸脂手术吗？”

保拉大摇大摆地穿过饭店。我看了看保拉圆滚滚的臀部，肯定地点了点头：“是的。”

我们都歇斯底里地大笑起来。

保拉：“我的牙齿健康，我为此感到自豪。长大成人之前，我牙齿从来没有龋洞，也从来不用牙托。”我自夸道。

“我也不用，”埃利塞说道，“我想这可能是因为生母怀孕时精心照顾了我们。”

“多可笑呀！我总以为她压根就没有把我们照顾好。”

“你为什么那么看？”埃利塞问道。

“我知道自己出生时体重很轻。过去，我不知道自己是个双胞胎，还以为自己体重很轻是因为生母的产前护理做得不好。我推测她不想要孩子，可能吸烟、喝酒，而且吃得也不好。”

“我从来都不知道自己刚出生时体重是多少，也没有根据自己的体重下过什么结论，”埃利塞说道，“我一直以为自己牙齿健康，骨骼结实，这说明生母为了有个健康的孩子，采取了所有预防措施。”

埃利塞和我在交流中了解到我们俩自二十八九岁以来一直在染发。

“挺有趣的——我以为自己头发过早变白是因为所有生活压力的缘故。”埃利塞说道。

“你戴眼镜有多久了？”我问埃利塞。

“我三十三岁时才戴眼镜，不过我该早点戴眼镜。”埃利塞说道。

“我二十八九岁时才戴眼镜，但现在很少戴。”我说道。

我试了试埃利塞的黑边框眼镜，却什么也看不见。一切变得模糊，我的头开始疼起来。

埃利塞：“你膝盖是不是肥肥的？”保拉问道，她朝我裙摆及膝的花裙子下方看了一眼。

我还没有来得及回答，她便自问自答：“不怎么肥。”听起来她好像有点失望。

虽然我们有许多相似之处，但保拉十一岁时断过胳膊，而我从未骨折过。我们对此都感到惊讶。其他双胞胎生活中遇到过相似的事件，而且事件发生的时间也惊人地相似。

例如，同卵双胞胎英格丽德和奥尔佳才两个月大时就被分开，三十五岁时才重逢。她们发现彼此都曾在十八岁时停过月经。她们当时性生活很频繁，以为自己怀孕了，于是嫁给了男朋友。可是几个月后，她们的例假又来了。

再如，在不同家庭长大的双胞胎芭芭拉和达芙妮四十岁时相聚。她们了解到十五岁时她们都从楼梯上摔倒过。由于她们笑声很特别，芭芭拉和达芙妮被称为“咯咯笑双胞胎”。她们年轻时都曾将头发染成赤褐色，都患有恐高症，而且都经常喝冷咖啡。虽然她们的背景不同，但生活轨迹却大致相同。芭芭拉的养父是市政园艺师，而达芙妮则在一个中上阶层的家庭长大。她们都是十四岁时辍学，十六岁时在舞会里与丈夫相遇。她们在同一个月份流产，最终都生下两个健康的男孩和一个女孩，而且这些孩子出生的先后顺序也相同。

这对双胞胎参与了明尼苏达州孪生及收养研究中心的研究。研究人员发现她们的智商系数得分只相差一分。此外，她们具有相同的心脏杂音、相同的过敏症和相同的甲状腺机能失调症。芭芭拉对彼此的生活进行比较，发现她们曾无意中在同一天使用同一本菜谱，而且做了相同的饭菜。因此，我越来越相信这些巧合是由取决于遗传基因的先天倾向影响所致。

保拉：我们一面不停地喝着里奥哈葡萄酒，一面比较彼此的好恶，以及才华和烦恼等。我们迫不及待地想了解彼此，不断提问，又迅速作答，以至于我们的谈话经常重叠交叉。有时，我们抢着把对方的话说完。

小时候，我们都不喜欢吃蔬菜，但埃利塞二十一岁时就已是素食主义者，而我还需要艾弗提醒才吃蔬菜。我们皆引以为豪的是，我们的嗅觉都非常灵敏，打字速度都非常快。

“即使不在电脑前，我说话时也会情不自禁地模拟打字。”

“我也是那样。”埃利塞惊叹道。

或许我们就是“镜像双胞胎”。在同卵双胞胎中，镜像双胞胎占总数的百分之二十五。“镜像双胞胎”也称作逆向非对称双胞胎，形成于怀孕七天后受精卵分裂之时。大多数情况下，逆向非对称双胞胎体型小，但容易辨认。其中一个双胞胎可能惯常使用右手,另一个可能是用左手。有时，他们的头发朝相反方向弯曲。此外，同卵双胞胎在牙齿特征、指纹和面部特征等方面表现出逆向性。尤其富有戏剧性的是，一个双胞胎的内脏器官是逆向的，心脏在胸腔的右边。

科学家们也对这些双胞胎生理特征的非对称性做了说明：一个双胞胎可能更加健谈，另一个可能更喜欢运动。一个双胞胎可能很积极，而另一个则更为消极。由于双胞胎常常努力区分自己的角色，要诊断双胞胎生理特征的非对称性是否属于心理镜像并非易事，因为我们目前还没有生物学的方法对此加以论证。使问题更为复杂的是，同卵双胞胎之间的差异也可能是由孕期外伤和难产所致。

埃利塞和我都习惯使用右手，没有任何非对称性的迹象。因此，我们断定我们不是镜像双胞胎。

埃利塞：“你是不是快满 13 岁时来的例假？”保拉一边问道，一边呷了口葡萄酒。

“对，当时我是在新泽西州的叔叔婶婶家过暑假。”

“从小时候起，我睡觉时总是辗转反侧，难以入眠。”保拉说道。

“我也如此。你小时候吮不吮手指？”

“我喜欢吮吸无名指和中指。”保拉说道。

“我也常常吮吸它们！”我惊叹道。

我一生中从来没有遇见其他人吮吸两个手指，也从未看见其他人有怪癖，一边思考，一边打字。

我们端坐着，沉默不语，对彼此共同的怪癖感到惊讶。

“有趣的是，我们在世界各地都有朋友。”保拉说道。保拉和我一样到过许多地方旅游。她至今仍和大三时在以色列结识的朋友保持联系。

“你总是买好返程票，而我从来就没有想到过买返程票。”我开玩笑地说道。

我们还了解到彼此都喜欢民谣女歌手。保拉上过女子学院，比我更了解琼·阿莫垂丁和卡罗·金。为什么瑞吉·李·琼斯不让保拉着迷呢？上大学以来，我一直喜欢她那深沉、富有感情的嗓音。我常常和着她的歌词唱歌：“我们相聚在一起，我们是灵魂在四处流浪的双胞胎。”

夜晚颇有寒意，我们来到了室内。服务生给我们菜单，我看见他在审视着我们。要是听到我们在比较各自的生活，他肯定会觉得非常奇怪。

“要不要来点河蚌？”我问保拉。

保拉皱了皱眉。我小时候在长岛湾待过。我们每天都乘船出海，常常从码头带回新鲜龙虾。我的口味肯定受到了这段经历的影响。

我起身到洗手间去。这时，我忍不住回过头来，从另一个角度打量保拉。虽然我们之间相像的程度令人觉得不可思议，但我不会把她误认为自己。我在大厅内装饰考究、镶着金边的镜子前看到自己的形象，见到自己依然故我，觉得如释重负。我转过身来端详保拉，她同样惊讶地注视着我。

保拉：埃利塞回到餐桌时，我们便滔滔不绝地聊起许多给我们留下深刻印象的艺术电影，我们同时连连点头。

“《钢琴课》《破浪而出》……”

“《柏林苍穹下》！”我们同时脱口而出，然后都惊讶地看了看对方。谁能想得到对于维姆·文德斯电影的爱好竟然是遗传特征呢？

一九九零年秋天，那时我从威斯利学院毕业才几个月，我到了全新的独立影院圣地安杰利加电影中心观看电影《柏林苍穹下》。在这之前，我已迁到曼哈顿，在纽约大学攻读电影学硕士学位。

我除晚上上课外，还在一家公关公司做助理。这家公司专门从事独立影片和外国影片的业务。和父母在韦斯特切斯特待了一个夏天之后，我来到了位于闹市区的纽约电影业中心，并为此兴奋不已。

我每天白天上班，晚上上课，很少有时间从事社交活动。在纽约，我的熟人不多，而且因为日程排得很满，没有多少时间去结交新朋友。电影是我的唯一伴侣。我要是失眠的话，就会忙里偷闲，一天看三部电影。每逢周末，我总是孑然一身到安杰利加影院看午夜电影。我非常喜欢独自坐在漆黑的影院里，周围是一群陌生人的那种孤独感觉。我喜欢一边偷听他们交谈时所透露的信息，一边想象他们的生活如何。观看一部优秀影片时，我如同来到另外一个世界。这个世界有它自己的清规戒律和雄心壮志。一时间，我觉得自己灵魂出窍，完全陶醉于银幕上神奇的景象。

看《柏林苍穹下》时，这部电影充满诗意、梦幻般的情调让我痴迷。在一个场景中，一位天使端坐在柏林上空的栖木上，抚慰着穷苦百姓。观众如同天使一般“听见”这些百姓转瞬即逝的一些念头：“我为什么是自己，而不是你呢？我为何在这里，而不在那里呢？”

埃利塞：大四时，我常常和朋友们一起从长岛步行一个半小时到曼哈顿，去观看安杰利加影院放映的精选影片。我算了算自己和保拉彼此生活交叉的时间和地点。或许，那时我在买票，她已在影院里就座。也许，只差几秒钟，我们就能相遇。

我们在娘胎里待了九个月之后便被分离。或许，这一经历给我们的生活永远打下了烙印，我们都因此而喜欢同样的电影。也许，由于长期分离，一个孪生儿往往会追寻表达对另一个孪生儿思念的艺术。

我曾单独看过《柏林苍穹下》，希望有人和我一起欣赏这部电影的崇高美。于是，我带着我的初恋情人克里斯，一起到亨廷顿的新社区影院看了这部电影。银幕上的黑白图像在克里斯眼前跳跃。我非常希望能够看透他的心思，便仔细观察了他表情的细微变化。我渴望能和他心心相印，但从来不曾和他亲密。

对陌生人我甚至也有类似的感觉。乘坐公交车时，我默默地同情坐在我旁边的乘客，同情他们的喜怒哀乐。我想对他们说，我热爱这个世界，热爱生活，我同他们能够达到心灵上的契合。每当车子到站，我要下车时，我总会依依不舍，我想和这些陌生人说声再见，毕竟我和他们曾度过一段时光。

似乎有一位捉摸不定的他者一直吸引着我。

保拉：埃利塞和我谈得非常投入，都没有意识到来吃午饭的人们已早早离开。这时，服务生在桌上摆上用于许愿的蜡烛。

“嘿，你们两个肯定是双胞胎。”艾弗说道。他下班回家，顺便过来看看。艾弗热情地拥抱了埃利塞。要是我以后再也见不到埃利塞，艾弗至少会证明我有个孪生妹妹。

“他很可爱。”艾弗走后埃利塞说道。

“我们对男人有同样的感觉，”我说道，“我比较喜欢瘦高个子的男人。”

“我也是的。”埃利塞说道。

我和艾弗是一见钟情。这是我第一次真正喜欢一个人，而且我的感情付出也获得了回报。

“我一直以为只有很特别的男人才能欣赏到我们的美。”埃利塞说道。

“你是指什么？”我觉得她的话刺痛了我，便问她。

“并不是每个男人都能欣赏我们的相貌。”

“我们长得是不是有点特殊，大多数小伙子不会觉得我们漂亮？”我问道。

“不对，根本不是那回事。”埃利塞答道，“我说的话实际上是一种赞美。我们不一定是那种能马上吸引小伙子眼球的女人。不过，要是有小伙子能够注意我们，那他肯定很特别。”

原先我对自己的相貌一直很敏感。这次因为与孪生妹妹相聚，我更加在乎自己的外貌。我从来没想到过居然同与自己长相酷似的人谈论自己的相貌。我不禁想了解她是不是比我长得漂亮，艾弗是不是更喜欢她。

后来，我了解到，对不同家庭长大的双胞胎所做的研究表明，遗传基因在选择配偶方面似乎不起多大作用，这让我感到些许的宽慰。已故的利肯教授是明尼苏达州双胞胎及收养研究项目的关键成员，曾担任明尼苏达州双胞胎家庭研究项目的负责人。他指出：“决定人们婚嫁的浪漫激情几乎是随机的，没有规律可循。”

利肯教授对九百多对双胞胎及其配偶进行问询。他指出，同卵双胞胎的伴侣之间以及异卵双胞胎的伴侣之间都没有什么相似之处。在双胞胎的配偶当中，很少有人会说他们会爱上配偶的孪生兄弟姐妹。显然，爱情吸引力的作用大于遗传基因的作用。

埃利塞：最初浏览保拉的网页时，我还以为艾弗是东欧人，因为他的名字很特别。然而，尽管有东欧血统，但他却是美国人。保拉告诉我，艾弗是安东尼的昵称。艾弗英俊，随和，身材修长，一头棕色头发，其中有些白发。他一见到我便拥抱我。

要是早一点遇到他，我可能会倾心于他。我曾希望自己在找到保拉之前能够遇到自己的白马王子。我已经习惯于单身。现在双胞胎姐姐的出现更是让我没有精力去找男朋友了。我为何要独身一人，一直放弃谈恋爱的机会呢？

保拉：我和埃利塞不愿意离开，仿佛初次约会的一对互相倾慕的恋人一般。和她交谈时，我才完全找回自己。

我从来都不曾意识到自己的妹妹失散了，更不用说孪生妹妹了。此时此刻，我很难想象如果没有孪生妹妹，生活会是什么样子。我担心我们今天一旦分手，我就再也见不到她了。我一直被遗弃情结困扰着，总是莫名其妙地担心我亲近的人会不明不白地失踪。上五年级时，我总是做噩梦，梦见自己最好的朋友搬走。聚会时，如果有朋友不辞而别，我的感情就会受到伤害。我一直以为自己之所以有遗弃情结，是因为自己被抱养，不过如今我则认为原因在于我很早就与孪生妹妹分离。

我们陶醉于团聚的喜悦之中，我希望这一幸福之情永远存在。我们往位于第一大道和东一街交叉处的东村酒吧走去。结婚前，我经常到这些地方喝酒，常常一醉方休。

“请出示你的身份证件。”一名穿着黑色皮马甲的大块头光头保安在门口要求道。

我们比较了彼此的驾驶证照片，核实我们都出生于一九六八年十月九日。

“你要喝点什么？”我问埃利塞。

此时，甚至一个简单的问题也会使我们思考先天与后天影响的问题。

我们刚刚团聚，似乎都想在行动上保持一致，点同样的饮料。尽管我喜欢喝有点女人味的甜饮料，如“大都会”鸡尾酒，不过，埃利塞提议喝点威士忌时，我默许了。她喝酒显然要比我老练得多，但愿她不至于认为我是个伪君子。

埃利塞：天色已晚，我们不得不分手。我依然兴奋不已，需要服用镇静剂才能使自己安定下来。长大成人之前，我常常品咂祖父晚上喝的威士忌酒，因而今天喝威士忌酒是最合适不过的了。虽然在我点威士忌酒时保拉没有反对，但我喝酒要比她老练些。

我们都稍微放松了些，我一时间忘记了是和孪生姐姐坐在一起。我们夸张地唱着那些肉麻的情歌，我们显然都有参加电视歌手大赛的天赋。在拥挤、喧闹的酒吧里，大家喝酒肯定都喝过了头，没有注意到我们在大声翻唱曼迪的歌。

小时候，家人各自忙着自己的事情时，我戴着装有垫子的大耳机，听巴里·曼尼洛的歌曲。我遐想着要是保拉和我小时候在一起，她肯定会抢我的耳机。也许我们会在一起唱歌，闹得家人不得安宁。

时间已近午夜，保拉和我开始朝约瑟夫的住处走去。最终，我们不得不道别。我和这个陌生人是什么关系？保拉和我一起在娘胎里待过，她是我认识的第一个人。我们紧紧地相拥着，我不愿意让她走。后来，一辆出租车载着她扬长而去，我一人站在A大道上。昨晚下了场雨，街道是那么的光滑、整洁。短暂的欢愉之后，我又是孑然一身，仿佛新生儿被领进陌生的世界一般。

保拉：我和埃利塞一起度过了漫长而令人眼花缭乱的一天。我实在不想离开埃利塞，但我也非常向往同丈夫、女儿相处的亲密和惬意。埃利塞和我一同朝着她朋友约瑟夫的住处走去。约瑟夫的房子位于A大道，离我几个月前住的地方只隔几个街区。

分手之前，我们犹豫不决，沿着人行道徘徊。

“今天真不错。”我说道。

我很兴奋，难以平静下来。即使我尽可能地稳住身子，我的脚步仍然在朝前缓缓地迈着。

“再见。”埃利塞难过地说道。

星期天她和她的父亲要来斜坡公园，我们还会见面。那时她会见到杰茜。我们紧紧地拥抱在一起。后来，一辆出租车停在我们旁边，仿佛在召唤我们回家。

我用力关上车门，从座位的一边滑到另一边。我转过身来，看了看车子后面的窗户。出租车朝着曼哈顿桥飞驰而去。我注视着埃利塞孤独的身影消失在远处。

第六章

保拉：为了接受这个事实，我需要重复地提醒自己“我是个双胞胎”，如同一个处于恢复期的瘾君子要克服自我克制带来的痛苦一般。我竟然有如此美妙的故事讲给别人听，不禁得意起来。别人惊愕的表情让我陶醉。以前，我一直过着相对单调的生活，突然之间我成为别人好奇的焦点，还成了脱口秀电视节目主持人的嘉宾。艾弗办公室的接待员巴里开玩笑说：“蒙特尔·威廉姆斯打电话找你呢！”我很快乐，但也对自己生活中的惊人变化感到害怕。在流行文化的词典里，双胞胎同侏儒一样似乎是“畸形人”的代名词。

我想起蒂安·阿巴斯拍摄的迷人照片。在这张照片里，一对看上去甜美、迷人的双胞胎姐妹穿着得体的服装。她们并肩站在一起，会意地直视着镜头，等待着观众们辨别出她们之间细微的差别。阿巴斯拍摄的照片为斯坦利·库布里克的作品《闪灵》中的神经质孪生姐妹提供了素材。这对不祥的孪生姐妹，还有大卫·克罗伯格的作品《孽扣》中患有精神病的双胞胎妇科医生，一直困扰着影迷。后来，一九九零年发行的电影《双生杀手》描写了一对反社会的双胞胎。这部电影是根据一对双胞胎恶棍罗纳德和雷金纳德的真人真事拍摄的。这对双胞胎曾在二十世纪五六十年代使伦敦人心惶惶。

人们对双胞胎非常好奇。在一年一度的双胞胎节日，成百上千的研究人员汇聚俄亥俄州的特温斯堡，希望研究双胞胎的饮食偏好、听力以及环境和遗传因素对他们皮肤和头发的影响。去年的双胞胎节是该节日的第 30 个年头，吸引了两千多对双胞胎和成千上万的参观者。同卵双胞胎穿着相映成趣的服装，参加“眼前一亮”游行，穿过这座城镇。许多对双胞胎参加了“最像女子组”和“最年长双胞胎”的评选。

每年夏天，科尼岛海滩上的星盘游乐园都会举行双胞胎和多胞胎家庭节，这个节日的高潮是才艺比赛。双胞胎和多胞胎家庭节让人回想起古时候的滑稽表演，吸引了大量的观众。观众聚集在木板人行道上，痴迷地看着成百上千的双胞胎或多胞胎的表演。

我很同情张鹏克和恩鹏克兄弟俩。这对华人双胞胎出生于暹罗，也就是今天的泰国。他们身体的胸骨部分是相连的。十九世纪初，他们常打着“暹罗双胞胎”的旗号同 P.T. 巴纳姆的马戏团一起到处巡演。这对暹罗双胞胎或连体双胞胎，是由于同卵双胞胎的受精卵没有完全分开而形成的。连体双胞胎发生的概率据估计是二十万分之一，其存活率只有百分之五到百分之二十五。

美国并不是唯一一个将双胞胎视为独特现象的国家。几乎所有古代和原始的文化都视双胞胎为一种超自然的存在，这种存在拥有要么带来福音要么带来灾难的可怕力量。从传统上看，西方社会崇拜双胞胎。早期的罗马和希腊社会尊崇多胞胎，给予双胞胎们以特别待遇。那时候，双胞胎让古希腊和罗马人着迷，他们的很多戏剧甚至以双胞胎为主题。最著名的双胞胎莫过于瑞摩斯和罗穆卢斯，这对神话中的双胞胎是罗马的建立者。由于那个古老的传说，罗马共和国将双胞胎兄弟的出生看作一种福气，而双胞胎姐妹的出生则被视为一种不幸的负担。

二十世纪之前，日本人把双胞胎的出生当作凶兆，因而许多人家通常封锁双胞胎婴儿出生的消息。为了隐藏所谓的证据，他们常常抛弃其中的一个婴儿。在现代之前，南非的祖鲁族人和尼日利亚的约鲁巴人都把刚生下的双胞胎婴儿处死，因为他们相信双胞胎的出生意味着凶兆。然而，现在的约鲁巴人对双胞胎的态度已发生戏剧性的转变。他们会为双胞胎的诞生庆祝。因为他们相信双胞胎拥有决定家族命运的强大力量——要么赐予家族欢乐和繁荣，要么带来疾病和饥荒——当代的约鲁巴人对双胞胎充满了敬意。

每当想到双胞胎，我就会联想起一些令人不安的事情。因此，看到这么多人对我的经历羡慕不已，我真是目瞪口呆。“这不公平，我想有个双胞胎兄弟！”艾弗的堂弟特里大声说道。他小时候也被人收养。

我和埃利塞的团聚迎合了大家想拥有双胞胎同伴的心理，以及将双胞胎当作心灵伴侣和终生知己的不切实际的想法。双胞胎可能是性情古怪的人，但大众文化却将双胞胎看成是不可多得的人，值得大家特别关注。一代又一代的美国儿童带着对鲍勃西双胞胎以及后来《甜蜜谷的双胞胎》中的主人公杰茜卡·维克菲尔德和伊丽莎白·维克菲尔德孪生姐妹的同情长大成人。异卵双胞胎玛丽凯特·奥尔逊和阿什莉·奥尔逊利用公众对同卵双胞胎和异卵双胞胎的痴迷，创立了资产达数百万美元的电影制片公司。

朋友们都感叹道：“祝贺你，你真幸运！”好像我赢得了彩票。我能有机会去认识自己的克隆翻版，这既神奇，又非常可怕。

我还记得上学时班上的双胞胎姐妹丽莎·安德鲁斯和米歇尔·安德鲁斯。她们身材娇小，头发光滑、乌黑，剪成二十世纪七十年代流行的法拉·福西特发型。她们是最受欢迎的社团的成员，身边总是有男朋友，穿着时尚品牌的牛仔服招摇过市。她们以安德鲁斯姐妹而闻名，很少有人称呼她们为丽莎和米歇尔。她们从来都不显得孤单，这让我羡慕不已。不过，我同情她们，因为作为双胞胎，她们注定要被众人比较。丽莎身材纤细，而米歇尔更强壮。

如果我和埃利塞一起长大，我们肯定会被称为双胞胎。人们只有仔细观察，才能看出我们长相和举止上的差异。我没有和埃利塞一起长大，这倒让我感到些许的宽慰。

“虽然在我看来将我们分开是错误的，但我不得不认为命运最终还是遂了我们的心愿，”在和埃利塞第一次见面后的那天我给她发了电子邮件，“我知道发生的一切都是合情合理的，但我无法想象还有另外一个自我的存在。我无法想象我居然有一个和我长得一模一样的双胞胎妹妹，但是我现在不得不相信。”

如今，我对自己的身份有了新的了解，非常想知道关于双胞胎的一切情况。同卵双胞胎是自然的复制品。当受精卵对称地分成两个胚胎，在这些胚胎中，数亿个细小的DNA分子的排序相同。由于帮助受精的药物和试管受精都不会导致同卵双胞胎的产生，全世界同卵双胞胎的出生率只占总出生人数的二百五十分之一。这相当于美国异卵双胞胎出生率的三分之一。由于普遍使用试管受精药物及受精药物，美国异卵双胞胎数量急剧增加。

同卵双胞胎的基因百分之百相同，而异卵双胞胎分别来自两个分开的受精卵，其DNA只有百分之五十是相同的，和其他普通兄弟姐妹的基因差异没什么两样。异卵双胞胎可能看上去很相似或看上去迥然各异。不同人种父母所生的异卵双胞胎可能在皮肤颜色方面存在很大差异。一个人的肤色是黑色的，而另一个的肤色是白色的。

如果一个女性在同一月经周期内同两个不同的男性发生性关系，然后两个不同的卵分别和这两个男子的精子结合受精，最终出生的双胞胎也只有百分之五十的基因是相同的。

尽管不同因素可能导致异卵双胞胎的产生，但对导致卵子在受孕后分裂，并产生同卵双胞胎的原因，人们都没有把握。埃利塞和我的诞生纯属偶然。

在我和埃利塞长大成人之前，像安德鲁斯这样的双胞胎姐妹不大多见。目前双胞胎和多胞胎现象明显增多，纽约大街上到处都是双人婴儿手推车，便是明证。双胞胎出生的自然概率是九十分之一。不过，由于试管受精的使用，以及孕妇受孕年龄的增大，今天在美国双胞胎的出生率占总出生人数的三十五分之一。在美国从一九八零年到二零零三年双胞胎出生的数量上升了百分之七十五。

三胞胎的数量也在上升，但仍然不多见。虽然近二十年来，三胞胎出生率上升了三倍，其中一千个出生的婴儿中仅有一个是三胞胎。由于妇女年龄越大，受精卵分裂会越频繁，四十五岁以上孕妇中有百分之十七生了三胞胎。五十岁之后,生三胞胎的概率上升到总出生人数的九分之一。

对于受孕治疗成功的妇女而言，生三胞胎的概率是三分之一。据纽约市卫生局调查，在富裕的曼哈顿社区，一些夫妇能支付高昂的试管受精费用，双胞胎出生率高达所有出生人数的百分之八，而双胞胎的自然分娩率只有百分之一点一。

科学家们已查明可能提高异卵双胞胎出生率的许多其他因素。异卵双胞胎现象主要受母亲家庭的影响，而父亲的家庭也可能与此相关。母亲的身高和体重可能也是影响因素之一，因为研究表明异卵双胞胎的母亲平均身高和体重超过其他母亲。孩子出生的顺序也有一定的影响。异卵双胞胎往往是一个家庭最后出生的孩子。这有一定的道理，因为异卵双胞胎的出生率随着家里已有孩子数量的增加而提高。

饮食也会影响异卵双胞胎的出生率。约鲁巴部落的双胞胎出生率是世界上最高的——每一千个出生的婴儿中就有四十五点一个双胞胎，这是美国的四倍。专家对约鲁巴部落双胞胎高出生率原因的观点存在分歧，虽然一些专家认为，这是由于该部落的人食用一种特殊的含有类似于激素物质的土豆。如果乡下的约鲁巴妇女搬到城里，并且改变饮食，她们生下双胞胎的概率就会降低。

在二零零六年对母亲饮食所做的研究中，位于曼哈顿的阿尔伯特·爱因斯坦医学院临床妇产科助教盖里·斯坦因曼发现，定期食用牛奶制品的母亲怀上双胞胎的概率比那些没有定期食用奶制品的母亲要高出四倍。

有一种理论认为给牛注射生长激素可能是这一趋势的原因，因为妇女食用含有牛奶产品的食品会提高妇女的类似于胰岛素的生长激素水平。

在斜坡公园，居住着一些有紧迫感的职业人士。他们花了好几年时间打拼事业，然后才生儿育女。这个社区是养育双胞胎的天然场所。几乎每一次出去时，我都能碰到一些双胞胎小朋友。他们让我想起自己奇怪的处境。第一次见到埃利塞的几天后，我到斜坡公园七街的杜安·里德店购买卫生用品。我拦住一位看上去很憔悴的女士，她推着一辆双人婴儿手推车，里面坐着一对长得一模一样的金发女孩。

我问道："你孩子多大了？"

这个妇女一看就知道几天没有洗澡了。她答道："六个月了。"

虽然双胞胎儿童常常在社区里四处乱跑，他们仍然引起人们的关注。她显然对回答这类问题已习以为常。

"我也是一个双胞胎。"我缓慢地说，似乎在练习说这个句子。我羞怯地冲她抿嘴一笑，好像我在撒谎被人揭穿一样。对我而言，我是个双胞胎这一事实似乎还是那么不真实。

虽然我已经把埃利塞存在的秘密透露给了完全陌生的人，但对于要不要把这个消息告诉哥哥史蒂文，我还是犹豫不决。我们两个人都是被收养的，我们都没有遇到过有血缘关系的亲人。在这方面，我们的处境相同，站在同一个起跑线上。可是如今我有了个血亲——一个孪生妹妹，而他却没有。于是，我们关系之间的平衡完全被打破了。

虽然史蒂文和我相差三岁，但从童年开始我们就是亲密的伙伴了。自从他在酒吧闹事以来，我们之间便产生了说不清的分歧。那时，他开始反叛家庭生活，决意要成为一名摇滚歌星而不是兽医。他不再信任我，怀疑我可能会背地里闲谈他的事情。当他和父母争吵冲出屋子的时候，我左右为难，只好耐着性子听父母的说教。

“千万别像你哥哥那样，”父母哀求道，“我们再也应付不了更多的麻烦。”为了替他的“坏小子”行为做个补偿，我不得不成为一个非常优秀的乖乖女。回过头来看，我禁不住想哥哥惹麻烦是不是想验证父母对他的爱。为了将这个想法付诸实施，他竟然让父母不要收留他，并最终宣布他不是父母的亲生孩子。

周日晚上，我打电话告诉史蒂文我有个孪生妹妹时，他紧张地笑了笑道：“那她跟我是什么关系？另一个妹妹？她是我妹妹的妹妹，难道不是我的妹妹吗？”

我告诉史蒂文：“你到城里参加求职面试时，我想让你见见埃利塞。”

史蒂文在旧金山住了五年，正打算搬回纽约，一部分原因是为了离家人和我近一些吧。他想让杰茜见见她的“舅舅”，杰茜一年当中有一两次这么叫他。

“老实说，如果她长得跟你一模一样，我不清楚自己是否真的会见她。”史蒂文说道，他尽量避免和我发生争执，“那感觉很奇怪。再没有什么能比这更不可思议的了。上帝啊，但愿我没有孪生兄弟！”

像我一样，史蒂文从来没有兴趣寻找与自己有血缘关系的家人。

他接着说道：“我像小孩子一样挺羡慕你的。从今往后，她会参加所有的家庭聚会吗？她是你的妹妹而不是我的，感觉真的很奇怪。”

也许他担心我宣布埃利塞是自己的妹妹，会让他觉得我们的兄妹关系更远。

当人们问我史蒂文是不是我的亲哥哥时，我毫不犹豫地说：“当然是了！”但是埃利塞却使我怀疑自己的家庭观念。我们在同一个娘胎里待了九个月，拥有完全相同的DNA，实际上她就是我的一部分，我也是她的一部分。她是我的孪生妹妹，但我们之间还说不上姐妹感情。我们没有相同的记忆，只是有相同的倾向而已。然而，即使我们才刚刚见面，我也不能否认她就是我的家人。

我们挂断电话之前，史蒂文说：“我不停地在想肥皂剧《辛菲尔德》中的那个情节，杰里同一个长相和他几乎一模一样的女人约会。最初，杰里认为没有什么能比这次约会更好的了。后来他记起了什么，说道：‘怎么了，我讨厌自己。为什么想和一个跟我长得这么像的人在一起呢？’”

我们都对这个故事感到好笑，发出一阵熟悉的笑声，就像我们小时候一起分享我们之间独有的笑话一样。

埃利塞：找到保拉值得庆贺。我的努力也得到了回报，在长岛一次难得的家庭聚会上，父亲终于露面了。我无数次催他来巴黎看我，曾以许诺和他一起去诺曼底悬崖旅游来吸引他，但都没有成功。看来我们需要更加特别的活动才能让我们团聚。二零零零年秋天，我起程前往巴黎开始新的生活，中途曾在纽约短暂停留。自那时以来，我一直没有来过纽约。如今，作为游子的我在浪迹了多年后终于回到了家。

“告诉我们关于她的情况！”每个人都恳求我。在这个有些让人满是睡意的圣詹姆士镇的后院里，到处都是参加聚会的客人。一起来得那么突然。我的家人十分好奇，要求我邀请保拉来参加今晚的聚会。但是，在保拉与家人见面之前，我想让家人团聚团聚。我一边沉浸在一个大家庭的温馨之中，一边想让保拉迟一点走进我们的生活。不管是通过收养还是通过再婚组建的家庭，这才是我真正的家。

“你如今有个姐姐了！”帕特阿姨大声说道，仿佛我的新家庭可以取代旧家庭。自从保拉在我生活里出现，我担心家人以为我再也不需要他们了。帕特的女儿杰梅忍住泪水，拥抱着我。她曾患有孕期双胞胎输血感染综合征。后来，又失去了一周大的儿子以萨克。自那时以来，她一直沉浸在悲痛之中。

怀上双胞胎的过程充满着艰辛，两个胎儿常常为了空间和营养而竞争。偶尔，当同卵双胞胎中的一个把对方的供血吸过来时，母体内便会发生一场争斗。双胞胎输血综合征的发病纯属随机事件，而且极为罕见。一般而言，一千对胎盘相同的双胞胎或多胞胎中，只有一对会受到双胞胎输血综合征的侵扰。他们共有的胎盘内含连接双胞胎血液循环的异常血管，往往对一个胎儿有利，而对另一个胎儿不利。通常，双胞胎输血综合征会导致一个或者两个胎儿在出生之前或出生后不久就夭折。

我和保拉团聚似乎会导致杰梅的自我封闭。如果保拉和我都能接受没有和自己的双胞胎姐妹一起长大这一事实，以萨克的孪生兄弟盖布里就会平安无事。然而和我们不同，盖布里在成长的过程中会知道他刚出生下来时的情况。

我们聚集在厨房里，大家都催我祝酒。我当初不知道这次回到纽约是否能够找到孪生姐姐。我很迷信，没有从法国带来任何香槟。我们从点缀着大理石酒柜的许多瓶红酒中拿了一瓶打开。

大家都兴奋地喊道："为保拉干杯！"

看着他们期待的表情，我转向了父亲。"这杯是为你干的，虽然你并不常给我打电话"——当这些话像连珠炮似的说出时，我再也不能控制自己的泪水——"我从来没有怀疑过你对我的爱。"父亲把我拉到他身边，多年的生疏感顿时烟消云散。我紧紧地拥抱着父亲，仿佛再度回到了六岁的时候，那时我刚刚失去母亲。

自从找到保拉，我觉得失去的每一个亲人都会回到我的身边。

在旅途中，我和父亲非常自在地交谈着。有一次去看父亲，在他开车带我去机场的途中，我们都敞开心扉讨论了一些严肃的问题：如果有一天他出了什么意外，去世后他想安葬在哪里，谁来照看泰勒和杰伊。

那次聚会之后的一天，我们驱车来到布鲁克林，去见保拉和她的家人。路上，我问了父亲一个问题："为什么你们选择了我？"他也不知道该说什么。不过，从他的反应来看，很明显当时妈妈选择了我并不是因为我那时是一个可爱的宝贝，我一直以为是这样，而是因为我是安排他们收养的孩子。我最终和父亲马蒂·沙因在一起了，是多么的偶然呀！然而我无法想象和另外一个父亲在一起生活。

当我们沿着通往保拉公寓的十二街漫步时，父亲和我都欣赏起沿着街区修建的赤褐色砂石建筑。父亲想到要为一个小女孩买礼物很兴奋，便跑进7街一家儿童用品专卖店。片刻之后，他笑着走出这家专卖店，得意地秀了秀他为杰茜买的柔软的粉红色小兔子拖鞋。

保拉开门时，我们吻了吻对方的脸颊，然后拥抱在一起。这个复式公寓漆成令人心情舒畅的淡绿色。在壁炉架上方，投射灯将镶有外框的艺术装饰平板画照得通亮，画面上是一个性感的女人背对着我们。

父亲不安地等候着拥抱保拉，他打量着保拉。看着这个他本来可以收养的女儿，父亲的脸上有种哭笑不得的复杂表情。父亲在保拉灿烂的笑容和深棕色的眼睛里看到了我的影子。

他感叹地说道：“你百分之百是她的孪生姐姐！”

我的脑子里不停地思忖着父亲的这句话。我和保拉就真的那么相像吗？难道就没有人注意到我们鼻子和嘴唇的不同之处吗？父亲说：“如果你们都剪同样的发型，我就不能把你们区分开来！”我突然对自己的言行感到不好意思。我尽量克制自己，这样父亲不至于轻易发现我看到长相酷似的人流露出的惊愕表情。

保拉给她的女儿介绍父亲：“这是马蒂。”杰茜觉察出大人们很兴奋，冲我们笑了笑。什么时候杰茜会问为什么我和保拉没有相同的父母亲呢？

保拉用不太明显的手势把我介绍给杰茜：“这是姨妈埃利塞。”“姨妈，你好！”杰茜对我说，好像我就一直生活在她们周围。事情就这么简单。如今，我有了一个外甥女。

我对再次成为姨妈感到非常高兴，但是我还是没有完全消除对处于青春期的侄子泰勒所作所为的失望。从他最近奇怪的行为来看，恐怕他会辜负我对他的期望。

不过，至少让我感到欣慰的是，即使我膝下无子，我的基因将会通过保拉的女儿遗传下去。奇怪的是，我再也没有生儿育女的压力，虽然我也在想将来有一天我可能会为杰茜生一个表妹或表弟，给家里增添人丁。也许，我们还可以一起进行家庭旅行，车子后座上坐着一大群孩子，放着用于高山探险的露营装置。

保拉：埃利塞的父亲马蒂下身穿着退色的牛仔裤，上身穿着扣好扣子的花格子衬衫，足蹬西部牛仔穿的那种靴子，看上去就像一个中年牛仔。他谦逊的举止和温情的笑容一下子让我很放松。

马蒂掏出了家庭照片，儿时的埃利塞和我很难区分开来，这让我惊呆了。相同的甜美笑容，平整的鼻子，浓密的赤褐色头发，梳着短刘海儿，一样傻里傻气的（上世纪）七十年代流行的女式裤套装。可此时此刻，我们都有自己独特的风格，没有人会将我们混为一谈。我们的不同教育和不同的成长环境是不是有可能实际上塑造了我们的为人和我们的外表？

根据一个国际科学家小组最近在位于马德里的西班牙国家癌症中心进行的研究，回答是肯定的。这些科学家们认为：随着同卵双胞胎长大成人，他们长相上的差异可以归结为环境的影响。科学家们对八十对年龄在三岁到七十四岁的同卵双胞胎的DNA进行研究，发现他们出生时有相同的染色体，这些染色体随着年龄的变化而发生变化。出生时，幼小的双胞胎婴儿有几乎完全相同的染色体，但随着年龄的增加，他们的外貌变得越来越不同。

科学家们对上述发现做了两种解释。一种解释是一些外形特征随着年龄增加而消失。另一种解释是个人经历和环境中的一些要素——包括香烟烟雾这类有毒物质——会改变这种外形特征。

这项研究表明双胞胎分离得越久，他们之间外形染色体的差异就会越大，这说明生活经历确实会改变DNA。

换句话说，埃利塞吸烟，是一个素食主义者，而我住在污染严重的纽约，有自己的孩子。这些事实都实际上改变了我们的DNA，我们基因结构不再相同。想到我的每个经历都会在身上打下烙印，我不禁心潮澎湃。

埃利塞：保拉指着我十一岁时在祖父婚礼上拍的照片惊叹道："那可能是我吧！"我克制着自己的情绪，大声说道："不是的，那是我！"

和保拉长着同样的面孔，这让我觉得怪怪的。我拥有使我成为我自己的那些时刻，而有过那一段生活经历的也只能是我。

她说："我有张相似的照片，是在哥哥成年礼上拍摄的。"保拉说完就匆匆冲下楼去找些照片来和我的照片进行比较。

我们回到了厨房餐桌旁，把保拉和她哥哥的照片同杰伊和我的照片并排放在一起。人们实际上可以将我从一张照片中抽出，然后把我同另一种生活进行交换。我们的哥哥都有惊人相似的黑色鬈发，都有一张淘气的笑脸。不过，杰伊的蓝眼睛让我相信他们并非双胞胎。

我越过父亲的肩膀，朝他选给保拉看的一沓照片看了一眼。其中有张照片让人生厌。照片中，我正准备参加高年级学生的舞会。那段经历我宁愿全部忘记，因为照片中的我正是最胖的时候。我随意地披了件带花边的白色丝绸衣服，看上去就像一个加大号服装模特穿上了结婚礼服。

我请求父亲，说道："请不要把那张照片给她看。"

"为什么不呢？"

"因为我看上去很胖。"

"不，你并不胖。实际上你看上去很漂亮。"即使在我最尴尬的时刻，父亲也能从我身上看到美。我没有睬他，虽然我对保拉说过自己曾经努力减肥，但要她看到我最糟糕时的照片还是没有做好心理准备。

杰茜为了引起我们的注意力，突然抓住我的手，并把我的手放在她妈妈手中，催促我们围成一个圈。我们三个人一边慢慢地转圈，一边唱起歌来："围着玫瑰转，口袋里满是花。"我非常开心，还差点摔倒。

我一厢情愿地想象着我和保拉没有在一起度过的童年时代。不管怎样，能在杰茜年龄尚小，可以无条件地接受我的时候见到她，我很感激。

保拉：可能因为她和我长相惊人地相似，杰茜毫不犹豫地拥抱了埃利塞。埃利塞和我的基因百分之百相同，从生物学意义上说，杰茜和埃利塞的关系同她和我的关系没什么两样。如果埃利塞有孩子的话，这个孩子不仅将会是杰茜的第一个表弟或表妹，也是她同母异父的兄弟或姐妹。

如果一对同卵双胞胎和另一对同卵双胞胎结婚，他们生育的孩子不仅是长相酷似的堂兄弟姐妹，而且从遗传学角度看，他们还是同父同母的兄弟姐妹。他们平均拥有百分之五十相同的基因，如同其他普通的兄弟姐妹一样。不管你相不相信，这类联姻，虽然不多见，但的确存在——据报道，全世界大约有二百五十对同卵双胞胎和同卵双胞胎结婚。许多这类由四人组合的浪漫情缘始于俄亥俄州特温斯堡一年一度举行的双胞胎节。如果你们是一对双胞胎正在想寻找另一对双胞胎作为结婚对象，还有什么比这里更好的地方可以找到理想的另一对呢？

两对双胞胎克雷格·桑德斯和马克·桑德斯与黛安·讷蒂美耶和达琳·讷蒂美耶在一九九八年的双胞胎节上相遇。七个月后，他们组成了两对夫妇。他们现在的房屋也是并排挨着的，共用一个大后院。他们几乎不锁门，两家的孩子可以自由地串门，就像一个大家庭一样。

我无法想象我和埃利塞的生活也这样交织在一起。她这才是第一次到我的公寓呢。不知为什么，在我和她父亲见面的同时，让她和我女儿杰茜见面，我觉得这挺合适的。

马蒂大声地为杰茜朗读着童话《戴帽子的猫》，很容易让人觉得他就是疼爱杰茜的祖父。“他和杰茜在一起是多么的甜蜜啊。”埃利塞说完话，就跑出了厨房，掩面哭了起来。我也跟着她进了另一个房间。

“看到他和杰茜在一起，我不禁想起如果我永远都不能给他生个外孙，该怎么办呢？”埃利塞哭着说道。我拥抱了埃利塞，尽量找话安慰她。

“你肯定会找到真爱的，我相信你。”我告诉她，虽然我自己也意识到我对她的信心听起来并不管用。

在这次拜访结束时，马蒂穿上那件已经褪色的皮制短夹克准备离开，他转身对我说再见。

“我爱你。”他很真诚地说。

如果换一种情形，马蒂可能是我的父亲，但是事实上他对我来说是个陌生人，虽然他是个和蔼的陌生人。他不了解我，怎么会爱我呢？我揣测可能因为我当初差点成了他的孩子，而且我和他的孩子长相如此相像，他对我很关心就像我的父母亲也很关心埃利塞一样。

“很高兴你们能来我家。”我告诉马蒂。

“你不会这么快就见不到我，我还会再来的。”他说道。我知道这不大可能，但我一时间感到惊慌——他会收养我，让杰茜做他的外孙女。

埃利塞：我和保拉一周前才认识，但她已经邀请我到她住的公寓过夜。我们之间虽然很陌生，但可能因为我们是双胞胎，在她家时，保拉本能地信任我。

保拉想看看我们对衣服的兴趣是不是相同，在我拜访她的那天，她就把我带到了第五大道的一家高级时装店。

当我试穿一件紫色的衬衫时，保拉说：“这个颜色很衬我们。”

当她说“我们”，把我包括进去的时候，我感觉有些怪。我看着保拉，拒绝承认我们之间的一些相似之处。这可能是因为我更喜欢自己看上去的样子，自己的发型和鼻子，自己的肤色还有自己的风格。

当保拉试穿我的那件羊绒上衣时，我开玩笑地说：“你是不是有点像《叠影狂花》中的人物？”

保拉问：“你真的那么想？”

“有点吧。”

我想起长大成人之前，自己最喜欢的肥皂剧《梦见精灵》和《家有仙妻》中的一些剧情都围绕着“邪恶双胞胎”。这些双胞胎似乎只会搞恶作剧。《家有仙妻》里萨曼达的表姐塞丽娜头发乌黑，发型时尚，能轻松装扮成美丽的萨曼达，把萨曼达的生活搞得一团糟。珍妮的黑头发双胞胎妹妹就更过火了，竟然勾引她姐夫。

我们回到保拉的公寓，我脱下鞋子，轻手轻脚地走在暗色的木地板上，这是他们的习惯。

“你先进去。”“还是你先进去吧！”我们都过于礼貌地说。

一些老朋友常常从朋友的食品柜里拿东西吃。与这些老朋友不同，保拉和我虽然相处融洽，但我还是小心翼翼，以免越了某种界线。

她家的猫咪露露从我身旁经过时，我小声地吸引猫咪过来。

我告诉保拉：“我喜欢猫咪。”

“我更喜欢狗。”她感觉有些困惑地说。

当我打开睡袋时，保拉注视着小巧的玩具熊普吉，自上大学第一天起，我就和它一起睡觉。“那是你的玩具熊吗？”她温柔地问道。说完话，她便从杰茜的床上拿出她自己的有些破旧的小玩具熊。

我问她：“你从什么时候开始睡觉时不用这个玩具熊了？”

上大学时与男友分享一张床，之后又经历了成年人的恋爱生活，但我至今还像小孩子那样需要玩具陪伴自己，对此我并不感到羞愧。然而保拉克服了这个习惯，我多少有些难为情，不过她显然理解我。

保拉的母亲玛里琳打来电话，让保拉把话筒递给我。她欢迎我去她家：“请务必到希尔顿海德来看我们。”

保拉的父母玛里琳和伯尼二零零一年去巴黎旅行时曾看到一位女士长得跟保拉出奇地相像。玛里琳问我：“难道你不觉得她就是你吗？我记得我们说过，每个人在世界上都有长相酷似自己的人。”

我经常参加捷克中心举行的活动，该中心位于圣杰曼，是捷克人聚居区。一想到游客向我走来，问我的出生日期，我便不寒而栗。

保拉：埃利塞挂断电话，我们穿着睡衣一起品尝草药茶。我和埃利塞此时的心情就像九岁的孩子们在准备第一次通宵派对一样欣喜。

“我们整夜不睡觉聊天怎样？我们可以聊聊我们从小到大迷恋的电影明星！”

“我一直比较偏爱罗比·本森，”埃利塞说道，“我姨妈在剧院上班，罗比出演《班战斯的海盗》之后，我曾经有幸在后台和他见面。”

“你见到了罗比·本森？这不公平！”说完我们俩都大声笑了起来。

我们一边给客厅里的充气床垫充气，埃利塞要在客厅里过夜，一边聊起她回巴黎之前我们打算一起做些什么。

埃利塞漫不经心地说道：“我们可以开始试试看如何找到我们的亲生母亲。”

“我来不及细想这个建议，我只想了解你，我现在还不想找到她。”我说道。

“我们不一定要打扰她的生活。我们可以一直只给她写信。”

“如果她不想让我们了解我们的过去，我也不想去这样做。老实说，我害怕了解我们过去的许多实情。”

埃利塞说：“我真的相信过去的实情会让你如释重负，你到底害怕什么呢？可能发生的最糟糕的情况会是什么呢？”

“我甚至都不想考虑最糟糕的情况。”我答道。说完话，我便改变话题，但是脑子里还在想这个问题。我觉得埃利塞找到我，实际上启动了一连串工作，这些工作使我们更加接近我们出身的真相。

第七章

保拉：我们还沉浸在重逢的惊喜中。只是埃利塞只能在城里待一个星期，我们想抓紧时间，着手进一步调查导致我们分离的那项科学研究。埃利塞住在长岛而我住在布鲁克林，电话如同脐带一样，成为我们沟通的纽带。虽然我们都不知道到底要寻找什么，但是我们还是迫不及待地开始调查。

我在搜索引擎里打入关键词“路易斯·威斯”和“双胞胎”,主题为“医生记录”的页面顿时跳出。我很好奇,浏览了自一九九七年以来《纽约日报》上登载的所有关于路易斯·威斯三胞胎的文章。这些三胞胎出生时就被分开，由不同的家庭收养。

打电话给埃利塞的时候，我忍不住说道：“这简直令人难以置信。”

“我知道！”她说，“我在网上看到一篇题为《实验鼠新闻》的文章，这篇文章竟把一组三胞胎比喻成‘一只长着三个脑袋的豚鼠’。”

我们彼此交换着信息，那段令人心寒的往事在脑海中慢慢浮现。

一九八零年的秋天，十九岁的罗伯特·夏弗兰到纽约州北部的沙利文县社区学院注册报到。他不知道为什么其他同学总是叫他艾迪，还拍着他的背问他暑假过得怎样。起先，他以为是有人和他开玩笑，认错了人。直到一个名叫迈克尔·多波尼兹的同学问他的生日，问他是否是养子时，他才意识到那不是巧合。

和罗伯特一样，多波尼兹最好的朋友艾迪·加兰一九六一年七月十二日出生于长岛的犹太人医院，之后通过路易斯·威斯公司被人收养。当多波尼兹拿出艾迪的照片给罗伯特看时，他看见了一个体格健硕，留着黑色鬈发的年轻人。艾迪是上个学期到沙利文县社区学院上学的。后来他们致电艾迪，罗伯特拿起电话就说："艾迪，我想你是我的双胞胎兄弟。"

艾迪并没有很惊讶。最近，他也听朋友们说校园里有一个和他长得极为相似的人。当晚，多波尼兹和罗伯特开车直奔艾迪位于新海德公园的住所。这对双胞胎面面相对时，还是惊讶得说不出话来。他们几乎在同时挠着头喊道："哦，我的天啊！"

接下来的三天里，这对刚刚重逢的孪生兄弟比较着各自的生活经历。他们惊讶地发现彼此的生活有着很多的相似之处：他们都曾是摔跤选手，爱抽万宝路牌香烟，喜欢和比自己年长的女人约会，喜欢看同样的电影，甚至连喜欢模仿的台词都是一模一样的。虽然他们的智商都是一百四十八，但是五年级数学考试都不及格。此外，他们都因为感情问题接受过心理咨询。而他们各自的心理医生给出的建议都如出一辙，认为他们的问题都是由收养引起的。

就在关于这对孪生兄弟重逢的令人难以置信的消息在媒体公布一周之后，皇后学院的一年级新生大卫·科尔曼也偶然间看到了这对兄弟刊登在报纸上的照片。他顿时傻眼了。他打听到艾迪的联系方式，给艾迪打了电话。

"你可能都不会相信，但是当我看着镜子中的自己，又对照着报纸上的照片，我想我是你们的第三个兄弟。"科尔曼说。大卫和他们一样，没有通过五年级数学考试，接受过心理咨询，而且也是个强壮的摔跤手。三胞胎发现他们口味相同，喜欢一个类型的人和音乐。"完全相同，如出一辙。"艾迪不停地感叹道。

当他们和各自父母谈及此事时，他们父母很快意识到这三个男孩都曾经卷入过一场儿童研究。还是小孩的时候，大卫就总是告诉父母他有个兄弟。"我们常常谈论他'想象中的兄弟'。我们都一笑而过。"

大卫的母亲克莱尔·科尔曼回忆道。之后，三胞胎的父母都和路易斯·威斯服务公司取得联系，后者确认他们是三胞胎。尽管这家机构起初否认他们卷入这项儿童研究，但面对事实他们不得不承认曾经参加过一项双胞胎的研究项目。

据《纽约日报》记载，三胞胎是按照路易斯·威斯服务公司的心理顾问维奥拉·伯纳德博士的建议被分离的。她认为如果双胞胎或三胞胎由不同家庭收养，会有利于他们的成长。伯纳德认为那将会是一个双赢局面：三胞胎能够更好地培养各自的个性，而且他们的父母也不必背负着要同时抚养三个孩子的重担。

"他们和我们一样，是这项研究的一部分。"我惊叫道。

"他们怎么会这么做！有没有正式许可？"埃利塞很愤怒。

彼得·纽伯博士时任儿童发展中心主任。他是纽约大学心理分析研究所的知名精神病学家，也是弗洛伊德档案馆的馆长。各方面情况表明彼得·纽伯博士采用了伯纳德博士的理论。他至少认为这一理论为一项重要研究提供了绝佳的机会。他想如果路易斯·威斯服务公司的双胞胎和三胞胎被分离到不同的家庭抚养，那么他们会跟踪研究这些儿童的成长。这项研究由路易斯·威斯公司和儿童发展中心联手，国家精神健康研究所提供部分资助。尽管这项研究现在听上去很恐怖，但是让双胞胎和三胞胎由不同家庭收养，向收养他们的家庭隐瞒一些事实，并研究他们之后的成长，这种想法在当时并没有违反法律。然而，由于他们因分开收养遭受到的损失非常巨大，他们之间本该幸福的重逢也变得黯然失色。

了解到自己曾因为科学研究而被人为地分离，这组三胞胎虽然能有幸团聚，却怎么也高兴不起来。

"我们就这样被活生生地剥夺了二十年的天伦之乐。"科尔曼说。

"你们怎么可以对那么小的孩子做出这些呢？"他的兄弟夏弗兰问。

从他们的幼年开始，一组心理学家就使用不同的心理学研究方法和测量方式对这些男孩进行评估。

“这个问题我已考虑了一段时间，”《纽约日报》引用了夏弗兰说的这番话，“我相信这是由某个知名的精神病专家和一群人发起的，这个妙不可言的计划之所以实施，是因为他们想要研究先天和后天的影响。于是他们就轻易地做出决定：‘好吧！我们就把这些小孩子分离，看看他们如何成长。’可这对于我们，就是一场噩梦，是绝对的惨无人道。”

“路易斯·威斯公司怎么能不告诉那些收养家庭他们的儿子是三胞胎中的一个呢？”我问埃利塞，觉得这难以置信，“还有，为什么不给收养家庭同时收养三胞胎的机会呢？”

和我们的家庭一样，三胞胎兄弟各自的家庭也是路易斯·威斯公司的回头客，因为他们之前从这家机构收养过孩子。

他们告诉三胞胎的收养家庭，他们的孩子已经接受了一项儿童成长研究。机构官员希望他们能够继续参与研究。当然继续接受研究并不是收养的条件，但是收养家庭都知道要领养一个健康的犹太宝宝是多么不容易，他们都不想失去这种机会。

“我们和路易斯·威斯公司打交道就好像是在和上帝打交道一样，”科尔曼太太对《双胞胎》的作者劳伦斯·怀特说，“你可以为此下跪，亲吻他们的脚趾，对他们感恩戴德地说‘非常感谢你们给我们这个宝宝’。”

十二余年来，这些领养家庭几乎每个月都要到位于曼哈顿五十七街西街的儿童发展中心。研究人员观察并记录三胞胎成长的每个阶段。有些研究人员也会上门拜访住在纽约闹市区的家庭，进行家庭研究，与家庭成员沟通。研究人员拍摄下他们玩耍时的情景，为他们做智商测试。

三胞胎们的经历让我联想到了自己。埃利塞的爸爸已经想不起那些到他们家的研究人员了。那么我的父母怎么就这么不明智地让我参加这种双胞胎研究呢？和埃利塞通完电话，我又给父母打了电话。

“没有啊，从来没有人告诉我们你参加了什么研究项目，也没有任何人到家里来研究你的成长，”妈妈安慰我，“如果有这种事我们会记得的。如果他们曾经让我们参与这项研究，我们肯定会参与的。当时为了能收养到你和史蒂文，我们会答应他们的所有要求。”

埃利塞：多萝西·克鲁格曼博士是路易斯·威斯公司以前的心理顾问，也是双胞胎研究项目的研究人员之一。在斯蒂芬妮·索尔发表在《纽约日报》上的《三胞胎》一文中，科尔曼太太回忆起多萝西·克鲁格曼定期到她家观察儿子大卫时的情景。克鲁格曼“让他做一些不擅长的事情，同时观察他的反应。她拍下了大卫说话和玩耍时的样子。之后，他们带着大卫坐三轮车和自行车”。

克鲁格曼博士自一九五八年开始参与研究，前后长达一年半时间。我打电话给她。在电话里，她对我说，当时她并没有觉得将双胞胎分开有什么不妥。但是她也承认路易斯·威斯公司的一些社工不赞同伯纳德的理论并拒绝参与儿童发展中心的研究。

在一篇关于此项研究的文章中，克鲁格曼博士描述了其他社工对此事的反应：“人为地分离双胞胎，有人听说过吗？孪生现象非常神秘。”

科尔曼太太获悉了自己儿子是三胞胎兄弟之一。之后，她向参与研究的心理学家咨询，自己如何才能探望其他两个孩子。她想在同一天的某个时候去拜访他们，当然，不会告诉他们这个秘密。

“我是一个科研人员，”心理学家答道，“我怎能抵挡住这些研究双胞胎良机的诱惑呢？”

除了那对三胞胎、保拉和我之外，路易斯·威斯公司还办理了另外四对双胞胎的收养手续。他们因为研究目的而被分开，参与这项研究的共有十三人。难道我们的命运真的是由那几个精神病医生来决定？我们不知道除了我们之外，还有没有其他我们不认识的双胞胎卷入此项研究。

三兄弟毕业之后都在位于曼哈顿东南的一家“萨米罗马尼亚牛排馆”打工。二十世纪八十年代后期，他们三人在离这家牛排馆仅相隔几个街区的地方开了家“三胞胎罗马尼亚牛排馆”。餐馆关门后，夏弗兰做了律师，科尔曼还从事老本行——餐饮业。一九九五年，加兰自杀身亡，留下了妻子和年幼的女儿。

那项双胞胎研究的结果从来没有公开发表过。

一篇“试验鼠”的文章上刊登了纽伯的电话号码，这让公众可以找到他。趁着杰茜还在幼儿园，我乘火车到布鲁克林。我和保拉一起去找那位著名医生。我们有很重要的问题要问纽伯，我们相信这些问题只有他才能做出回答。为什么我和保拉退出了这项研究？还有多少双胞胎卷入了这项研究？

我们盘着腿坐在保拉办公室的地毯上，心里很紧张，想着要对纽伯博士说些什么。

“你能和他谈吗？”我问保拉，“我不知道自己能不能保持冷静。”我们像两个十二岁的孩子给人打骚扰电话，搞恶作剧，还没有拨号就手心出汗了。

保拉马上进入状态，表现出她记者的作风。她冷静地对博士说：“你好。我在二十世纪六十年代末期从路易斯·威斯服务公司被人收养，最近才发现原来我有一个孪生妹妹。”

电话那头，纽伯用他特有的东欧口音生硬地回答道：“我很忙！”然后突然挂了电话。

“他给我们的感觉像是邪恶的科学家，而我们是两只实验老鼠，现在回来缠着他。”我说道，于是我们都笑了。

“我希望我们立刻再给他打电话！”保拉大声叫道，她比我更没有耐心。随着我们开始考虑接下来该怎么做，我们的笑声减弱。

“他是不会来回答我们问题的。”

保拉和我都出不了这口恶气，盘算着要等多久再给他打电话。

“我两天后回巴黎。”我难过地说道。

如果我和保拉打算对这项研究追查到底，我就应该待在纽约。

我离开纽约的那天，保拉送我，我的泪水止不住掉下来。我哽咽地说：“你有一个美满的家庭，我很高兴。我也希望自己能找到一个好归宿。”

“你很漂亮，我相信你会找到你满意的人。”保拉说，“我爱你。”

“我爱你。”我轻声回应，眼泪却不停地流下来。屏蔽门在保拉身后关上，我扑进了帕特阿姨的怀里抽泣。

“没事的，宝贝儿。”她安慰我。

我坐在帕特阿姨的膝盖上，她抱着我坐在柳条编的摇椅上，用她那母亲般的拥抱安抚着我。“你该回家了。是时候了。”

如今我已经见到保拉，也和我的大家庭团聚。我不知道保拉做得对不对。难道巴黎不是我的家？我是不是应该收拾行李去纽约，因为我的孪生姐姐住在那里？我过去的生活难道是场骗局？我长途跋涉，辗转到达那里只为了回到自己原来的出发点吗？

第八章

保拉：毫无疑问，我很爱埃利塞。我怎么可能不爱她呢？我们心心相印，血脉相连。这是不争的事实。

但是，随爱而来的是一种强烈的责任感。团聚使我立刻成为埃利塞在这个世界上最亲密的人。我担心她会指望我来填补生活的空虚。我是她朝思暮想的亲人，是她的心跳。但是我却担心自己会让她失望。

埃利塞回到了巴黎，我的心空落落的。毋庸置疑，命运的极大转折给我的生活带来了些许波澜，然而，这不是我此刻要追寻的东西。

“我想象着如果我们俩一起长大，现在又会是什么样子呢？对我们已经失去的幸福，我很难过。但是，转而一想，我又很庆幸命运安排我们相聚。”艾弗上床后我在日记上写道，“我一直觉得每个人在这个世上都很孤单，即使有爱你的人陪伴在旁，最终，你都要靠自己。但是我不知道如果有个和自己一模一样的人在身边，我还会觉得孤独吗？”

我和埃利塞都好像似曾相识。当我知道世界上还有一个人有着和我一样的口味、行为举止和生活怪癖时，我却一点儿也不惊讶。我做鬼脸时，也会不自觉地想象埃利塞做鬼脸时的表情。说话的时候，我能听到回音。和孪生妹妹的相聚本应使我满足，但是我却感到非常孤独。尽管艾弗和我心心相印，但他永远都不会感受到我复杂的内心。

“她的生活比我要艰辛得多，可我的精神为什么出了问题？”见到埃利塞之后，我第一次复诊时问我的精神病医生雷刚博士。

“可能你们两人都有抑郁症倾向，但是埃利塞把她的压抑归结为外在的因素，而你抑郁没有明显的理由，所以很迷茫，不知道自己的精神状况为什么会这样。”他解释道。

是的，我生活幸福却还感到沮丧，对此我常常有一种罪恶感。到底是什么让我如此不悦？因为我体重还得减十五磅？还是因为我没有一个可靠的男性朋友？但这些和你六岁时母亲因癌去世，十几岁时哥哥得了精神分裂症相比，又算得了什么？

我第一次见雷刚博士是在我二十五六岁的时候。那时每天清晨起床时就有一种打了败仗的沮丧。一整天里，我设法让自己专心工作，为了不让同事察觉我莫名其妙的哭泣，我偷偷地把自己关在编辑部的办公室里。上大学时，饮食紊乱曾一度困扰着我，我用了很长时间才克服。我虽然很厌恶自己肥胖的身材，但还是忍不住靠进食来缓解我内心的痛苦。于是我决定寻求帮助。

我拖着沉重的步伐来到雷刚博士办公室，这间装饰一新的办公室位于纽约北部。他的诊断是“临床忧郁症”，并草写了抗抑郁药百忧解的处方。那些白色和绿色的小药丸把我从绝望中慢慢拉回来。我不再莫名其妙地哭泣，每天早晨醒来不再感到沮丧。两个星期后，我辞去了自己所讨厌的朝九晚五的出版社工作，开始了自由撰稿人的生活。我渐渐地在自由撰稿人这一行业里小有名气。最终，我成为《好莱坞记者》报社的专职记者，之后，又在《综艺》杂志社争取到了一席之地。

大约十五岁的时候，我第一次注意到自己的身体有些问题。我开始记录下自己卡路里的摄取量：“六百卡路里。小胖，好好努力噢！”那个时候，我是一个开朗快乐的孩子，从来没有被体重问题困扰。所以我不清楚自己为什么突然想要节食。

“我脑子有问题。”我向父母摊牌，祈求他们带我去治疗。深夜，我会偷吃冰箱里的冰淇淋蛋糕，吃得早上几乎都起不了床。但是在他们看来，我只是得了常见的少年焦虑症。不过，他们还是很不情愿地送我去治疗。

医生问了我一大堆问题："你有朋友吗？""和家人相处得融洽吗？""在学校表现好吗？"

我的回答千篇一律"是的"，但是医生却不相信我的话。

"如果你什么问题都没有，那么究竟是怎么回事呢？"她打断我，"想清楚后再来吧。"

我哭着离开了诊室，感觉自己真的是脑子有问题。我怎么解释自己的生活一切都好，却还是感到焦虑呢？

抑郁就好像是个不速之客，夺走了我原本乐观向上的性格。那些抗抑郁剂对于精神压抑的人们作用不大，服用药物只会使他们感到虚假的快乐。对于我而言，抗抑郁剂只不过让自己回到原本乐观的生活。要让我的乐观克服抑郁，只有寻找基因方面的原因。我查找了很多相关资料后得知抑郁和快乐都是遗传特性。

研究表明大约百分之五的人会在一生中经历至少一个时期的精神抑郁，而对于那些抑郁症患者的近亲而言，得病的概率将是普通人的两倍。双胞胎研究表明，基因因素在抑郁症病理上占百分之三十至百分之三十五，对女性的影响高过男性。基因不是导致抑郁的唯一因素，其他遗传病理研究表明，环境使得基因的影响更为突出。

通过对一千五百对双胞胎的研究，行为基因专家大卫·利肯认为，尽管环境因素会影响人的精神，但每个人都有一个与生俱来的幸福"固定点"，那是调节心情的平衡点。换句话说，有些人天生就有抑郁的倾向，而其他人却快乐对待生活。

和我一样，埃利塞是一个天性乐观的人，她已经经受住抑郁症的考验。同时，她也是一个敏感的、体贴的理想主义者，当有什么让她失望时，她总是能够理解别人的痛苦，而且一个人默默承受痛苦。

平衡点决定了你一半的幸福感，但这由基因说了算。另一半是由生活中点点滴滴的幸与不幸决定的。利肯一九九六年告诉《纽约时报》，他和他的合著人发现："和被分开抚养的同卵双胞胎相比，一起长大的双胞胎在幸福感上的差异很小。"

以前，我通常充分利用杰茜在幼儿园的一周三天时间，为杂志编辑捕捉故事素材或为自己的散文绞尽脑汁。但是自从埃利塞回到巴黎，我就无法再回到从前的生活。我把大量的闲暇时间用在喝茶，研究如何与埃利塞一起了解到关于那个"秘密研究"的更多信息上了。

凯瑟琳·博拉斯是第一个告诉我有关双胞胎妹妹消息的人。我想她应该还有些什么没和我说清楚。就在埃利塞找到我的两个月前，路易斯·威斯公司在二月底正式关门。她是最后一个离开路易斯·威斯公司的员工，这段日子一定在忙着做些扫尾工作。

我翻出了平日里记录问题和想法的笔记本，拨通了凯瑟琳的电话。没等她开口说"你好"，我迫不及待地把所有的问题都抛给她。"埃利塞和我为什么会被分开？为什么不在我们被收养的时候对我们进行研究？我们的生母同意我们分开领养吗？还有没有其他的双胞胎至今都不知道自己是双胞胎？为什么没有人告诉我生母有精神分裂症？一九八七年，在我联系收养机构查找关于亲生父母家庭的非公开信息时，为什么没有人说我是双胞胎呢？"

"你的养父母在收养你时，本应该有人告诉他们你是双胞胎。一九八七年你本应该了解生母的精神疾病。只是那个时候，处理事情的方法有所不同。"凯瑟琳说。

路易斯·威斯公司没有向我的养父母透露生母的精神疾病，对此我一点儿不惊讶。一九六八年，法律没有规定必须披露这些情况，也没有法律专员调查生母的病是否具有遗传性。此外，如果我的养父母知道了生母的精神问题，他们也许就会领养其他孩子了。不过，如果生母的精神病是由环境因素引起的，那么我的养父母很可能还会领养我。

要是养父母知道西摩·凯蒂的著作，他们在领养“来历可疑”小孩方面就不会这么开明。二十世纪六十年代，凯蒂在国家精神健康研究所担任精神病专家。当时他发表了一系列精神分裂症研究成果，提出基因对这类疾病的影响。凯蒂发现，母亲是精神分裂症患者的被收养的孩子，其精神分裂症发病率和患有精神分裂症的生母带大的孩子一样高。精神分裂症的发病率大约占总人口的百分之一，但凯蒂认为，如果孩子的父母有一个患有精神分裂症，那么这个孩子的发病率在百分之十至百分之十二；如果孩子的父母都患有精神分裂症，那么这个孩子的发病率将会是百分之四十至百分之五十。

最近所做的研究表明，双胞胎精神分裂症的发病率比普通人要高，但是科学家还无法确定原因。如果双胞胎中的一个患有精神分裂症，那么他们的双胞胎兄弟或姐妹患上此病的概率高达百分之四十至百分之六十。

虽然精神分裂症由父母传给孩子的概率很高，但有关数据正在大幅度下降——第二代亲属如孙子辈的遗传概率从百分之十二降至百分之五。不过，这一概率还比正常人高百分之四。想到杰茜，我安慰自己，希望精神分裂症并不完全是遗传下来的。相反，遗传学家认为人们继承的只是患有这种病的倾向，环境因素后来对这种倾向施加影响。

由于凯蒂和其他人在该领域所做的研究工作，一九八七年我与路易斯·威斯公司联系时，情况发生变化，大多数精神病专家认为，精神分裂症和其他大多数疾病一样都存在基因遗传的可能。结果，纽约州在一九八三年通过了法令，要求所有的领养机构必须向养子女和养父母提供非公开的医学资料。

“是谁最早提出要让双胞胎分开领养的？”我问凯瑟琳。

“路易斯·威斯公司当时的首席精神病顾问维奥拉·伯纳德提出分开领养会对双胞胎的成长更有利。”凯瑟琳平静地向我解释，仿佛她在讲述世界上最平常的事。以前，我在《纽约日报》上读到过伯纳德的观点，但我觉得这种观点实在太荒唐了。

“我能告诉你的只是有一项研究，双胞胎因此被分离。大概一年一次，有人去双胞胎的家里研究他们。”她继续说道。

“难道没有人认为将双胞胎分离是错误的吗？”我问道。

“那个时候，双胞胎分开领养是合法的。但道义上应不应该这么做，我就不知道了。判断历史的对与错总是危险的。请记住：以前很多情况都和现在不同。医生不能为了挽救患者就直接告诉他们得了癌症。”

这项研究今天看来是有悖道德的，但在开展这项研究时，没有任何规定要求征得当事人的同意，而现在必须如此。路易斯·威斯公司征得亲生母亲的同意后，让不同家庭收养多胞胎。但是收养家庭并不知道他们是不是双胞胎或多胞胎。那个时期，关于行为研究的准则还没有出台。一九七九年，那组三胞胎重逢的前后，美国卫生、教育与福利部发表了《贝尔蒙报告》，这份报告确定了所有人类主题研究的道德准则，阐述了希波克拉底的格言“不要对任何人造成伤害”。报告要求参与研究的人必须是自愿的，必须提供详细的个人信息。

当时在酝酿这项双胞胎研究时，没有法律禁止分离双胞胎。只是在一九八一年，纽约州才开始要求收养机构让同胞子女被同一领养人收养。一九九八年，国际双胞胎研究协会宣布双胞胎和多胞胎有权被一起领养。

我的脑海里浮现出我和埃利塞刚出生时的情景。不知道我们被领养之前，有没有在一起生活过。

“是的，你们一起在一个寄养人家里，直到五个月后各自被正式领养。但是你们两个身体发育的情况不同，那可能是你们被排除出这项研究的原因。”凯瑟琳解释道。

“如果他们想在不同的环境里对我们进行研究，那又为什么把我们放在同一个寄养人家里呢？”

“他们建议过寄养人把你们分开照料的。”凯瑟琳说。

我觉得在一个家里分开照顾两个婴儿是件相当辛苦的事。我不觉得我们的寄养人能抚养好两个孩子。

在劳伦斯·怀特的《双胞胎》一书中，他写道，维奥拉·伯纳德在分离双胞胎时划了界限：孩子们是否经历了“双胞胎反应”和他们什么时候经历这种反应。二十世纪六十年代早期,心理分析学家把“双胞胎反应”定义为一种极端的相互依赖，双胞胎的一方支配另一方，被支配的一方处于被动地位。但是，没有明显的方法可以鉴定“双胞胎反应”。伯纳德博士认为双胞胎一旦相互依恋，这种情况会很快发生，之后再将双胞胎分离将对他们非常有害。

“她怎样肯定我们没有相互依赖呢？”我问。

“我不知道。”凯瑟琳带有歉意地说。

我尽量问一些合理的问题，希望得到合理的解释，但是凯瑟琳的答复却又引出了更多的问题。

“路易斯·威斯公司一九八七年给我的来信中，提供了一些非公开信息，但显然不完整。你能否把修改后的信息寄给我？”我问凯瑟琳，她答应了我。

埃利塞：“你知道吗，维奥拉·伯纳德会瑜伽？”晚上很晚的时候我打电话给保拉，我问她，“在她的讣告里写道，二战时，她曾经帮助从德国偷偷带出犹太人，也反对核战争。”

“嗯，凯瑟琳说她是一个很不错的人！”保拉说。

维奥拉·伯纳德生于一九零七年，是她父亲雅可布·沃特姆和第二任妻子爱玛斯·特恩所生的孩子。她的父亲是德国籍的犹太慈善家。维奥拉·伯纳德童年享受到格外的宠爱，接受精英教育，而在当时，大多数妇女都不能享受这种教育。后来伯纳德在克拉克斯通乡间俱乐部的修行所里练习瑜伽的时候，遇到了她后来的丈夫卡斯米尔·伯纳德。卡斯米尔·伯纳德是一位研究藏传佛教的学者。他们的婚姻维持了四年。离婚后，伯纳德没有再婚。二十世纪三十年代，伯纳德是共产主义的坚定拥护者，在阿尔格·希思臭名远扬的间谍案审判中为他辩护。五十年代初，伯纳德被怀疑参加了反美活动并受到了联邦安全局的调查。二战期间，伯纳德开放了母亲在纽约奈阿克镇面积很大的农舍，为逃离纳粹魔掌的欧洲难民提供临时的避难所。

一九三六年，从康奈尔大学医学院毕业之后，伯纳德开始在纽约心理分析研究所担任住院医生。在那里她接受了培训。作为继弗洛伊德后的第一批心理学家，伯纳德认为弗洛伊德心理动态理论能够对不孕和被收养人身份等主要收养问题提供重要见解。

伯纳德在路易斯·威斯公司担任了四十年不拿报酬的首席精神病医学顾问，同时她还担任董事会成员，一做就是五十年。她对这家收养机构影响很大，它是全国第一批专业收养机构之一。该机构的前身是自由犹太儿童收养委员会，由路易斯·威斯一九一六年创立，当时犹太人收养儿童还很罕见。作为受人尊敬的拉比斯蒂芬·威斯的妻子，全国有色人促进协会的创始人，也是开明的美国犹太人大会的领导者，路易斯·威斯感觉到应该为犹太孤儿寻找家园。后来，路易斯·威斯的女儿，贾丝廷·波利尔法官一九四四年宣布接管该机构，得到了好友维奥拉·伯纳德的帮助。

伯纳德曾为多家儿童福利机构做过咨询工作。一九六六年，美国精神病协会给她颁发了总统奖，以表彰她“热情、有创造力，为减轻人类的痛苦勇敢工作”。她是多么了不起的一位慈善家呀！她不断地为儿童的福利奋斗着。她怎么会错误地认为将双胞胎分开抚养对他们有利？

我在网上找了很多关于伯纳德的信息，发现了一张清单，列有一些研究数据，题为《一九五三——一九九七年儿童发展中心关于分开抚养双胞胎的研究》。据记载所有档案都捐给了耶鲁大学图书馆并已封存，封存最后期限为二零六六年。其中，有些特别敏感的文件档案将在二零六六年后继续对外保密。

“他们怎么可以拒绝让我们看那些记录呢？要知道，那些记录能让我们了解自己的过去。”我在发给保拉的电子邮件中抱怨。在我们步入垂暮之年以前，保拉和我都不能调阅这些档案。如果那时我们还活着，可能还有机会看到。我们最终决定不能坐以待毙，于是，我们考虑聘请一位律师，请他帮助我们开启这些尘封已久的文件。

尽管双胞胎研究的主要记录都在耶鲁大学，但我在网上搜索到了一份关于维奥拉·伯纳德大量档案的清单，它们保存在哥伦比亚大学健康科学图书馆。所有就双胞胎研究与路易斯·威斯公司通信的函件，包括会议记录、进度报告、财务及基金募集记录、科学出版刊物以及简报都在二零二一年以前不对研究人员开放。虽然不允许这些文件公之于众，但还是有其他许多有关收养的文档是对外公开的。如果保拉和我能够到那里去一趟，整理一下关于伯纳德的可以开放的文件，说不定还真会找到关于那项研究的资料。

在哥伦比亚大学健康科学图书馆的网站上，我找到了伯纳德博士一九六三年写下的一段话：“(这项研究)为研究先天和后天这一课题以及家庭变更对个性发展的影响提供了得天独厚的试验条件。”如同在电影《楚门的世界》中一样，我们的命运被别人操控，而我们却对此一无所知。

因为这项研究从未公开，所以纽伯博士一九九零年与他儿子亚历山大合写的那本书《先天特征:性格的新基因》便成为我们所能找到的线索。纽伯在书中写道：“正是多年前在这种氛围中，一个机遇让我们能够从双胞胎出生起就开始研究他们的成长。”

纽伯的阐述表明，正是伯纳德的理论为他提供了研究先天因素和后天影响这一老话题的难得机遇。

“那时以前，从没有哪项同卵双胞胎的研究对分开抚养的双胞胎进行研究，”纽伯在书中写道，“我们从孩子出生开始，经常仔细观察分离的双胞胎，研究他们与父母及兄弟姐妹之间的关系，尽可能多地收集关于他们成长和行为的信息。”

读到一些文章讲述纽伯和他的老朋友搜集作为研究对象的那些婴儿的数据，这些婴儿在他们的眼里像是昆虫或石头，我非常厌恶。纽伯所做的研究是此类双胞胎研究当中的唯一一次，这绝非偶然。在二十世纪六十年代，将双胞胎分开抚养并不常见。其他收养机构的董事认为，当时他们一般不会分离双胞胎，除非遇到特殊情况，例如，其中一个双胞胎患有残疾。

“我们决不会那么做的。”已退休在家的斯彭思蔡平服务公司的董事简·爱德华兹对《纽约日报》说道。斯彭思蔡平服务公司是国内最大的收养机构之一。

纽伯一九九八年在《伦敦书评》杂志中就温迪·多尼格对劳伦斯·怀特《双胞胎》一书的评论做出回应。纽伯反驳了她的说法：“多尼格指出双胞胎和他们的家人都不知道他们是我们的研究对象，那不是事实。他们如果不知情，我们不可能定期访问他们，对他们进行观察和测试，并与他们的养父母面谈。”

显然，纽伯试图通过玩文字游戏误导读者，不让他们知道心理学家只是告诉养父母他们的孩子参与了一项儿童成长研究，而没有说清楚他们参与的是一项双胞胎研究项目。那就是说如果他们领养的孩子不是双胞胎，专家们就不会对他们感兴趣了。

保拉：五一节时，我在瑜伽课上做了个倒立的姿势来庆祝这个与双胞胎妹妹团聚两周的纪念日。我练习瑜伽已经好几个月了，终于这次我做到了，倒立十秒而没有倒下。脑子充血时，我心情平静，这是我知道自己有个双胞胎妹妹之后第一次如此。

到家的时候，头脑还有些恍惚。我鼓起勇气拨了纽伯的电话号码。

我本来以为会听到电话留言，没想到接电话的是他本人。

我提醒他我是谁，接着问道："你是不是参与过对分开抚养的双胞胎进行研究的项目？"

他停顿片刻，我以为他会再次挂上电话。

突然，他开口说话了。我和埃利塞出生的时候，心理学家一般都认为双胞胎会加重孩子本人及父母的负担。虽然纽伯博士承认心理学家今天不会再做那样的研究尝试，但是他并没有表示歉意。

"那么你们为什么不告诉养父母他们收养的小孩正在接受研究呢？"我问他，声音有些颤抖。

纽伯坚持说他们确实告知了养父母他们收养的孩子参与了一项成长研究。

"是的，但是如果他们不是双胞胎或三胞胎的话，你们还有兴趣研究他们吗？"

纽伯很不情愿地认同了我的说法。但当我问到更详细的问题时，如该研究项目牵涉到多少孩子，纽伯很恼火，他拒绝回答。

他向我强调没有人故意对他人造成伤害。

他说的可能是事实吧。可我还是禁不住想他们不考虑别人的反对建议，他们这么做很不负责任。

"你还赞同分离双胞胎的决定吗？"我问他。

纽伯对我咆哮，怪我扭曲了他的原意。

"你没有理由对我提高嗓门，"我礼貌地回敬他，"我只是想弄明白你是否还认为现在这项研究是合乎道德的。"

纽伯对我说了一些气话和疯话，然后挂上了电话。我被他的责骂深深刺痛，守在电话机旁，有点指望他会打给我，向我道歉。

"我刚和纽伯博士通了电话，他轻描淡写地把所有责任全推给了维奥拉·伯纳德，"我给埃利塞发了邮件，写道，"他说有些文章建议将双胞胎分开抚养对孩子更有利。伯纳德博士在看了这些文章后做出了分离双胞胎的决定。”

我了解到，在过去这么多年来，心理学家们对于把双胞胎孩子安排在同一个班级学习，是否能更好地培养他们的个性犹豫不决。但是，我想不通他们会支持永久分离双胞胎的观点。

我和埃利塞决定着手寻找成为伯纳德博士理论依据的那些最初研究。我们最终找到了几篇一九四八至一九六一年写的文章。上面说到抚养双胞胎对双胞胎本身及他们的父母都是一种负担。

安娜·弗洛伊德的老同事多萝西·柏林盖姆在她一九五二年出版的《双胞胎》一书中提到：“双胞胎之间的关系受到了消极好斗感情的威胁。他们为了父母的宠爱常常争斗。他们相互嫉妒，都想比对方强。”

虽然我和埃利塞都清楚地看到了这些理论的事实依据，但直觉告诉我们这是错误的。很难相信伯纳德博士会有不同的感觉。

虽然我们可能永远都无法知道伯纳德博士心里到底是怎么想的，我和埃利塞常常会想她是不是真的相信这些理论，还是以此为借口达到某种目的呢？我们可能永远都无法知道。

二十世纪八十年代，这些有争议的理论已经不再时兴。萨缪尔·阿伯拉姆博士在一九八六年发表的《性格与环境》中写道：“当时的主流科学文献发现了双胞胎的特征，这些特征肯定引起了精神健康行业任何敬业医生的注意。”阿伯拉姆讨论一起成长的双胞胎所承受的压力，他认为儿童总是会面对双胞胎关系导致的具体成长风险；而且，双胞胎很容易患上各种各样的心理疾病。

阿伯拉姆的文章似乎是为双胞胎研究辩护，不过值得注意的是，这些文章发表在纽伯博士与人共同编辑的期刊《儿童心理分析研究》上。阿伯拉姆的文章接着描述了参与研究的一对双胞胎“埃米”和“贝斯”的案例。她们出生后一起在寄养人家待了几个月，然后分别被纽约州的犹太人家庭收养，都由全职妈妈带大。尽管她们的生活环境基本相似，但是领养她们的家庭背景截然不同。埃米的家庭属于社会的底层阶级，而贝斯的家庭比较富有。埃米的养母体态较胖，对自己的外貌不太自信，而贝斯的养母身材苗条，充满自信和活力。埃米的养母嫉妒女儿漂亮的容貌而贝斯的养母对女儿宠爱有加。埃米的养母把她视为问题儿童而贝斯的养母把贝斯当作开心果。

结果可想而知，埃米患有严重的感情问题。她是一个很黏人的孩子，四岁之前都尿床，害怕一个人独处。埃米是一个害羞的学生，成绩不好，缺乏创造力，还被诊断出较严重的学习障碍。参与双胞胎研究的纽伯博士和一些心理学家认为，如果埃米的养母能够像贝斯的养母那样对她支持、疼爱，那么埃米会更好地调整自己。

但是，让心理学家们惊讶的是，他们发现贝斯的性格和埃米的性格发展在各个方面都相似。“在研究中，埃米和贝斯每个环节都表现出惊人的相似。”阿伯拉姆博士写道。尽管贝斯有一个支持她的家庭,她也会尿床。和埃米一样，她害怕独处。她是一个害羞的学生，读书也不好，也患有学习障碍，创造能力有限。阿伯拉姆博士指出，贝斯比埃米稍微乐观些，然而，在心理测试中，贝斯道出了她长期以来的忧伤以及对母爱的渴望，这和她的双胞胎姐妹说出的心声如出一辙。

纽伯在《天性的特征》一书里记录了一对从出生就被分开，有洁癖的双胞胎兄弟。一个兄弟认为他洁癖的原因是养母很挑剔，另一个兄弟把此归结为养母邋遢。

“虽然大家曾经都认为在成长过程中，一个人的性格由环境塑造，但是现在我们可以说性格的形成从一出生就定型了，换句话说，性格天注定。”纽伯在书中写道。

纽伯博士还讲述了另一对双胞胎姐妹的故事。她们也是从一出生就被分开抚养。两个女孩刚学会走路时,她们的养母被问及孩子的饮食习惯。

一个养母抱怨她的女儿只吃放了桂皮的东西。另一个孩子的养母说她的女儿饭量很大，夸耀地说只要她在食物上放了桂皮，女儿可以吃下所有的东西。（如果我的养父母知道埃利塞对吃很挑剔，他们可能就会对我挑食的习惯有不同的看法了。）

这些故事似乎想要说明先天决定了一切，后天因素对性格的影响微不足道。但是，很长一段时间里，人们对先天和后天影响看法总是摇摆不定。早在一九六二年发现DNA之前，诸如莎士比亚和托马斯·哈代这些诗人和小说家们就提到了人物形象内在的“天性”。

十九世纪初，正逢查尔斯·达尔文的进化论风靡一时，基因决定论也开始受人推崇。一八六九年，达尔文的表弟，英国人类学家弗朗西斯·高尔顿在他的《遗传的天赋：遗传规律和结果调查》一书中写道：科学、艺术和各种各样专业的才能源自家庭的遗传。高尔顿是第一个进行双胞胎研究的人。他坚信人类有可能生育更聪明的下一代。这种理论是后来优生学的雏形。他提出了“先天和后天”的说法。

二战期间纳粹大屠杀之后，人们把基因决定论视为种族主义者，后天影响论便占了上风。二十世纪六十年代末，也就是我和埃利塞出生的时候，政治风云较二十世纪初发生了巨变。心理学家们和大众都相信人类如同有待书写的白纸。如果能获得机会，人的潜力是无法估量的。现在大多数科学家都认同折中的观点，先天和后天对性格形成的影响各占一半。

自一九九零年，人类基因工程已经系统区分了人类DNA中大约二万至二点五万个基因。似乎每一天都会有报道说科学家又发现了与各种癌症、早衰性痴呆症和酗酒有关联的新基因。行为基因学家断言同性恋、爱情、侵略和冲动这些情感倾向甚至也有基因依据。

倾向并不意味着某个特定的疾病或性格特征一定会出现。虽然基因有助于判断人患各种疾病的概率，但最近的研究表明环境因素，如抽烟、饮食、锻炼、饮酒、毒品以及接触辐射等都会对患病产生重要的影响。

甚至纽伯博士也承认，尽管同卵双胞胎的基因一模一样，但他们并不一定以同样的方式来体现基因倾向。“我们出生时所获得的不是一系列先天特征而是后天影响的各种表现形式。”纽伯博士在他的《天性的特征》中写道。

毋庸置疑，基因或者说是一个人的内在性情以及生理特质也会影响环境的形成。如果我和埃利塞生来就是聪明外向的孩子，很适应学校的生活，那么老师、同学和父母很可能会用同样的方式和我们相处。我们的性格和爱好也会激励我们寻找相似的环境，如电影学院、巴黎和东村。难道我们的基因结构事先决定了我们要走的生活道路？

“如果你的家庭抚养了我而我的家庭抚养了你，那么我会成为你，你会成为我吗？”昨晚埃利塞从巴黎给我打电话时问我。我们停顿了片刻，脑子里想着这难解的问题。基因加环境是不是就等于我们身份的全部？我寻思着如果有人可以回答这个问题，那他就是托马斯·波查德博士，即明尼苏达州双胞胎及收养研究中心前任主任。在过去二十年里，他共研究了一百多对同卵双胞胎和三胞胎，他们都是一出生就被分开领养。我拨通了波查德博士在明尼苏达大学的电话，他在那里担任心理学教授。电话一通，对方马上就拿起话筒。

“我从未了解或者相信伯纳德和纽伯所说的分离双胞胎的依据。”波查德说，他补充说他不知道有任何心理学文献能证明伯纳德的主张，即如果双胞胎被分开抚养，他们将更好地成长。显然，关于“双胞胎关系负担”的文章并没有载入档案，甚至像顶级的双胞胎研究人员波查德也不了解。

“我个人意见是这件事从来都不应该做。我不会在法院证明伯纳德博士和纽伯博士的想法是有违道德的，但这一定会有结果的。一些团聚的双胞胎相处并不融洽，但是没有人说他们的相遇是不快乐的。”波查德说。

波查德研究的双胞胎和三胞胎都接受了一星期的集中心理和生理评

估，包括一系列过敏症测试、心脏血管和肺部检查。双胞胎的心脏结构、脑电波连同他们的心智敏捷度一起接受评估。双胞胎被放在不同的房间内，完成了列有数万个问题的个性调查表。这些问题用于测量“避免伤害”“社会接触”“健康安宁”等。测试人员给每个双胞胎分别进行了智商测试和精神治疗方面的单独面谈。

波查德和他的团队已经发表了大约一百三十篇论文，详细地说明了他们的调查结果。这些结果表明无论成年的同卵双胞胎是否一起长大，他们在大部分的生理和心理测试中结果是一样的。“我曾想了解环境是如何塑造心理特征的，”波查德博士在凯·卡西尔的《双胞胎：自然界令人惊异的秘密》一书中说，“但是我们已研究的每个特征都表现了一些遗传基因的影响。”

当波查德在一九八六年第一次公布他的调查结果时，人们传统上更倾向于后天的因素而不是先天的影响。事实上，自从弗洛伊德之后的每个理论都表明主要是环境塑造了个性。而波查德得出了另外一些结论。

“在对个性、气质、职业、兴趣爱好和社会态度进行多方面衡量后发现，分开抚育的同卵双胞胎与一起长大的同卵双胞胎相似。”波查德博士和他的团队在一九九零年发表于《科学》杂志的一篇文章中写道。

令人惊讶的是，波查德认为由不同家庭抚养的同卵双胞胎比一起长大的异卵双胞胎更相似，这表明一起成长不一定会使家庭成员更为相似。

波查德认为就明尼苏达州双胞胎及收养研究中心测量的大部分特征而言，如疏离感、幸福感、情感脆弱性和抗压能力等，双胞胎之间超过一半的差异是由于遗传形成的。这意味着在双胞胎之间不足一半的差异是受家庭、学校和其他生活经验的影响决定的。有趣的是，在被测试的特点之中，个人对亲密关系的需求似乎最不受遗传的影响。

听了令人难以置信的“吉姆双胞胎兄弟”故事之后，波查德创建了明尼苏达州双胞胎及收养研究中心。吉姆·斯普林格和吉姆·刘易斯一出生便很快分开，并被不同父母领养。一九七九年，他们第一次相遇。他们的养父母都得知他们是一同出生的双胞胎。但是吉姆·斯普林格的养父母认为他们儿子的同胞兄弟已经在出生时死了。吉姆·刘易斯的父母在他们儿子小时候就激励他寻找双胞胎兄弟，但吉姆·刘易斯到三十九岁才开始找。刘易斯花了一个月研读法院档案，发现他的双胞胎兄弟在不到一百英里外的俄亥俄州达顿市做了一名档案员。

当他们第一次见面时，吉姆兄弟俩握手，拥抱，大声笑。三周后，吉姆·斯普林格在他同卵双胞胎兄弟的婚礼上担任伴郎。

“吉姆双胞胎兄弟”在了解对方的过程中发现，他们开的是同一款雪佛兰汽车，抽的都是萨勒姆牌香烟。他们都喜欢汽车比赛，爱做木工活儿，爱踢足球。体重都是一百八十磅，连血压都是一样的。他们都做过输精管切除术，都患有痔疮、高血压和偏头痛。他俩都和另一个领养兄弟一起长大，而且都叫作拉瑞。两个吉姆小时候都有一条叫托伊的狗。他们的妻子都叫琳达，离婚后再婚的太太都叫贝蒂。一个吉姆有个叫詹姆斯·阿兰的儿子，另一个吉姆的儿子也叫詹姆斯·阿兰。两个男人都爱啃指甲，都在相邻的俄亥俄州的县担任代理治安长官。他们还有很多很多的共同点。

“在一次测试中，对他们进行忍耐力、一致性、灵活性、自控力和社交能力等方面的测试。两个吉姆的分数很相近，接近同一个人做两次测试的总分。他们的智商、心智、喜好及兴趣都惊人地相似。”波查德说道。他认为吉姆双胞胎之间比大多数被分离的双胞胎更为相似。“我们真的很幸运，一开始就找到了一对这么惊人相似的双胞胎，这可以激发我们研究的兴趣。”

评论家指责波查德夸大了双胞胎之间的相似。有些反对者抱怨说那是因为双胞胎已联系多年所致，抑或是他们有意表现得很相似以引起人们的关注。事实上，明尼苏达州双胞胎及收养研究中心的双胞胎都被分开抚养了平均五个月。这些团聚的双胞胎都在分开三十五年后重逢，彼此来往平均两年的时间。

波查德如何解释我和埃利塞都担任过高中校报的编辑，也都学习电影理论？“这应该不仅仅是一个巧合吧。即使是同卵双胞胎也会有不同的地方，这并不稀奇。你们所拥有的是天赋和兴趣的配置。它引导你们做很多相似的事情。”波查德对我说。

那么怎么解释我的第一个问题呢？如果埃利塞的家庭抚养了我，我的家庭抚养了她，她会是我，我会成为她吗？

“不会的，”波查德坚持道，“我一直认为双胞胎从出生开始就不一样，这些差异也导致了他们长大成人后的不同。”

我以为南希・赛格尔博士知道如何找到其他被分离的路易斯・威斯服务公司经手的双胞胎，便与她取得联系。南希・赛格尔博士曾和波查德一起工作，一九八五至一九九一年，担任明尼苏达州双胞胎及收养研究中心的助理主任。在加利福尼亚州立大学福乐顿分校赛格尔的办公室里我见到了她。她是该大学双胞胎研究中心的主管兼成长心理学教授。她自己本人是异卵双胞胎，写了好几本关于双胞胎的书籍，并且经常作为双胞胎专家上电视节目。

“媒体知道你的事吗？”在我对她讲述最近和埃利塞团聚的事后，南希・赛格尔紧张地问我。

“不知道。”我答道，她的问题让我摸不着头脑。我们难道要通知新闻媒体来见证我俩的团聚吗？

遗憾的是，赛格尔博士并不认识其他被路易斯・威斯公司分离的双胞胎。事实上，她对帮助我们了解纽伯的研究并不感兴趣，而是对研究我们更感兴趣。

“我能让你填写一下双胞胎团聚的调查表吗？”她问。

“没问题。”我说。虽然我并不想填表。其实，我和埃利塞只是最近才知道了我们的过去，所以我们并不想再卷入更多的研究。

但一个星期后，当收到五十一页纸的“双胞胎关系调查”问卷时，我还是迫不及待地撕开信封，开始答题。即使我并不打算给她寄回去。

“当人们得知自己是双胞胎时，他们的反应会各不相同。你第一次获悉自己是双胞胎时，有什么感受？”答卷说明要求在最能表达我当时心情的词旁打上“X”。选项的一边是些意义积极的词汇：快乐的，兴奋的，骄傲的。另一边是不快乐的，不兴奋的，尴尬的。

我毫不犹豫地在“紧张的”和“恐惧的”旁打上“X”。毫无疑问，与其说我觉得“平凡”和“尴尬”,倒不如说我觉得“特别”“自豪”。但是，我选的答案却是“不快乐的”和“没有安全感的”。

在被问及和双胞胎姐妹关系的亲密程度和熟悉程度时，我选的是“和最好的朋友一样亲密”但是她比“最好的朋友陌生，而比普通朋友熟悉”。我怎么可能去描述同埃利塞的关系呢？我还没有找到适当的办法阐述她对我的意义。

第九章

埃利塞：我想用法语对所有的人说："我是双胞胎。"但是在法语中，你只能讲"我有个双胞胎姐妹"，而不能说"我是双胞胎"。突然知道自己身世后，我不知该如何表达内心的感受。法语单词"jumelles"除了有双胞胎姐妹的意思，还可以表示双筒望远镜。我刚刚找到的双胞胎身份夸大了我对世界的看法，它实际上是一切事物的象征。我一边浏览用一种语言写的电影对白，一边聆听用另一种语言所说的对话。我已经习惯了这种双重身份的生活，在法籍身份和美籍身份之间来回转换。而且，曾经失去双胞胎姐姐并不能说明我个性的方方面面。

我对未来没有把握。回到巴黎后，与保拉重逢的喜悦慢慢退去，我陷入忧郁之中。我为不能和保拉在一起的那些日子感到伤心。如果我们能一起成长，保拉和我还会这么不同吗？虽然她是我的双胞胎姐姐，但是她不是我想象中一起长大的姐妹的样子。

双胞胎研究者认为，被分开抚养的双胞胎会比一起长大的双胞胎有更多的相似之处。因为生活在一起的双胞胎更希望彼此有所不同。如果我和保拉一起长大，也许，我们也会想强调我们之间的不同。也许我们中只有一个会选择学习电影，只有一个才能表现出真正的自我。但是现在不可能证明这个想法了。

我担心保拉会觉得我希望她能填补我生活的空虚，所以我很小心翼翼，不希望给她压力。我知道艾弗是她的伴侣。她的生活已经安定下来，所以我不想让自己生活的戏剧性变化拖累她。为了准备讨厌的国家教师考试，我做了自己本不喜欢的事。第一场考试就有可能把我刷掉，那样我所有的努力也就白费了。具有讽刺意味的是，我并不喜欢教书。虽然公务员的工作能为我提供稳定的生活待遇，但学校严格的教学安排会抑制我的胡思乱想。未来令我忧虑。我不能马上飞到塔吉克斯坦和电影摄制人员一起工作了。

可笑的是，唯一能够理解我的人只有保拉。然而我们的经历不同。我们不在一起成长，还没有养成随时沟通的习惯。

小时候，亲戚们都被我奇特的用词弄得丈二和尚摸不着头脑。他们将我的牙牙学语戏称为斯塔西语言。如果当时保拉是我的同桌，我们两个一定会趁别人不注意，用我们自己的语言窃窃私语。

双胞胎用他们自己的语言交流并不足为奇。一九七八年，格雷斯·凯利和弗吉尼亚·凯利的故事在全国的媒体上曝光。她们被家人忽视，父母认为她们有智力障碍。她们给自己取名博托和卡本格，并发明了她们自己的语言。这种语言她们一直用到八岁。语言学家、言语治疗家和心理学家都对两个女孩非常感兴趣，他们纷纷对两人做了智商测试，结果表明她们的智力正常。这些测试也表明格雷斯和弗吉尼亚古怪的语言是由英语和德语组成的。她们的奶奶说，两人的语言中还夹杂了一些新词。

大部分的双胞胎都能学会母语，同时保留着自己的语言。虽然双胞胎小时候会用他们自己的语言交流，但最终都不再使用这种语言。

我看了一些从小被分离的双胞胎的故事，从中寻求安慰。一个下午，我躺在卢森堡公园的长凳上休息，细读了一本不大多见的非小说类图书，即巴德·林德曼的《团聚的双胞胎》。林德曼在书里回忆了分离的双胞胎兄弟托尼·米拉斯和罗杰·布鲁克斯一九六三年二十四岁时团聚的经历。

罗杰由自己的家人抚养长大。但是直到十四岁的时候，他才知道自己是双胞胎。他的第一反应是：“我好像知道，我甚至还梦到过。”从那天开始,他就一直想象着和他的双胞胎兄弟相遇的时刻。托尼的妈妈告诉他,他的双胞胎兄弟已经死了。即使如此,托尼和罗杰一样,相信自己总有一天会和双胞胎兄弟见面。

十年之后,罗杰碰巧在佛罗里达州的一个煎饼店里遇到了托尼的朋友,之后这对双胞胎就见面了。虽然他们的成长环境截然不同,托尼在纽约州宾汉姆顿的一个传统意大利天主教徒家庭长大,而罗杰在迈阿密的犹太人家里长大,生活不是很稳定,但是他们的性格特点和爱好惊人地相似。

他们用同一个味道特别的瑞典品牌牙膏,喜欢除了西部乡村音乐外的所有音乐。他们都爱抽乐凯牌香烟,喜欢在左边将头发分开,都喜欢运动,但只做观众不做运动员。他们都在服兵役四年后入了军校的分校,但都只待了八天就走了。他们都有女朋友,但都不想结婚。尽管罗杰的童年很艰辛,辗转在几个收养家庭生活,但两个人都天性乐观。

我反复思考着那些双胞胎们的故事,于是打电话给父亲了解我小时候的事。"如果我小时候一直都想念我的双胞胎姐姐,你觉得这正常吗?"我问父亲。

"不会,你小时候是个很快乐的孩子。"

"那么高中时候的我呢?"

"哦,我记不清了。"父亲回答我。因为父亲记不起来了,在他的描述中,我高中时代的生活要比我记忆中的生活幸福,虽然我常常痛苦地想起这段时间。高中一年级的时候,我曾偷偷地暴饮暴食,身体臃肿不堪。我的性别特征虽然越来越明显,但不大引人注意。我想做一个乖乖女,但这给了我极大的压力。于是,我在当地廉价商店偷东西以舒缓内心的压力。我极力掩盖这些缺点,生怕父母会发现。

上高中三年级前的一个夏日夜晚,我平生第一次和街区附近的朋友一起喝了几杯啤酒。那天我喝过了头,回家很晚。我喝醉了酒,整个家都陷入了阴霾。我坐在客厅的地板上，沐浴在深夜版《欢乐今宵》五光十色的光线之中，在精神病院住院的哥哥的形象在我眼前闪过。

杰伊虽然拿到奖学金，但从艺术学校退学了。之后，他被送入了精神病院，被诊断出得了妄想症。他打电话恳求我救他出来，说护士强奸他，但是父母说那是他在妄想。即使他真的是妄想，有一点是肯定的，那就是他在那里受尽了折磨。我的家人一直都认为我的哥哥是一个优秀的孩子，但却是个问题青少年。在他住进精神病院后，扮演好孩子角色的压力变得不堪重负。显然，父母收养了两个不成器的孩子。作为被人领养的孩子，我唯一想要对自己说的就是，做个快乐的人。只可惜，我根本做不到。

坐在电视机前，我一粒一粒地把八十颗红白相间的非固醇抗炎药和阿司匹林塞入嘴中，就好像在吃糖一样。我并不想死，只是忍不住想象着第二天家人发现我死去的情景。如今我才恍然大悟，原来我的那些可笑举止只是想引起父母的注意，想让他们知道在我小心遮掩的背后，一切都不完美。

几小时后，因为药物反应，我昏昏沉沉地拖着身子上了床。我的双腿暂时失去了知觉，我在地毯上爬着，觉得好像有塑料臭虫在我周围织网。我吓得尖叫起来，爸妈被我惊醒，他们都以为我吃了迷幻药。

第二天，我还处在紧张的神经质状态里。我偶然听到了家人在讨论把我送到哥哥所在的精神病院。我害怕他们把我送走，便不再对他们隐瞒什么，尽管我还没有告诉他们我做了什么，为什么会做出这么奇怪的举动。第二年我向父母和盘托出了这些年来一直试图自杀的事实，至今我还能回忆起他们当时受伤的表情。

如今我问父亲他怎么会忘记当时不断寻求帮助的情景。

“你终于找到了双胞胎姐姐，生活也很顺利，你应该高兴才对呀。”爸爸说。

“我很高兴，爸爸，是真的。但是我和保拉想要知道真相。”

一个周日下午，我待在位于蒙帕纳斯的家里试图了解真相，我把《纽约时报》关于迈克尔·朱曼的文章又读了一遍。路易斯·威斯公司一直对他隐瞒他亲生母亲是精神病人的情况。显然，迈克尔不是唯一一个发现路易斯·威斯公司可以随意篡改他们亲生母亲情况的被收养人。一九八八年，当另一个被收养人康妮要求路易斯·威斯公司提供医学档案时，人们告诉她亲生母亲是一个聪明的年轻女子。然而，她偶然看到生母的档案才知情况并非如此。“她被描述成一个智力非凡的女孩，”一个社会工作者在一九六二年写道，“虽然目前她还无法真正融入现实生活，像正常人一样过日子。”

如果路易斯·威斯公司向保拉隐瞒了亲生母亲的精神疾病，那么也有可能隐瞒我哥哥亲生母亲情绪不稳定的状况。

尽管爸爸让我不要再回想过去，我还是提出了许多问题。

“她长得怎么样？”我在公寓对面街上的电话亭给爸爸打电话。十年前，杰伊的亲生母亲在俄克拉荷马州找寻杰伊的下落，并且突然找到了父亲。

“呃，她有点儿古怪。她不会开车。”父亲说的时候很严肃。

“爸爸，别傻了！她可能是在大城市长大的。”

我父母告诉了杰伊生母他的病情，并警告她：“如果你打算介入他的生活，那么从此以后你就别想对他置之不理了。”在和杰伊短暂的见面后，她感到自己的好奇心得到了满足，从此就再也没有和他联系过。

虽然杰伊的亲生母亲不愿意对我们透露她的过去，但父亲还是了解到她的一些基本情况。杰伊的亲生父亲是纽约州杰出的法学博士，当时和杰伊的生母关系暧昧。他母亲生下他后，因为太年轻，无力独自抚养他。尽管杰伊生母的过去很离奇，但爸爸认为她身心健康，思路清晰，没有得过精神疾病。因此，杰伊的精神疾病可能不完全是基因遗传。

我的哥哥在小时候就行为怪异。但是直到他十九岁那年，他整个晚上不睡觉在自家门前爬橡树，并声称有人在追他，我们才开始认识到问题的严重性。我们分析他是因为吸毒才会出现幻觉，于是，我们把他送到了俄克拉荷马城外的一家疗养院，这家机构也是精神病院。那里的医生认为他的大脑不同于常人，似乎有一颗定时炸弹长期埋于大脑中，随时可能爆炸。

哥哥被送走后，我相信自己也会有同样的命运。我想如果爸妈知道我的亲生母亲患有精神病，他们还会收养我吗？

我读着丽莎·贝尔金一九九九年写的文章，阳光透过窗台照射进来。这篇文章刊登在《纽约时报》上，讲述迈克尔·朱曼的父母状告路易斯·威斯公司。我对他的家人被迫做出这样的抉择不寒而栗。文中，贝尔金道出了迈克尔母亲的艰难处境。为了打赢官司，她不得不在法庭上宣布，如果她知道儿子的病史，她是不会收养他的。“我并不想站在法庭上说：‘我本不会选择这个孩子。’”她说，“你对儿子怎么能说得出口‘如果知道真相，我就不会收养你了’？”

我和保拉上大学时一直令我们受困扰的抑郁症是不是也是基因遗传的作用？我记起了自己在教师资格考试中考到约瑟夫·康拉德的《吉姆老爷》。我想起马娄用宿命论回应了吉姆：“他是不是说过一块干净的石板？关于我们每个人命运的第一个词似乎不是雕刻在岩石的表面上，也并非永不销蚀。”

从学校回到家，我看到了邮箱里有保拉寄来的路易斯·威斯公司最新信件的影印本。在这封修改了的信里，凯瑟琳写道：“我们根据你们母亲的话推断，她可能不能确定你们父亲的身份。”

我一直把自己的亲生父母想象成波希米亚人。他们不被社会接受。

我想象着我们的生母只是为了保护她那爱抽烟的天主教男友，才不把他牵涉进来的。由于我和保拉受法律约束，只能看那些非公开资料，不能看到我们的收养档案，我们只能听信收养机构的说法。

“她无条件地放弃了你们的抚养权,没有留下任何话。”信上这样写道。根据路易斯·威斯公司的描述，我们的生母对我们被分开抚养没有提出异议。我马上打电话给保拉问她:“为什么她不坚持让我们在一起抚养呢?她是不是急着要抛弃我们才答应了所有的条件？”

“我肯定她在那样脆弱的状态下，无力与一家著名收养机构讨价还价。她一定试图为我们找到最好的出路。”保拉说。

当然，我想从最好的方面去相信生母。但是我还是有疑问。因为只有她才能解释为什么要放弃我们，允许我们被分开收养。

“你是不是在考虑自己急于找到生母的原因？”晚上，我给保拉写了邮件。“我想我们都担心找不到她！”我试图减轻我和保拉的担忧，我解释道，“如果她知道我们都很好，并且团聚了，她会感到宽慰的。”我想让保拉同意在桑德克斯国际家庭团圆登记处登记。

保拉马上回复:“我很惊讶自己会同意在那里登记。现在有人可以和我一起外出，我们已经了解了很多，但是我还想知道更多的事情。”

“可能这是因为我们很团结，”我回复道，“我感觉自己很坚强，能够面对导致她怀孕以及我们被收养的任何原因。即使她的精神疾病没有治愈，我知道我们可以面对。虽然这会让我们经历一段很痛苦的挣扎。如果我们要越过这个坎，我们现在就得这么做。我们有优良的血统!”

我们的生母没有在纽约州收养注册处登记，也没有在路易斯·威斯公司收养机构留下任何话。因此我认为她不曾找寻那对被她放弃的双胞胎。她知道自己将不得不对女儿解释是谁决定了同卵双胞胎姐妹的去向，是什么理由要将我们分开抚养，既然这样为什么还要找寻我们呢？即使是这样想，我还是填写了表格，在双胞胎和分开收养方框里打了钩，并写下了保拉的名字。我们再也不会分离了。无论对调查那个双胞胎研究项目以及亲生父母的家庭做出什么决定，这些决定都是我们共同的决定。

“让我们勇敢面对吧！”那天深夜，我顺道去了网吧，给保拉留言，“我们的命运如今紧密地联系在一起。我就是你，你就是我，我们是成双成对的海象。”

第十章

保拉：我的父亲讲究养生之道，身体健壮。他倾心于希尔顿海德高尔夫球场和单门独院的富人社区修葺一新的风景，并在那里置业。过了阵亡将士纪念日，我便于周末带着杰茜飞到希尔顿海德。孩子一直盼望着能见到“外公外婆的房子”。

“很奇怪，这阵子我一直在想，如果当时收养机构让我们收养了你们姐妹俩，我们的生活会大相径庭。”我们在他们那宽敞的农舍安顿下来后，母亲对我说道。

“干吗总说些不着边际的话？事情的发生总是顺其自然的，况且一切都很顺利。”父亲不高兴地说道，离开了房间。

“你了解你父亲，”母亲边为我整理行李边安慰我，“他不喜欢老是回想过去的事。”

那只是轻描淡写的说法。他是一个彻头彻尾的乐观主义者，凡事总是往好的方面想。他对路易斯·威斯公司没有让他和母亲同时收养我们并不气恼，只为我们两姐妹的团聚兴奋不已。在我去他们家之前，爸爸就告诉我，他已经通过邮件向他圈子里的朋友宣布我们家庭的新成员，他的兴奋劲好比又抱了个孙子。

杰茜在婴儿床里睡了，我和妈妈留下爸爸照顾她，马上跑了出来。我们出去办点事，更重要的是想调节一下心情，而且爸爸不至于在一旁要求我们“过去的就让它过去吧”。

“路易斯·威斯公司没有给我们同时领养双胞胎，我很生气。不过，我清楚如果我当时知道你是双胞胎，会作何反应。我肯定我决不会同意拆散你们。如果我不能同时收养你们，那么我可能会选择其他的孩子，可是，那样的话，我就不会有你了。”妈妈强忍着泪水说道。

“我无法想象如果没有你做母亲，我会怎么样。我一直把你当作自己的亲生母亲。”我说道，这时车子沿着希尔顿海德种植园的平坦公路蜿蜒而行，我父母就生活在这一片富人区。

“你和埃利塞可以设法找到她吗？”没等我回答，妈妈接着说道，“你对可能找到的结果做好思想准备了吗？”

我的父母已经明确表态，如果我想要找寻有血缘关系的亲戚，他们一定支持我。但是即便如此，我还是能感觉到他们的不安。尤其是我的母亲，她总是觉得我会因为发现什么而失望。她的疑虑之中可能也包含了她的自我保护意识。

“害怕并不能阻挡我找到生母。坦白讲，我拿不准她会如何进入我的生活。我已经有一个妈妈了，”我说，“我不需要另一个母亲。”尽管我很矛盾，但我开始相信我们注定要寻找生母的下落。

回到布鲁克林，我又过起了双重生活。在杰茜幼儿园门口等她放学时，我安排活动时间，和其他家长交换如何让这个年龄段的孩子吃蔬菜的心得。我不敢告诉其他妈妈我的心事。自从看到《纽约日报》登载的三胞胎故事，我便很想了解当年那个神秘的双胞胎研究的情况。我决定追根溯源。

到家后，我让杰茜看碟片《探索者多拉》，自己给斯蒂芬妮·索尔打电话，斯蒂芬妮·索尔是获得普利策奖的记者，是她揭露了“秘密研究”。得知我是“路易斯·威斯公司分开抚养的双胞胎当事人”，她很兴奋。虽然离她写那篇报道已有好几年，但是她仍清楚地记得细节，就好像是她上周才刚写完的报道，因为印象实在太深刻了。

“你知道这项研究的目的是什么吗？”我问她。

索尔犹豫片刻。我觉得她在仔细思考，权衡措辞。最终，她说，在所有路易斯·威斯服务公司分开收养的双胞胎中，至少有两对双胞胎有患精神病的家人，还有一对双胞胎出生在精神病院。虽然在她的文章里，她非常小心，没有表明这一观点（她还需要更多的数据来支持她的观点），我认为索尔想要告诉我她认为这项双胞胎研究的目的之一可能是确定精神病的遗传性。

“我和妹妹都有抑郁症。最近，我们发现生母也是精神病患者。”我说道。索尔对我报以同情。但是对我说的话，她似乎并不感到惊讶。

这样看来，纽伯和伯纳德可能特意挑选其家族有精神病史的双胞胎。想到这一点，我觉得恶心。难道这些声名显赫的心理学家真会向收养家庭故意隐瞒那些有关孩子们病史的重要情况，一直保持沉默，观察具体某一对双胞胎会不会出现精神病症状？

我很生气，打电话给远在巴黎的埃利塞，告诉她我的新观点。

“那不可能吧，”埃利塞断言道，“很少有犹太妇女放弃对双胞胎的抚养，除非精神失常的犹太女人。即便如此，也很少见。也许，我们的生母并没有得精神分裂症。”

埃利塞说得很有道理。但是那位记者的话在我心里留下了烙印。除非我们了解到更多的情况，否则我不愿意做任何推测。

“归根结底，我们不知道发生过什么。我们可以进行推测，但是我们还是不知道。”我说道。埃利塞竟然那么相信自己的直觉，我有些生气。

“这也正是我们要追根究底的原因，”埃利塞说，“也许，我们要通过律师来启用耶鲁的档案。”

埃利塞：周日，我穿过拉斯佩尔林荫大道，来到街对面面积是我办公室面积两倍的电话亭。“喂，艾弗。”我说道。我数着电话卡上的计时，脑子里却一片空白。电话那头传来保拉的声音，我才缓过神来。

“呃，我考试不及格，不打算参加口试了。”我对保拉说道。

“你别这么肯定，可能坏事变好事呢。”保拉安慰我，电话那端的她无法看到我的表情，“现在你有空来纽约了。”

搬到纽约只是说说而已，想到要离开我在巴黎的生活圈子，我内心不安。我好不容易才融入了法国社会，走在巴黎的人行道上、坐在巴黎的图书馆和剧院里，我都会觉得很亲切。《巴黎万花筒》杂志是我每周必读的。它指导我参加哪些法国文化活动，有时让我梦想获得这座城市的精华。

我精心安排自己的日常生活。每到周四晚上，我坐轻轨穿过市区到特罗卡德洛做内森先生的家庭教师。内森先生已经七十高龄了。他更喜欢讲述他的战争经历，谈论近期的美术展览，不大喜欢列举动词的词形变换。

每到周日下午，我会去历史久远的伊斯特利亚酒店，与朋友让克劳德和法布莱斯品茶聊天，谈论文学和国际大事。蒙帕纳斯酒店对于阿马迪奥·莫迪格利亚妮和马克·柴格尔而言就像家一样。法布莱斯在前台值班时会画水彩画，延续着蒙帕纳斯酒店的艺术传统。

即使我应该搬回纽约生活，我觉得保拉也应该到巴黎看我。我希望她能看看我在过去三年里的生活环境。即使我的家只不过是拉斯佩尔林荫大道附近的一间小房间。

我在巴黎中心的印象论坛俱乐部里品着咖啡，看看即将上映的电影排期，查一查电子邮件。我是这家俱乐部每年夏季举办的国际电影节的志愿者，常常和影迷们谈论上映的电影，还和专家联系。

通常，我都会在蒙帕纳斯林荫大道上的网吧写邮件。但是，总有些喧哗的青少年在那里大喊大叫，让我不能静下来思考问题。现在是电影节期间，我每天都在论坛上。在电影放映间隙，到安静的网吧里查看邮件对我而言是一种奢侈。

“我也是一个电影节的志愿者！”保拉在邮件里写道。

保拉只和我见了五次面，她只知道把我和她做比较。虽然保拉可以设身处地地为我考虑，我却无法想象如果自己像她那样在《综艺》杂志社上班会怎样，因为我关注的是电影业而不是艺术。

我将保拉和我互相发送的大量电子邮件看了一遍。我惊讶地发现，在我们第一次通话之后，她便很快称呼我“妹妹”。寻找保拉的时候，我都不知道我们的关系会如何发展，她会不会接受我。

有时，一想到她出现在我的生活中，我会兴高采烈。但有时，我对此却很陌生。对把我们活生生分开的那些医生很气愤。我非常难过，因为我和保拉不曾在一起长大。我无法忍受和她的分离。我不停地写信给保拉倾诉我的想法，但信写得太多，我没有将它们都发出去。

保拉：七月底一个悠闲的周末，我到考德海角看望朋友后回到家，发现埃利塞给我发来很多邮件。她在其中一封邮件里写道：“这几天我很想你。这是我们见面后分开的最长一段时间。”

埃利塞独自住在巴黎，没有全职工作，没有什么事能转移她的注意力，因而她比我有更多的时间思考我们之间的关系。而我需要照顾艾弗和杰茜，还要做自由撰稿人，一天到晚忙忙碌碌。我觉得埃利塞在寻求一个心灵伴侣。

我通常会很快回复。一旦我没有及时回复她的邮件，埃利塞就会打电话给我。

“你的邮件让我快要窒息了，”我坦诚地说，“你说你希望我们能在一起长大，但是我不清楚自己的想法与你是否一致。我感到很内疚，没能和你有一样的想法。但是我还是情不自禁地那样想。”

“我相信如果你是单身，你的想法会不一样。”

“你可能是对的。我已经找到了我的心灵伴侣。”我很抱歉地说。

“我不是说希望自己的生活有所不同，我只是非常希望我们能够从小就在一起。”埃利塞说。

“我当然认为我们不应该被分离。但是，我不可能想象如果我们从小在一起长大,生活会变得怎样。时光不会倒流。我恐怕让你失望了。”我说。

“我也可能让你失望了。”埃利塞说。

我怎么能告诉埃利塞，我有时甚至不希望她找到我？我终究没能说出口，还是设法安慰她。

“我们肯定会让对方失望。有时我哥哥也会让我失望，但是他仍然是我哥哥。”我解释道。

“是的，但是我们不一样。我们在很多方面都非常相似。我们都觉得我们对一些事情的看法相同。我有一个问题要问你：我是不是对你要求过分了？”

一阵沉默，我权衡自己的回答。埃利塞所需要的一切只是想了解我，巩固我们的友谊。那要求过分吗？

“不。”我柔声地说道。

几天后，我查看邮箱，发现一张明信片，上面印有一张二十世纪二十年代的黑白照片。照片里，两个时髦的女子坐在一家咖啡馆门外。明信片背面，埃利塞潦草地写道：

> 这张明信片让我想起我们在一家咖啡馆里的情景。我们聊生活，聊爱情，聊所有的点点滴滴，悠闲地度过了几个小时。虽然我们的生活都不错，我还是禁不住希望我小时候就认识你。（嗯，我们也确实从小就认识，但可惜时间不长，只是在妈妈的肚子里游动着，那里没有光亮。）找到你，我非常快乐。我觉得自己一直都非常想念你，而且现在正在想念你。

我不能说埃利塞回到巴黎后我还一直想她，但是我会经常想到她。考虑到我们所处城市之间的时差，我会想她在一天里的不同时间段做些什么。她在给让克劳德补英语吗？可能她在逛罗丹博物馆，或跑到她最喜欢的剧院里听音乐会。

我犹豫着要离开杰茜，她离开我可是从没有超过一个晚上。但显然，我需要去看看埃利塞。我渴望能够体验埃利塞在巴黎的生活经历。我想如果自己也是由埃利塞的父母带大，现在可能也过着和埃利塞一样的生活。

我订了去巴黎的机票，开始想象着我们两个人在露天咖啡馆喝着咖啡聊天，就像明信片上的两位女士一样。

埃利塞：保拉打算下个月来看我。我开始试着用她的眼睛看我的世界。虽然我想让保拉体验我真实的生活，但是我还是无法想象她睡在我家地板的床垫上。

我的学生公寓在一栋现代建筑的底楼，像一间度假小屋。它是我避开城市喧嚣的避风港。木制百叶窗一打开，邻居家的院子便一览无遗，尽显宁静的乡村风光。这间简洁的一百平方英尺的小屋也是一个单身汉理想的栖身之处。我使用桌子底下的热锅做饭，我一转椅子便可从小冰箱里取出啤酒。我需要的一切伸手可及。书橱一装满，我就知道该减少我收藏的成堆的破旧英语小说了。这些小说可以卖给剧场附近的旧书店。我不是从朋友那里获得时髦的旧货就是经常泡在图书馆。我很少买东西。

我像是巴黎最富有的穷人。

虽然我的房间狭窄，但我曾经一次招待过三个客人。在外面玩了一整夜后，一个朋友蜷缩在我那张双人床上，睡在我身旁，另两个朋友就睡在地板上。我们窃窃私语直到睡着为止。早上起来，我看见朋友在化妆打扮，这让我想起了绕口令游戏。我喜欢在这么小的房间里和朋友一起分享温馨。我从来没想过让他们待在宾馆里。

当然，我也常常利用朋友漫长的法国节假日，到他们比较豪华的公寓里度假。在他们宽敞的浴缸和厨房里享受阳光。幸运的是，我已经和一个朋友商量好安排保拉在朋友家里入住。朋友能给她腾出自己的房间。

保拉：我以前从不害怕坐飞机，但是两个事件改变了我："九·一一"和做了母亲。当我打包准备去巴黎时，我不能不考虑到自己可能再也回不了家。在我的想象中，艾弗变成了一个苦行僧式的鳏夫，一个给杰茜讲述她已故母亲故事的单身爸爸。杰茜也可能因为失去母亲时年纪太小，对母亲没有记忆。

和艾弗告别的时候我对他说："如果我发生什么不幸，答应我告诉杰茜，我爱她。"

"我答应你。"他伤感地向我发誓。

我在机场足足花了一个小时的时间登机，结果被告知飞机要晚四个小时起飞。我和双胞胎妹妹相聚的时光被生生减去了四个小时。

"你不理解。我去巴黎是要见我刚找到的双胞胎妹妹。"我恳求机场客服代表。

"那你希望我为你做什么呢？"她紧接着问我。

"哦，如果我坐头等舱，至少我能休息一会儿。"我发着牢骚，眼泪禁不住掉落下来。第一次离开杰茜所受的压力加上急着要见妹妹，让我紧张得透不过气。我彻底崩溃了。

"振作点儿，"有个妇女安慰我，"你是去看双胞胎妹妹的！"

我没有说这次实际上是我们第二次见面。显然，美国航空公司有人同情我或怕我闹事，因为我最后坐上了头等舱，品呷上等的香槟，吃到新鲜的草莓。

我失散已久的双胞胎妹妹可以定居在许多城市，可是她偏偏选了巴黎，而不是得梅因或底特律。十一岁的时候，我第一次看了影片《情定日落桥》。影片讲述了一个美国女孩在巴黎上学的时候与一个法国男孩坠入爱河。自从那个时候起，我就非常向往法国。八年级的时候，我可以选择一门外语课程。我理所当然地选了法语。我还梦想着在法国大学里读三年级——即使只是暂时的逗留。但是高中三年加上一年大学法语学习之后，我放弃了所有的希望。我知道自己是无法流利地说这门语言了。现在，因为埃利塞，我又有机会实现我的梦想。

埃利塞：保拉是上午到的。同预报员绷着脸预报的表情相反，天气晴朗无云。

我在奥利机场焦急地等待保拉，觉得自己是第一次与双胞胎姐姐见面。在一堆英国游客中我一眼就认出了保拉，我克制自己不去问她："你怎么会和我长得一模一样？"

这时，我想起一部德文纪录片。这部纪录片讲述一对分离的同卵双胞胎奥斯卡和杰克。杰克在和哥哥分离二十五年后，第二次见到他时也问了同样的问题。

就在一九七九年奥斯卡和杰克相遇后不久，他们在四十六岁时参加了明尼苏达州双胞胎及收养研究中心的项目。他们的头像很快就刊登在报纸上，配有大字标题:《犹太人和纳粹生的双胞胎！》他们出生于特立尼达岛，母亲是天主教徒，父亲是犹太人。他们出生后不久就因为父母离异而被迫分离。杰克由他生活在特立尼达岛的犹太父亲抚养，后来他们搬到了以色列，再后来去了美国。奥斯卡由他的外婆抚养，从小在德国人占领的捷克斯洛伐克长大，成为一名严格的天主教徒。同那里所有的年轻人一样，他被迫成为希特勒青年团团员。

在机场他们再次相遇的那天，奥斯卡和杰克都注意到对方长着修剪得很整齐的小胡子，走路的姿势以及很多习惯都相似。尽管他们有着截然不同的成长经历，但是他们都表现出同样奇怪的行为举止。例如，把橡皮筋绑在手腕上，在公共场所打喷嚏以引起别人的注意，从后向前看杂志，等等。

“你好！”保拉亲吻我的脸颊。我一下子回到了现实中。

保拉特意穿了一件法式的条纹水手衬衫。她乐此不疲地向我讲述她乘飞机旅行的经历。“我是一路喝着香槟过来的！”

我一心想回家，就带她坐了市郊火车直达我已经安排好的周末度假的地方。

“那就是！”我大声叫道。我们走入宽敞的双人间公寓。那是我的朋友朱列特和她伴侣及年幼的儿子住的地方。我定下心来，打开音响放埃里克·杜菲的歌曲碟片。我已经听了无数遍了。我蜷缩在客厅里低矮的沙发上，递给保拉一杯波尔多葡萄酒。

虽然保拉不喜欢养猫，但她无法拒绝无家可归的赫丘利，它的名字和它骨瘦如柴的身形不符。它蜷缩在保拉的大腿上。

“我真的不能喝酒，因为我可能怀孕了。”保拉说。他们夫妻两人正计划生第二个孩子。一切都按计划进行。“呃，我在飞机上也喝了点儿，真该死！”她说着，高兴地接过了杯子。她没有忌酒，我感到宽慰，便和她碰了杯。

“哦，就是这样！”我想要对她说，“这就是生活！”我们像两个在青年公寓遇见的年轻旅行家，滔滔不绝地谈论着巴黎。把在纽约一起度过的四天算在内，这是我们在一起的第五天。我们只有三个晚上能在一起，所以我们就抓紧时间谈天说地。

“你觉得她会是个怎样的人？”保拉问我，我知道她指的是我们的生母。

我脑海中出现了她的样子。“我希望她治愈了精神疾病。也许，她正在某个农场上，和一群变性者一类的人生活在一起。”把生母想象成一个古怪的老妇人，住在某个公社，我们都笑了。很难想象一年前我不知不觉地开始找生母，而如今我却和双胞胎姐姐一起笑谈她可能在什么地方。

走廊里回响着喧嚣的法国打击乐。我和保拉看着窗外，望见了两个瘦长的法国男人穿着马龙·布兰多牌汗衫，他们偷偷地朝我们的公寓观望。他们发现我们也在注意他们，于是用法语和我们打招呼。我们害羞地向他们报以微笑，放下了棉制窗帘。

保拉：因为我之前已经来过巴黎，也参观了很多当地有名的旅游景点，所以我让埃利塞带路，去一些对她很有意义的地方。我们漫步在埃利塞住的街区附近，在蒙帕纳斯公墓，我们停下来拜祭让保罗·萨特和西蒙·波伏瓦。埃利塞用她那不标准的英式口音充当导游的角色，带我参观“著名的逝者”。这倒让我吃不消。

参观完后，我们在一家咖啡馆歇脚。我用高中时学的法语，点了一份火腿奶酪吐司和一杯柠檬榨汁。听到埃利塞操着流利的法语，我后悔当初放弃学习法语。

埃利塞望着蒙帕纳斯林荫大道，自豪地介绍她那些出名的邻居。

“让皮埃尔·雷奥德居然住在这个街区，真不可思议！”我对埃利塞说。

我喜欢电影《四百击》里的他。我不必问埃利塞是否看过特吕弗导演的那部经典影片。像我一样，埃利塞也是法国新潮流导演的超级粉丝。喝卡普奇诺的时候，埃利塞兴奋地讲起自己如何喜欢住在这样时尚的小区，但是也给我打了预防针，告诉我她的公寓很小。

离开咖啡馆后，我们到了街对面埃利塞的住处。看到埃利塞把这么小的房间称为家，我没有心理准备。没有厨房，没有卫生间，她的“公寓”比我在威斯利陈旧的宿舍小得多。她解释自己之所以花这么少的钱租了这个地方，是因为这个地方实际上是这栋高级公寓的储藏室。

我在为《综艺》杂志社工作和遇见艾弗之前，生活一直不是很稳定。做自由撰稿人,勉强交上房租。那时候我以为我过着波希米亚人般的生活。现在我很难体会埃利塞是如何在这么小的空间里度过三年时光的，卫生间在大厅楼下，吃罐头食品当晚餐，用电炉热饭菜。

我忍住没有说:“你怎么能这样生活？”而是说，“这个房间很可爱。你花了很多心思。”

埃利塞：保拉看到我房间时很惊讶，对此我很熟悉。很多朋友虽然喜欢住在我的小房间里，但都表示不知道我怎么能住在这么小的空间里。我已经提醒过保拉，我的房间很小。可是显然，她以为我的房间至少会有纽约的画室那样大。

“卫生间在大厅楼下，但很干净。用的人很少，我从不需要排队。”我大声对她说道。这里真的不错。

保拉迅速地扫视了我的房间，最后目光落在我的书架上。她注意到了那张陈旧的捷克地铁证件，它是我在布拉格黄金时期的纪念品。在模糊的印象中，我追忆起另一个时代的往事。

“这张很像我。”她说，拿起来凑近看。为什么保拉有我所有最好的照片呢?

保拉:在布戴尔博物馆，埃利塞试图考我，看我能否找到“波兰女人”的雕像。她的朋友们都认为这个雕像很像她，自然也就很像我了。我在巨大的佩内洛普雕像前徘徊，她等待着尤利西斯的归来。突然，我看到了“波兰女人”的青铜雕像，但马上大失所望。

“我觉得她一点儿也不像我，她更像你。”走出雕像展览大厅，我对埃利塞说。我坐在长凳上,在热辣的阳光下生闷气。我像个坏脾气的孩子，不能约束自己的行为。

起初，我和埃利塞都关注我们的相似之处。但是现在我们把注意力转移到了我们的差异上。我们所说的每句话都蕴含着一种看法。“如果我是你，我会……”我做的每个决定——吃什么，穿什么，说什么——都会导致我们更接近或更疏远。我们都很小心，生怕得罪对方。如果做错了什么，我们会不停地道歉或反复解释。

“但是我其实想说的是……”

“对不起，我不是……”

“如果你不想，我们没必要……”

我和埃利塞就像电影《透过镜子》中的那对脾气执拗的双胞胎特维德雷杜姆和特维德雷迪，总是为彼此观点的细微差异而争执。如果我说天气不错，埃利塞就一定会说“哦，有点儿热”。如果她说“太热了”，我肯定会反驳她。我能感受到埃利塞是故意要刺激我，而我也想要故意刺激她。她越是激怒我，我就越生气。和双胞胎妹妹在一起对我而言是最难受的。

埃利塞：我们在巴黎海滨，从苏利桥上眺望艾菲尔铁塔那同明信片上的照片一样壮观的景色。很多游客都在巴黎海滨沐浴阳光。我和保拉在台阶上找了位置坐下。六个月前，我和让克劳德谈起自己有双胞胎姐妹，当时保拉还只是抽象的概念，现在她却鲜活地站在我面前。

“我们也许可以在这里吃饭。我喜欢这里的蚌类。”我提议道，同时看着夏日的夕阳西下。保拉皱起了眉头，我突然想起她不喜欢吃蚌。她认为我和她的意见相左就是对她的批评。我们为何要为这些鸡毛蒜皮的事斗嘴呢？虽然我有很强的主见，但是也可以接受其他的生活方式。在征求别人的意见时，我们都采取守势。

“你认为如果我们只是刚认识或不是双胞胎，会成为朋友吗？”保拉问我。

“如果我们在二十几岁时就认识，我们会更坦诚的。”我答道，其实是在暗示自从生活安定后保拉的思想变得保守了。

“你的朋友都没有结婚。”保拉说，试图要一语道破我们差异的症结。

“维罗妮卡怎么样？”尽管我的朋友维罗妮卡在布鲁塞尔实习，她仍能经营自己在法国的婚姻。保拉耸耸肩。

“我们还要顾及孩子。”保拉说，她解释了我们的生活是多么不同。

“我爱孩子！我以为她会和你一起来巴黎。想到要带她去文森尼斯动物园，我兴奋不已。”

“我不知道……原来我们这么不同，”保拉小心地说，“我并不想伤害你。”

“你没有说什么伤害我的话。我很想以你觉得合适的身份进入你的生活。”我对保拉说。但是我不知道她会不会相信我的话。

保拉：我们面对面坐在桌子旁。我和埃利塞间的距离构成了我们的隔阂。如果我承认我们之间关系紧张，我担心那会让事情变得更糟。

“我们当时很尴尬。沟通很困难。我开始试图说些什么，但是我害怕伤害你的感情，就没有说下去。”我说。

“你知道无论你说什么或做什么都不会伤害到我，除非你想把我彻底排除在你的生活之外。”埃利塞说。

我想告诉埃利塞，我有希望从她的生活中消失的念头。可是，现在不是时候。我们仅仅是在四个月前第一次约会，约会时间很长。我们第一次见面便喜欢彼此。我觉得自己就好像是和某个我不了解的人要建立长期的恋爱关系。

“我不知道如果我们今天见面而又不是双胞胎的话，是否会成为朋友。”我脱口而出。

“为什么呢？”她问我，她不敢相信她的双胞胎姐姐会如此残酷。

就在刚才，她还很肯定地说，我的话不会伤害到她。而此刻，我可以证明她是错的。我解释说我们的生活方式迥异，但是她不同意我的说法。

的确，我有很多单身朋友。但是，他们大部分人都过着比埃利塞更传统的生活。我尽量不去判断什么，但是却很难不从事实中得出结论：埃利塞靠领取失业救济金维持生活。她的未来还是个未知数。她会向我和艾弗借钱吗？虽然她是我的双胞胎妹妹，但是对我而言，她还是个陌生人。我不知道她的动机。

埃利塞除了辅导几门课程之外，几乎就没有其他的事可做。而我却整天忙得连属于自己的时间都没有。她可以一连几天外出，不见朋友，不找朋友聊天。她自称过着挨饿的艺术家生活。但是她的艺术又在哪里呢？

埃利塞希望听到我说实话，但是我却没有这个勇气向她坦白我的想法。

埃利塞：在巴黎，八月份，店家都会在橱窗上贴上手写的促销标语。夏末的宁静是我以往最推崇的，而今却让我麻木。我闷闷不乐地绕着自己蜗居的公寓漫步，赫丘利跟着我从一个房间到另一个房间，像是在找保拉。保拉昨天就走了。抑郁向我阵阵袭来，我回想起保拉探望我时发生的种种尴尬事。

我们间的每次谈话都会引发精疲力竭的争论。即使外出去拐角的超市也变成一种磨难。在决定带哪一种芥末回家给艾弗时，保拉突然有点不好意思地说："你一定以为我是资产阶级吧。"

"你为什么以为我会那样想呢？"整个周末我都在重复这个问题。"我买东西，我不是完全和这个社会格格不入的。"我怒目而视地说。

在这样的场合下，保拉似乎害怕听我的意见。然而，更多的是，我能感觉到她的优越感。我几乎能听到她的心声。如果我是你，我会有间更好的公寓。我会……我不在乎其他人怎么看我，但是保拉的看法会刺痛我，因为她不是别人而是我的双胞胎姐姐。难道她觉得拥有相同 DNA 的她会比我做得更好吗？

第十一章

保拉：我记得七岁时曾和全家人到圣胡安附近的海滩度假村度假。似乎在很长时间内，我和哥哥自娱自乐，纵身跳到岸边的浪花里，任凭浪潮将我们推向温暖的沙滩上，我们头昏眼花。不止一次地，一股波浪让我措手不及，连续拍打着水底下我的小小身躯。我惊慌万分，挣扎着呼吸，喝了好几口咸水泡沫，最后终于站稳身子。就在波浪将我卷入海底的那一刻，我毫无办法，只能完全屈服于它的力量之下。

现在抑郁就如同海里的波浪一样撞击着我，我感觉到同样的无助。我也是毫无办法，只能完全沉溺于抑郁之中。我以前从来没有认真考虑过自杀，但是自从从巴黎回来后，我经常希望自己就这样死去。和埃利塞在巴黎的画面在我的脑海中不断闪现。我将每一个场景在头脑里重新播放，并且想象着如果我没有那么急于判断，退缩，执拗，事情将会如何发展。

"要在几天里把这么多失去的时光都填满，人是会不堪重负的，"从巴黎回来后，我在日记上写道，"在整个旅行中我都感到紧张，只有几个例外。印象最深的是旅行的最后一晚。我们去了一家上好的海鲜饭店，喝着俄国的伏特加酒，一直待到很晚。只有这一次，我们才能自由自在地聊天，不用担心得罪人，也不怕被误解。有些时候，我很欣赏埃利塞的独立，幽默，还有美丽。然而，除了我们的相似之外，我们对世界的看法好像非常不同。"

坐在长满草的山坡上，俯瞰位于斜坡公园三街上的运动场，我看见艾弗和杰茜在喷泉旁嬉戏。他们现在沉浸在无忧无虑的世界里，这个世界对我来说很陌生。我可以远远地注视着他们。我被厌恶自己的想法折磨着，思考着如果没有我，他们会不会过得更好。

第二天早晨我一睁开眼，忧虑就烟消云散了。突然我决定要长久地陪伴着我的女儿直到她长大,而不是希望自己消失。我在家做了怀孕测试，结果出现了两条平行的红线。这部分说明了我情绪紊乱的原因。我怀孕了。

埃利塞:在保拉来访之后，我感到茫然，而且筋疲力尽。她打来电话，为她在巴黎表现得那样生气道歉，我顿时感到轻松许多。

“要是我，我也会那样的,”我安慰她，“到这儿来你就已经很勇敢了，我很高兴你来拜访。”

“我也是。”保拉说道。

“等我去纽约的时候，我相信我们之间会有尴尬的时候，但是我们会挺过去的。”

解决了第一次争吵之后，现在我们能克服任何困难。

因为保拉一家打算在十月份来纽约玩，我们希望同家人组织一次聚会，到时他们要来参加我外甥盖布里的周岁生日聚会。在分别了三十五年后，保拉和我终于能够第一次在一起庆祝生日了。

我在公寓蛰居数周，详细地安排了随后几个月的计划。到一月为止我都没有工作。我可以把支票留给让克劳德，让他每个月帮我付房租。如果事情出了差错，通常都是银行账户透支。

“要是我在外旅游时间太久，会感到不舒服的。”当我把接下来三个月去美国的行程计划好,并把保拉也包括在内时,她发来电子邮件告诉我,她对我并不十分了解，所以不知道我总是安然无恙。

“你不用感到对我有责任。”我回答道。但是我仍然能够感觉到保拉对我即将到访很担心。

我希望通过重游自己曾经待过的地方，同家人和朋友相处些日子，来了解我的双胞胎身份。和保拉重新团聚大约六个月后，我哥哥仍然不知道她的存在。因为杰伊既没有电话又没有电脑，我们能够交谈的唯一机会，就是我爸爸偶尔去看他，然后用手机打电话给我。今年冬天我去俄克拉荷马州看望家人的时候，我就有机会亲自告诉他这个消息。

到我父母的家里，我就能够在阁楼上搜寻我的婴儿书了。路易斯·威斯公司给我的信息没什么道理。如果，正如凯瑟琳最近跟保拉说的那样，我们在不同的时间被不同的家庭收养是因为保拉长得快的话，那么为什么保拉在五个月大被领养的时候那么瘦弱，而我却被留下来了呢？

“我跟律师约好了时间。”保拉打电话讨论我的到访安排时说道。我们不是爱诉讼的人，但是保拉和我都同意，如果诉讼能够帮助我们有机会拿到那个婴儿研究项目的资料，或者能够启封路易斯·威斯公司保存的我们两人的档案，我们会考虑诉讼的。

“神奇双胞胎开始有所作为了！”我跟保拉开玩笑地说道，“我希望我们在纽约公共图书馆能够成功拿到资料。此外，在哥伦比亚大学有维奥拉·伯纳德的公开档案。我们有很多事情要做！”一想到自己是这次资料搜寻行动的积极参与者，我就感到干劲十足。

因为整个冬天我都要在美国度过，我将随身物品全部打包带走，我在巴黎的房间空空荡荡的。

保拉：“有时候我想断绝与埃利塞的联系，但当我们电话聊天，或者她发邮件给我后，我又会兴奋不已，并且再次联系。”一天晚上挂断和埃利塞的电话后，我在日记上写道。

因为埃利塞即将来美国的行程会持续三个月，我担心朋友和家人同她见面，欢迎她的到来之后，她最后还是睡在我们的沙发上。如今我正在害喜，一想到要作为女主人招待她，我就感到压力很大。

我还没有告诉埃利塞我怀孕的消息。她会再有一个外甥或者外甥女，她会为此感到兴奋的。不过，这也可能会加大我们生活的差距。埃利塞会不会把怀孕这件事看作又一件我有而她没有的事呢？随着埃利塞到来的日子临近，我有一种世界末日即将到来的感觉。或许我们要做的事情太多了，比如:和律师见面，到纽约公共图书馆搜寻我们亲生母亲的资料，等等。我们之间的关系才刚刚开始，从我们第一次见面到现在还不到六个月的时间。在巴黎我们关系一度紧张，也许我们应该集中精力，了解彼此。

埃利塞：我到达保拉家的时候，她亲了亲我的两个脸颊以示欢迎。我拖着两只巨大的行李箱和一个粗布厚呢绒包，里面装满了给朋友和家人准备的酒和礼物。当我兴奋地在包里翻寻着我给她买的法国小饰品时，保拉在一旁看着。

"我怀孕了。"保拉直截了当地说。

我知道保拉和艾弗准备再要一个孩子，但是突然听到这个消息，我还是很震惊。为什么她之前不告诉我呢？

保拉好像是读懂了我的心思，她说道："我本来想早点告诉你的，但是我不想在电子邮件里跟你说。你是最早知道的人之一。"

"恭喜你！"我大声说道。虽然我为保拉感到高兴，但是我仍然不自觉地感觉到她怀孕又使我们之间产生了隔阂。我们俩生活的差异已经很大，但不久她就会成为两个孩子的母亲，就会有更多的责任。现在她处在害喜的痛苦中，在她的周围走动，我得加倍小心。保拉把我出现在她生活中看成是一种入侵，对此我很不满。

保拉：站在顶楼屋顶上，俯瞰着曼哈顿城闪闪发光的建筑物轮廓，埃利塞和我深深地呼吸着秋夜干冷的空气。

"明天你会跟律师说什么？"埃利塞打破沉默。

虽然我们马上就要和律师见面，但我还是另有想法。必须有人对这个双胞胎研究项目负责，但是我不希望我的生活被昂贵的、冗长的、令人身心疲惫的诉讼打乱。我不愿让愤怒吞噬我。也许我爸爸说得对，过去的就让它过去吧。

“我想知道，凯瑟琳向我透露我有一个孪生姐妹的做法是否合法？因为我从来都没有同意过让和我有血缘关系的亲戚联系我。”我脱口而出。

“但是，首先我们不应该被分开，如果你那样说的话，岂不是使我们的观点站不住脚？”埃利塞问道，她的话听起来令人沮丧。

我浑身肿胀，因为害喜不住呕吐，没有仔细考虑说话是否得体。

“凯瑟琳向我提起你的方式，让我始终感到很生气，”我解释道，“在她把这个消息告诉我之前，她应该让我跟她见一面。我们的亲生母亲有精神问题，据凯瑟琳所知，我也不稳定。她根本没想过我会做何种反应。”

“也许凯瑟琳做得不够得体，不过她打电话给你，我很感激她，否则我可能还没有找到你。”埃利塞说。

“我不能在别人找到我这件事上进行任何干预，对此我仍然感到愤怒。首先，我从来没有要求和你分离，也从未要求被找到。”我直率地说。

“所以你希望我没有找到你？”埃利塞问道。她的脖子和脸颊由于愤怒而变红，跟我生气时一样。

我犹豫了一下回答说：“不是的，但是有时候我会希望我的生活能够照旧。说实话，我只希望这些事都不要发生。”

“但是已经发生了，”埃利塞平静地说，“我们没法改变它。”

埃利塞：“和律师交谈的时候，我们的论点必须十分清楚，”在我们见面的前一晚我提醒保拉，“我们请求能够启封路易斯·威斯公司保存的关于我们的收养档案。也许他有办法进入耶鲁的档案保管处。”

“我对这一切都不太肯定。”保拉犹豫地说。

“我们从这家公司获得的说法不一致。要想清楚地了解整件事，唯一的方法就是翻开那些记录。”我十分自信地推断，希望能够改变她的观点。

保拉仍然生凯瑟琳·博拉斯的气，就因为她脱口说出她有一个孪生妹妹的消息。六个月后，我希望我们能取得进展。她的抱怨不仅削弱了我们论点的合法性，而且同路易斯·威斯公司将我们分开收养的错误相比，也显得苍白无力。

听起来她好像希望我从未找到她。

“尽管我认为把我们分开是错的，我仍然不能说我希望我们被一起抚养。”保拉表情严肃地说。

这难道仅仅是语义学上的一个问题吗？

“因为我希望我们过去的三十五年一起度过，并不意味着我想把我过去的生活痕迹擦掉。”我告诉她。保拉呆呆地盯着我看。

要我在两种生活中做出选择：一是现在的生活；二是假设的生活，即如果我们被一起收养，我可能过的那种生活，这很不公平。

保拉：当电梯在律师办公的楼层停下来的时候，埃利塞和我也停了下来，做好最后的准备。我们彼此看了对方一眼。

“记住，我们不能看上去显得很高兴。”我开玩笑地说。

我们同时假装皱起眉头，噘起嘴巴。

“但是我们也不想把自己表现得像是被损害的商品，或者受害者一样。”埃利塞提醒道。

“我们只去想如果赢得了赔偿，我们可以用这些钱来疗伤！”我试着让她发笑。

“也可以为我们野营提供资金。想一想我们失去了多少全家旅行的机会！”

我们突然都咧开嘴笑。昨晚埃利塞和我是相互反对的原告，现在我们完全达成了一致。

大卫·兰斯纳鼻子突出，带着慈祥的笑容，让我想起了父亲年轻时候的样子。在他靠近市政厅的办公室里，兰斯纳认真地倾听着埃利塞和我轮流讲述我们婴儿时期被分开的故事，以及我们最近的团聚。

“对你们所做的事很明显是有悖伦理和道德的。”兰斯纳说道，好像是在做出判决一样。但这并不一定意味着我们可以起诉。兰斯纳告诉我们，即使路易斯·威斯公司做了违法的事，由于纽约州法律上的局限性，这个案子会非常棘手。

“但是我们直到最近才知道我们以前被分开了。”我提醒他说。

“这是法律的阴暗面，”他说，“失去一个姐妹造成了什么伤害吗？”

“没有办法计算他们欠我们多少。”埃利塞平静地说。

“你们必须证明你们所受的伤害，可问题是你们俩过得都很不错。辩护律师会说：‘保拉，你上了威斯利学院，然后你去了纽约大学电影学院读研究生，接着你在《综艺》杂志社上班。你结了婚，爱你的女儿，也爱你的父母，你有一个不错的生活。’”

我突然笑了出来。他说得没错。在历经磨难、寂寞和郁闷之后，我最终是快乐的。

“还有你埃利塞，”律师接着说，“你上了一所好的大学，你爱你的家人。你住在巴黎，并且在世界各地旅行，参加电影节。”

按照他说起这些情况的方式，人们也会觉得埃利塞的生活也是很轻松的。

埃利塞：保拉和我没有受到多大伤害，并不表示他们将我们分开没有错。

兰斯纳先生的逻辑让我想起一个医药公司所作的辩解。当时，因为他们对我过敏反应的疏忽，我父母起诉了他们。在我十七岁成为大学新生的时候，我身体上烧伤的痕迹逐渐消失，但是情感上的痛苦还存在。

我的一些样子可怕的照片被拿给陪审团看，这些照片是在我过敏反应最严重的时候在烧伤研究所拍的，我不敢看这些画面。不过，很明显，我镇定自若的表现给他们留下了深刻的印象，因为他们的判决是：继续过你的生活。”

我们现在没有可怕的照片拿出来给人看，我们只能让别人看我们现在这种荒唐的处境。另外，谁能够证明我们两个都经历的郁闷是不是来源于我们的分离呢？不管怎样，如果我们在一起成长的话，我们中的一个就不会受磺胺过敏的苦。

“我只是对此提出异议，”兰斯纳先生说，“你们提到你们两个曾经都经历过忧郁。你们谁曾经进过精神病收容所吗？”

“没有，但我服用百忧解超过十年。”保拉说。

“我十几岁时曾经试图自杀。”我补充说。

我们所经历的痛苦并没有给兰斯纳留下印象。他告诉我们这个案子光花在法律事务和专家费用上就分别是十五万美元和一万至一万五千美元，而且还不能保证我们会赢。我们不打算起诉路易斯·威斯公司，但是我们必须另辟蹊径，进入耶鲁档案保管处，拿到我们在路易斯·威斯公司的档案。

我们离开兰斯纳的办公室时，觉得有收获，我们令人信服地介绍了我们的案子。也许我们永远都不会站在法庭上，但是当时在一个律师面前诉说苦衷已经足以让我们心满意足。

“我们合作得很好。”保拉对我说。我热情地对她报以微笑。

十月九日到了。每年到我生日那天，我都想知道我的亲生母亲会不会想起我。我想象着，她在脑海里遐想我长大的样子，然后扪心自问，她当初抛弃我是不是最佳选择。也许她会私下举行一个小仪式来纪念这一天，但不告诉任何人。

我们第一次见面六个月之后，第一次在一起庆祝我们的生日。我意识到，这些年来保拉可能也会有些同样的想法。

可口特餐厅是斜坡公园的一家氛围轻松的法式餐厅。我和保拉、艾弗以及杰茜来到这里吃生日早午餐。秋天的天气很温和，我们在露天桌子旁入座。保拉给我一张她父母送的生日贺卡，还有一本红色的皮制钱包大小的相册。封面照是我们在巴黎伊斯特利亚饭店门前拍的，从中可以看得出我们在一起时的快乐，而不是当时的紧张气氛。相册的前几页放的是保拉家人的照片，其中有杰茜头上戴着粉红色的帽子坐在沙箱上的照片。这是在杰茜还是婴儿时，他们去夏威夷拍的。保拉把相册的最后几页空了下来，等我们在一起的经历多了，以便增加更多的照片。她给我的礼物是未来。

保拉的母亲用电脑做了张卡片给我。在卡片的前面，两个长相酷似的红褐色头发女孩子在水下做手倒立。我必须把卡片倒过来才能看到玛里琳写了些什么。“你和保拉小时候也一定是这样聪明可爱。我们大概必须倒过来才能跟得上你们两个。”和我一样，保拉的父母也能想象出我们共有的过去。

保拉：埃利塞好像迫不及待地想要炫耀她在布拉格学习时导演的一部短片《我偷走了幸福》。为了创造逼真的剧院效果，我把起居室的灯光调暗，然后艾弗、埃利塞和我就窝在皮沙发上。

我们安静地看着短片，片中一个年轻的女人在商店偷东西，想要获得她在广告上所看到的那种快乐。我回想起我曾经编写、导演过的一部实验电影短片，那还是我从威斯利学院毕业的那年夏天拍的。《朱莉娅的画像》是我在电影制作班制作的最后一个项目。片子讲述的是一个过分执著的年轻女性在艺术中寻求净化。

这难道是个巧合吗？我们的电影都是围绕着年轻女性，她们都不健康地沉迷于某个东西，都想从别处寻找快乐。

“你觉得怎么样？”短片结束后埃利塞问我。

“挺不错的，”我诚实地说，“摄影很美，当然了，导演也非常好。比我制作的电影专业多了！”

在巴黎的时候，我曾自问埃利塞的艺术在哪里。现在我很自豪地发现她是真的有天赋。

正当片尾字幕滚动出来时，埃利塞的电话响了。

“我以为我今晚能和你们待在一起。”我听见她说。

“是谁啊？”我问道，埃利塞正从厨房餐桌旁站起身。

“约瑟夫……鲁克明天早晨得早起，我今晚不能和他们待在一起了。”她回答说，听起来闷闷不乐。

“那么，你可以在这里再待一晚。但是事实上……如果我们有一间客房，就不会这样了。”我试探着说。

她弯腰吸烟的时候我迎上去。“我不知道你是怎么能以这样的生活方式生活下去的，”我坦诚地说道，“你看起来甚至很引以为豪。”

“是的。我已经对付过去了。不要忘记了我曾经准备过教师资格考试……还有我找到了你。”

“我从不评判我的其他朋友，但是我忍不住要评判你，因为你是我的孪生妹妹。”我内疚地说。我发现如果我处在埃利塞的境地，很难不去想象我自己，以及我做的事情会有怎样的不同。

我一直等到埃利塞和我穿着睡衣，喝着“解压茶”的时候，才将话题引向我们的亲生母亲。我们本来打算去纽约公共图书馆搜寻她的资料，但是因为我正在害喜，一想到原来的这个打算，我就恶心。

“我认为我们应该等等。”我试探地说道。

“为什么？”埃利塞问道。她听起来很失望。

“现在已经发生了很多事情。我仍然在努力适应我的生活中有你的这个想法。我还没准备好面对更为复杂的事情。”

“你害怕什么？你结了婚，生活已安定下来，并不意味着你的生活不再有任何变化，”埃利塞说，“难道你不是因为生活非常安定，才没有意识到我们了解到的情况非常重要吗？”

我被她问得不知所措，努力寻找适当的措辞来解释我的疑虑。

“你过去一直在寻找，而我没有。”我鼓足所有勇气说了这句话，然后跟她道了晚安，径直下楼走到我的卧室。艾弗已经熟睡了。

第二天，我思考着埃利塞问我的问题。突然间我意识到，正是因为我感觉到我的生活安定，所以我才不想有任何事情影响这种现状。埃利塞可以自由地独立做出决定，而我必须考虑我的家庭。我很不愿意将一个未知成分注入我的生活中来。当我为杰茜准备上学时吃的午餐时，我想起我给《红书》杂志写的题为《为什么我不想找到我的亲生母亲》的文章中的一句话，这句话是：“一旦你发现了一个人，你就不能对她熟视无睹了。”

埃利塞：我的父母现在住在小镇上，我曾经希望和他们一起住在长岛。现在他们决定到杰弗逊港的市中心游玩，我小时候，他们经常把船停在这个港口，这一次他们没有邀请我一同前往。我拖着沉重的脚步上楼，进了帕特阿姨的客房，像一个闷闷不乐的十几岁少年一样沉思着。

自从我七岁，也就是托妮嫁给我爸爸时起，我一直努力让她满意。我尽可能地取悦于她，但是我从来没有感觉到我是她想要的女儿。虽然她做我最爱吃的饭菜，非常仔细地准备好我上学的衣服，我们从来没有像母亲和女儿那样心心相印。但是当泰勒成为我们家的一员后，托妮终于找到机会做一个母亲了。也许托妮认为泰勒是他们一直缺少的孩子，因为他有像她和我父亲一样的金黄的头发，美丽的眼睛。如今，泰勒常常出现在我们中间，因为我们讨论哪种方法帮他戒毒最好。

因为托妮掌管着我们家，我确实爱她。我试图和她和平相处，哪怕只是为了父亲的缘故。即使在我见到保拉后，我们的距离拉得更大，我仍然抱着一线希望，希望我们之间更加亲密些。由于我孪生姐姐的出现，我父母常常自问一些令人不舒服的问题：如果像保拉一样，我们把埃利塞送到了私立学校，她也会为自己找到稳定的事业吗？埃利塞仍然单身，这是我们的错吗？我们尽了最大努力去养育她吗？我猜测，下个星期他们见到保拉的家人时，这些问题就会浮出水面了。我没法安慰他们，因为我也没有答案。

杰梅的儿子盖布里好奇地把手指伸到他的一岁生日蛋糕上。看到这个场景，我并没有很高兴，反而想到了盖布里失去的双胞胎兄弟以萨克，并为此感到烦恼。我不由自主地想起保拉和我第一次一起庆祝生日的画面。杰梅注意到我流泪了，拥抱了我。“你很好。没有双胞胎姐姐，你也活下来了，这让我对盖布里有了信心。”

在厨房里，我无意中听到托妮在隔壁房间里悄悄地和在俄克拉荷马州的泰勒通电话。“发生什么事了？”看到她脸上严肃的表情，我问道。

“没什么，”托妮不假思索地回答道，“为了进入房间里，他打破了窗子。也许我们不该把门锁起来。”她轻声地咕哝着，回到盖布里的生日聚会上。我希望这一次泰勒真的恢复了。

我感觉自己像是一个陌生人，不知道我属于哪个家庭。

保拉给我打来电话，我径直走到杰梅的卧室，不想被人打扰。

“杰茜想你了。她问我什么时候埃利塞姨妈来看她。”

“你跟她说我很快就会去的。”

第十二章

保拉：我跟埃利塞团聚六个多月之后，我的父母也将最终见到我的双胞胎妹妹了。

“我们已经通过电话，也看过她的照片了，我们感觉好像已经见过她。”埃利塞和她父母到来之前，母亲这样对我说。

除了第一次见到埃利塞之外，我的父母还会见到她的家人。我想象着两对父母见面的情形。他们将谈论各自的生活经历，彼此交流抚养孩子的趣闻逸事。

准备这场隆重聚会时，我缠着母亲讲述我们的家庭是如何组建起来的。

一九六零年一月，二十四岁的伯纳德·伯恩斯坦经第三方安排，与二十二岁的玛里琳·维尼可夫约会。伯纳德是个杰出的会计师，宽耳朵，高鼻子。而玛里琳是个不苟言笑的年轻女孩，身材颀长挺拔，头发乌黑，在布鲁克林的斜坡公园做医师助理。

伯尼自信随和的个性与玛里琳稳重的处事风格正好互补。伯尼家在布朗克斯，而玛里琳家在布鲁克林。虽然伯尼得驱车一个多小时到玛里琳家，可他觉得她值得他这样做。

第二次约会时，玛里琳让伯尼陪她去皇后区，她全家要在那里会合，欢迎新成员的加入，因为她的表妹刚收养了一个女婴。伯尼热情随和，很快就融入了玛里琳亲密无间的犹太家庭。

仅三个月后，也就是四月二十号，这对恋人就订了婚，那天正好是玛里琳的二十三岁生日。这对她来说可是件值得欣慰的事，因为她的大多数朋友都结婚了，而她也觉得自己二十三岁再不出嫁就要成老姑娘了。一个阴雨绵绵的夏日午后，也就是一九六一年的报税季节结束后的那天，这对年轻人在布鲁克林的贝斯犹太会堂举行了简单的婚礼，结成了夫妻。在百慕大群岛度了一周的蜜月后，这对新人便将各自的物品搬出了父母家，在布鲁克林一间单室公寓里住了下来。

一年之后玛里琳怀孕，不过几个月后就流产了。经过三年的辗转求医和生育检测，玛里琳终于又怀孕了，可是没几个月又流产了。玛里琳和伯尼觉得无法再承受流产的失落以及接受更多检测的压力，于是决定收养孩子。他们希望能立刻领养到孩子，并为此做好了准备。他们换了套两室的房子，那房子位于皇后区湾畔的一个中产阶级社区。

他们造访了路易斯·威斯服务公司，那是纽约最有名的犹太人收养机构。为了核实他们能否成为合格的养父母，公司工作人员对他们进行了全面考核。当问及他们是否在意孩子的健康状况时，我母亲记得他们是这样回答的："我们两家都有不少家族病例，有些事很难预料，不过以后无论发生什么状况，我们认为自己能够应对。"

几次审核之后，玛里琳和伯尼一九六六年五月又去了那家公司，去看一个六个月大的男婴。那男婴爱笑，黑色鬈发，大大的棕色眼睛，他就是我的兄长。第二天，伯恩斯坦夫妇回到这家公司，领养了这个男婴，并将他取名为史蒂文·布鲁斯·伯恩斯坦。他们是按照德系犹太人的传统，采用刚过世亲属名字的第一部分来为他命名的。取名"史蒂文"是为了纪念玛里琳刚去世的父亲塞缪尔，而"布鲁斯"则是为了纪念伯尼刚过世的姑母贝蒂。巧的是，这个男婴寄养在别人家时也叫布鲁斯。

当时，我父母告诉路易斯·威斯服务公司说他们还想领养个女孩，可工作人员通知他们说公司规定了三年的领养间隔期限，他们要等三年后才能再领养。

一九六九年三月，伯恩斯坦夫妇接到一个电话，通知他们去领养个女孩。当时他们住在韦斯特切斯特县一栋复式公寓里。他们带着三岁半的史蒂文，一起领回了他的小妹妹。她还是个婴儿，只有五个月大，骨瘦如柴。为了纪念伯尼刚过世的母亲保利娜和叔叔萨姆，他们给女儿取名保拉·休·伯恩斯坦。

埃利塞：“我将见到一个酷似我宝贝女儿保拉的人，这真不可思议。”保拉的母亲玛里琳在近期的一封电子邮件里这样写道。保拉的父母会随时告诉我他们在希尔顿海德的生活近况，包括伯尼的爱驹丽塔，他们的狗格雷西,以及他俩忙碌的志愿者工作。我担心他们在保拉家里见到我后，会庆幸自己领养了我们姐妹中较出色的一个。因为保拉已经结婚，而且生活安定，而我还是一个人四处奔波。

“那么说保拉的母亲是在布鲁克林长大的？”父亲这样问我。当时我们在去见保拉和她家人的路上，正开车穿过长岛的东草甸，我在向父母讲述伯恩斯坦夫妇的故事。

尽管父亲最喜欢的巴姆比面包店已经不在东草甸，这个城镇几乎还是父母一九五七年在此初遇时的样子。当时马蒂十七岁，刚刚从佛罗里达搬回来，跟他四个姐妹中的一个同住。他来这里，除了躲避一个女孩的逼婚，还因为急于摆脱同他原来在一起的一群粗野蛮横的家伙。

在蓬勃发展的长岛郊区，马蒂改装的浅蓝色一九四九款福特跑车抢了不少眼球。他经常炫耀自己如何利用水星款汽车上弄来的铁架改装了这辆车。一天，他正在擦洗这辆修好的车，一个邻居刚好路过，对于他的修车技术赞不绝口。聊了会汽车，那人开始跟他套近乎，聊起了琳达·科恩。她就住在街角，刚跟男朋友分了手。第二周我父亲见到了那女孩，对她一见钟情。

那时，琳达刚刚十六岁，家境不错，朋友和家人都叫她琳恩或琳迪。

她是家里的长女，父亲米尔特是残疾人联合会的执行主任。他已为她规划好了未来的生活：她将读大学，会嫁给一位医生或牙医。因此，当生活简朴、满手油污的马蒂出现在面前时，琳恩的父亲发怒了。他说："我女儿决不会跟一个脏兮兮的没有教养的小子约会。"

马蒂在当地一家汽车修理厂工作，专修发动机和发电机。没多久，他就挣了钱，把自己的公寓装修一新。小伙子的勤劳以及这对恋人的相互爱慕打动了米尔特，他渐渐妥协了。

马蒂不愿巴结上司加薪，自己开了一家汽车修理厂。一九六零年，琳恩从口腔保健学院毕业后没多久，他们就结了婚。四年之后，他们打算生儿育女。当时马蒂的事业蒸蒸日上，而琳恩也在一家牙科诊所有份不错的工作。于是他们在塞尔顿东部买了套三室的房子，打算生一双儿女。此后的几个月，他们一直在努力让琳恩受孕，均以失败告终。于是他们拜访了生育专家，最终得到结论：马蒂不能生育。这个消息无异于晴天霹雳。

不久马蒂和琳恩就想到了收养孩子。马蒂的一个姐姐刚刚领养了个男孩，所以领养的想法对他们而言并不陌生。当时，收养已经是司空见惯的事。甚至他们的隔壁邻居都在办理收养手续。

马蒂和琳恩不想像邻居们那样在成堆的资料里苦苦搜寻，而是打电话给米尔特。米尔特接手了此事。他曾在犹太人联合机构工作过多年，并通过该机构了解到路易斯・威斯服务公司。该公司是曼哈顿一家有名的收养机构，专门为犹太家庭收养犹太孩子服务。米尔特打了电话，这对夫妇约定第二周去见个面。

尽管琳恩知道父亲为他们说了好话，烦琐的考核程序还是令她紧张不安。有四次考核是他们一起的，还有一次是分开的，以确保夫妻俩对收养一事绝无二心。他们确实想收养个孩子，类似的回答他们已做了无数次。若孩子的家族有遗传病史他们会怎样？问题问了无数，但这个问题却无人提及。他们也从未考虑过先天和后天影响的问题。他们只想组建一个有儿有女的完整家庭。

通过考核后，他们松了口气。只是他们还要再等一段时间。公司通知他们说新生儿很少立刻就被送去收养。婴儿需要在公司待几个月，以确保他们身体无恙。

几个月后，他们接到了盼望已久的电话。第二天他们就进城去了公司，领回一个八个月大的男孩，并取名杰伊·斯科特·沙因。

他们还想再领养个女儿，有儿有女，家庭才完整。等了三年之后，也就是一九六九年七月十三日，路易斯·威斯服务公司来了个电话，通知他们有个女孩可以收养。一九七零年十一月十七日，他们最终在哈帕克的萨福尔克县法院办完手续，领回了斯塔西·埃利塞·沙因。

保拉：马蒂和托妮一到我家，我父母就急忙起身迎接，他们热情拥抱，仿佛是久别重逢的亲人。我母亲当即就哭了。事后，她告诉我，因为他们有共同的经历，她觉得两家一见如故。

“天哪！”托妮一见到我就惊呼起来，“你跟斯塔西上高中时一模一样，真让人难以置信。”

尽管我跟埃利塞重逢不久就见到了她的父亲，我却一直都没见到托妮。她五十出头，金发，大方自信，我猜她高中时肯定是拉拉队长。

虽然埃利塞大学毕业后只用她中间的名字，她父母还是坚持叫她斯塔西。有时候我会犯糊涂，也这样叫她。

“我听说你怀孕了，祝贺你！”托妮说，“如果我们当初领养的是你，而不是斯塔西，我们现在都快当祖父母了。”

把我跟埃利塞互换，我可不喜欢这种假想。如果马蒂和托妮领养的是我，或许我现在不会怀孕。还有埃利塞，这种假设会伤害她，因为这似乎在说他们希望领养的是我而不是她。

“我还有个问题急于知道答案，”托妮说，“你参加班级舞会吗？”

过了一会儿，我方才意识到她在问我高中舞会的事情。早在一九八六年我就对舞会不大感兴趣了。

“不参加，也从未因此而遗憾过。”听了我的回答，她似乎有些失望。

我回想起舞会那晚，我跟最好的朋友劳伦在我父母的泊船上，吃着中餐外卖，喝着葡萄酒，还用面包屑喂鸭子。

托妮换了个话题：“有趣的是，你们两个高中时都去过欧洲旅游，真是奇妙的巧合。”

“是的，许多高中生都去欧洲旅游，这没什么特别的。”埃利塞反驳说。

托妮拉着我问这问那时，马蒂一直安静地坐着。我偶尔会发现他在盯着我看。他是不是在想，如果当初他把我们两个都领养了，生活会是什么样子？马蒂和托妮这样和蔼，如果我在俄克拉荷马州长大，由他们做我的父母，那会是怎样一种情形？我想象不出来。

奇怪的是，这样特殊的情况下，两家见面本该是件不同寻常的事，然而事实上，一切却显得如此自然。我和埃利塞喜欢回忆，总想不停地思索，不断地研究，不住地讨论。可我们的父母似乎觉得没必要沉湎于旧事。他们在一起一点也不尴尬，相反，他们好像是在老友聚会，聊了乘船航行，聊宠物，还聊起了布鲁克林。

埃利塞：玛里琳强忍着泪水，紧紧拥抱着我，好像要把错过的35年都给补上。“你给人的感觉跟保拉一模一样。”她说道。她对保拉的爱包围了我。

保拉曾给我看过玛里琳以前的照片。她现在留着短发，头发已经花白了，我还是能依稀看到她当年乌黑鬈发的影子。玛里琳凝视着我的眼睛。“你像极了保拉，不过毕竟我是她母亲，还是能准确地将你们分辨出来。”她这样对我说，就好像我故意要让她分辨不出来。

伯尼的直率和高雅使我想起了老年格劳乔·马克思。他的开朗和玛里琳的热情让我觉得跟他们在一起一点也不拘束。尽管刚刚才认识，他们已经把我当成家庭的一员了。保拉的母亲给我织了件浆果色的披肩，给保拉的那件是蓝色的。

我们去了保拉所住街区以北的一家餐馆，全家人围坐在餐桌前吃早午餐。我们谈起了伯恩斯坦夫妇在长岛桑德海域的航行。当时我和保拉只有十一岁。他们将船泊在杰弗逊码头。而我们家在离开长岛之前，已是那个码头船队的核心成员。我猜想那时也许会有熟人把保拉她当成了我，和她打招呼。

伯恩斯坦夫妇邀请父亲和托妮去希尔顿海德玩，两人高兴地应允了。伯恩斯坦一家和沙因一家现在成了一个大家庭。

第十三章

埃利塞：回到俄克拉荷马州度假，我的口音变成南方那懒洋洋的腔调。尽管在这里长大，我却只在合适的情况下才会告诉别人我来自这儿。

我十一岁时，我们就搬到了俄克拉荷马州，但我对内心渴望的都市依然痴迷不已。我唱道："俄克拉荷马不错，但我仍然深爱纽约。"当其他少年都在为一年一度的夜间出游中喝醉酒的事自吹自擂时，我却想念咖啡厅的演奏以及定期换剧目的剧场。我在《乡村之声》周报上经常读到这些表演和剧场。这份报纸是我在得克萨斯州附近的商场买的。

俄克拉荷马州的朵兰特镇，依照当地的方言读作"杜兰特"。从这里出发只有半个小时的路程便可到达红河。在一部同名电影中，约翰·韦恩打败印第安人的场景就在这儿。镇上只有一家电影院，人们在周六的晚上都到这里来，童星们在这里的戏台上表演。礼拜日早上，他们便去教堂做忏悔。同学们经常邀请我去参加他们的礼拜会。为了能为同学们所接受，我偶尔会去一两次。一个犹太小孩待在他们中间，让人觉得有点怪。不过，他们没有嘲笑我，而是一门心思祈祷我能皈依他们的宗教。

基督教堂在本地有很多，而最近的犹太会堂却在达拉斯，要越过边境进入得克萨斯州境内，路程有一小时之遥。尽管我们不再实践犹太教的教规，但是如果知道附近有一个犹太会堂，我会感到宽慰的。而且我仍然需要这种安慰，说不定有一天我会突然变得虔诚。我七岁那年爸爸娶了信奉新教的继母，随之进门的是基督教的传统。虽然我对这些意外得到的礼物欣喜不已，但看到犹太教仪式上要用的烛台被收进橱柜里我感到一阵难过。唯一还可以表明我们犹太身份的标志只剩下爸爸能自如运用的依地语，以及他偶尔做给我们吃的逾越节薄饼。保留犹太人的传统对我来说非常重要，因为这是我能了解生母的唯一事物。

我建议今年一家人要在一起庆祝光明节，父母很是兴奋，从橱柜里取出了烛台，掸掉上面的灰尘。“我们有合适的蜡烛吗？”我忧心忡忡地问。虽然已有二十五年没有庆祝过这个节日，爸爸却点燃了烛台上的第一支蜡烛，并很有把握地诵读起祷告文。

最近在纽约时，保拉很自豪地向我炫耀她那本破损的粉红色的婴儿书。里面的内容是她妈妈收集的保拉曾在报纸上发表的文章以及她孩童时期的一些值得纪念的事情。托妮坚持认为我的婴儿书就在阁楼上，但我们搜寻了半天却只找到杰伊的。

只有拥有属于自己的埃利塞纪念品，我才能心满意足。由于从不会在某个地方长住，我把盛放了信件和杂志的箱子收藏在客厅一个秘密的小橱柜里。我考虑在泰勒一把火烧了房子之前，把它挪到其他地方。

“他才十九岁。”父母总是这样为他辩解。我十九岁的时候，已经在上大学并做着一份兼职。然而，父母已经感到年老体衰，身心疲惫，不想再和泰勒争吵，他们往往屈从他的许多要求。

当我就泰勒的这些举止与他交涉时，他总是很讨厌我干涉他，他认为这是对他安逸生活的挑衅。泰勒简直就是杰伊这个年纪时的复制品，他和他的父亲一样具有超凡魅力。看着他深蓝色的眼睛，我对他的态度总是情不自禁地软下来。

“我从同学那里得知自己亲生母亲的身份之后，真的很受伤，而且我还知道自己有个同父异母的妹妹。”泰勒说道，仿佛是在替自己的自尊自大辩护。实际上，那个让我哥哥经常心烦的女朋友就是他的生母，为了保护泰勒不受到伤害，父母以前一直在隐瞒这个事实。

如果他能知道我的家庭故事同样复杂，我想我们也许可以和睦相处的。于是我决定在这个恰当的时机向他透露内心的秘密。“你知道吗？我的生母患有精神分裂症，我们双胞胎姐妹从小就分开了。”我说道。然而他没有和我交谈，而是茫然若失地回应着，离开了房间。

我跟随他来到了客厅，迎之而来的是一家人的喧嚣声，他们正坐在宽屏幕的电视前看足球比赛，不停地呐喊着。他们全神贯注地观看比赛，几乎没有注意到我的到来。

“哦，毫无疑问我是被收养的。”我带有讽刺地说道。我在温布尔顿偶尔看过一次比赛。除此之外，我对直播的体育赛事从来都不感兴趣。

他们都无视我的存在。

“你希望哪方赢？”我问哥哥，我知道他不会做出什么评价，只是想证明他和我一样对足球不感兴趣。

“获胜一方。”他给我一个显而易见的答案。

从小到大，杰伊始终是我崇拜的偶像。和附近的孩子们一样，他走到哪我就跟到哪，仿佛他就是领导者。假如他认为野营没意思，我会立马放弃；实际上，哪怕他让我跳下布鲁克林大桥，我也会欣然纵身一跃。他很自豪地担当着大哥哥的角色。“有没有人骚扰你？”他问我并向我许诺谁要是敢的话，不管是谁他都会踢他的屁股。

然而现在我们的角色却颠倒过来。有一天，天色已晚，我护送着他穿过大街，仿佛没有我在身边，他就会不知道怎样躲避车辆似的。“你要照顾好自己。我希望你一直伴随我左右，直到我们年老时还能一起坐在沙滩上休息。”

“哪里，大海吗？”他问我时眼睛睁得很大，仿佛我要邀请他立马动身去长岛似的。自从少年时期有了精神病的征兆，他就没有回过纽约，我梦想有一天可以帮他重返故地看一看。

我和杰伊谈论起我有一个双胞胎姐姐的事情。虽然没和爸爸提起，但我想他们应该期待我来告诉他。然而我却错了。

杰伊说："你们看起来很相像。"我的家人肯定已经拿我和保拉的照片给他看过。

我不由地说道："如果是和两个小妹妹一起长大而不是一个，想象一下那将会是怎样的情景。"

杰伊甜美地笑着，在他的眼睛里我看到了我和保拉两个小女孩追逐着我们的大哥哥满院子嬉戏打闹的场景。

在我飞回巴黎的前夜，保拉给我打了电话，我小心地控制自己不向她抱怨。和家人共度的三周让我情感上很失落，但我不想要保拉的同情。我的家人也许是不健全的，但那是我的家人，我爱他们。

保拉：我从梦中惊醒过来。那是一个多么逼真的梦，在梦里一个陌生人递给我一张亲生母亲的照片。看到那张回头盯着我的恐怖的脸，我一阵心慌。这个让人发怵的人怎么会是她？但我越是仔细地研究这张照片，越是看到更多的相似之处。

我揉揉眼睛醒来，这时电话响起。是研究双胞胎的专家南希·赛格尔。上一次我们交谈时，她让我填写一个关于双胞胎的问卷调查，但是我没有给她回复。难道是因为这件事她打电话过来？

原来她想确认我和埃利塞愿不愿意跟她一起参加《早安，美国》节目。作为全国最有名气的双胞胎研究专家之一，南希已经在众多电视台做了巡回报告，包括《今日秀》、《奥普拉秀》和《日界线》等。

"一对同卵双胞胎姐妹，如果有一个做了变性手术，以这个为研究话题会成为这些节目的一大特色。"南希说道。

"我不这样认为。"我没有和埃利塞进行协商就下了这样的定论，但我相信在这一点上她的意见肯定会与我相同。

"还有一件事情，"南希漫不经心地说，"我最近一直在和劳伦斯·珀尔曼联系，他是密歇根大学精神病学方面的临床助理教授。一九六八年他二十四岁还是纽约大学临床心理学专业的学生时，就已经开始从事这项双胞胎的研究。他有你和你妹妹的一些资料。”

一股怒火冲上心头。一个我从来都没听说过的心理学家却拥有我和埃利塞出生后几个月的详细情况，然而我们却一无所知，想到这些我的内心几近疯狂。尽管如此，我还是很好奇地想要了解珀尔曼博士回忆起关于我和埃利塞的一些资料，尤其是我们还是婴儿时到底有没有接触过。也许他对这项研究有些看法。

“请让他把资料寄给我。”我礼貌地提出请求，而内心非常愤怒。

一周后，我收到一个普通的白色信封。打开之后，里面有一张打印出来的报告，是关于我们寄养母亲的，标题为《麦高恩太太的临床印象》。在信纸的右上角，用大写字母写着“玛丽安和珍”两个名字，旁边是我和埃利塞的出生日期。我一直都知道被收养时我的名字是珍，然而埃利塞原来的名字叫玛丽安，这对她恐怕还是一大新闻。

很显然，在我们生下来只有二十八天的时候，珀尔曼博士曾经来过我们的寄养家庭，并记录了一些详细的观察结果。

> 麦高恩太太好像对照顾双胞胎很在行，而且善于观察。她指出了她们的生理差异，比如体重、脸型和胎记等。只要仔细地观察，这些差异很容易发现。她还提到她们行为举止上的不同，比如说珍比玛丽安要活跃一些。珍醒得早，哭得更响亮而且时间更长，不大好哄。我上次去的时候还没发现这些差异……麦高恩太太很喜欢双胞胎，很明显看到她们就感到高兴。她更乐意去照顾……她显然是有些偏爱珍，因为珍更活泼，更难缠。她似乎对这种偏向有点内疚，不过往往根据实际原因为自己辩护。她尽可能对她们一视同仁。

大多数人可以从父母那里得知他们生命之初头几个月的情况，而我们所能参考的只是这张薄薄的信纸。解读其中的每一条评论对我都很有诱惑力。与埃利塞相比，我哭得“更响亮而且时间更长”，“不大好哄”。这是什么意思？难道我们性格上那些细微的区别那时就已很明显了吗？埃利塞失去的比我多，对麦高恩太太给予我的任何特殊关注，我都毫无理由地产生一种愧疚感。

不管寄养母亲的真实感情如何，得知她好像很关心我们，我感到欣慰。在前来观察她行为举止的心理学家面前，我想她需要好好地表现。一时间，我有种想找到麦高恩太太的强烈愿望。她在我们的生命最初五个月照顾我们，而直到现在我们都不知道她的名字。然而，遗憾的是，路易斯·威斯公司无权向我们透露她的全名，二十世纪六十年代居住在斯塔滕岛上的“麦高恩太太”数不胜数。

也许下个月南希·赛格尔来纽约的时候，她会安排我们与珀尔曼博士见面。事隔这么多年之后，他可能不会记得我和埃利塞婴儿时期的情况，但也许他还会记起麦高恩太太的全名。

新生婴儿通常通过声音和气味识别自己的母亲。婴儿在母体时就能听到这种声音。我想在我们寄养的人家，我是否能认出埃利塞就是我的双胞胎妹妹？我的父母收养了我，我是不是曾在幼儿园到处看，寻找她？我本能地觉得自己失去了重要的东西，我是不是曾为另一半的离开而哭喊？

埃利塞：回到巴黎，我收到了保拉寄来的一封信，信封上面写着：“我希望这个消息不会给你带来太多烦恼。我真想亲自过去和你共同探讨这件事。”信封内保拉附上了一份文件复印件，那是珀尔曼博士所保留的唯一一份有关这项研究的文件。这份文件证实了我和保拉在生命最初的五个月，曾被安置在同一家收养，并成为别人的研究对象。我被称作玛丽安，这是我的寄养母亲肯定叫过的名字。这一切是那么的不可思议。一年前，我甚至不知道我曾有一段时光寄养在别人家里，如今我想我过去的哪些生活还被掩埋了呢？

文件中，珀尔曼博士提到我们的寄养母亲麦高恩太太偏爱更活泼更难缠的珍，并为此感到内疚。我不仅小时候与生母分离，养母过世离我远去，而且也与寄养母亲分离——寄养母亲偏爱保拉。我现在是不是年纪大了，对于那时的伤痛与压力再也不能感同身受？

我打电话给保拉，和她谈论这封信，她说："我们至少在出生后的头五个月在同一个家庭中共同生活过。"

"那样更恶劣！我们都已经在一起共同生活了，却又被分开。如果我们一出生就被分开，那样情况会好些。"

纽伯博士一直坚持说他从来不会为了研究而去让研究对象分离。"路易斯·威斯公司决定这样做，"斯蒂芬妮·索尔刊登在《纽约日报》上的文章引用了他的这些话，"我们了解到这一政策规定，我们认为这为我们提供了绝佳的研究机会。"即使知道这句话的表面意义，我仍然感到困惑。如果是为了研究分离的双胞胎，那么为什么我和保拉却又被安置在同一个寄养家庭里？

保拉：杰西三岁生日后的第一天，我冒着二月刺骨的寒风去见南希·赛格尔。她一走进时代广场的一家小咖啡店，我便认出了她。我曾在题为《纠缠的生命：双胞胎以及他们所展现的人类行为》的图书封面上看到了她的照片。她有着年轻人的激情，有着长长的棕色头发，这些让人看不出她的实际年龄，但我猜她应该五十出头了。

"你的预产期是什么时候？"她的视线转向我的肚子上。我穿着黑色裹身罩衣，特大号的羊绒外套，尽力去掩饰，但那显然还是能看出我怀孕了。

"五月八日，"我告诉她，"人们知道我是孪生子，就一直问我是否认为自己可以生对双胞胎。当然你我都知道，和异卵双胞胎不同，同卵双胞胎是不遗传的。”

她一边小口吃着色拉，一边让我浏览珀尔曼博士最近为《双胞胎研究与人类遗传学》杂志所写的一篇文章，该文章涉及纽伯博士所做的双胞胎研究。《双胞胎研究与人类遗传学》杂志是总部设在澳大利亚的国际双胞胎研究学会的会刊。

由珀尔曼的文章得知，路易斯·威斯公司选中收养双胞胎的家庭在许多方面是大致相当的，如父母的年龄，社会经济地位，受教育水平，宗教信仰，以及被收养的长子或长女的性别及年龄等方面。包括我和埃利塞在内，这家公司挑选了五对双胞胎和一组三胞胎，共十三个人进行研究。

关于对收养的家庭隐瞒双胞胎关系的资料是否合理的争论，珀尔曼博士没有记录。那时，尽管还不需要获得当事人的同意，但人们严格执行尊重研究对象，不能造成心理伤害的准则。根据珀尔曼博士的观点，这项研究的一个重要前提就是父母及双胞胎本人都不能知道这种双胞胎关系，否则研究结果将会受到影响。

珀尔曼博士在他的文章中承认，他的同事没有一个人想过这些双胞胎们是不是有权了解彼此，也没有一个人思考过他们是不是最终可能会相遇。他们目光如此短浅，让我吃惊。考虑到那些由中产阶级犹太家庭所收养的双胞胎及三胞胎都居住在纽约市中心地区，休闲的野营或学校生活为他们的相遇提供着适当的机会。（在休闲的野营或学校生活中他们极有可能碰见对方。）难道纽伯的同事中就没有人读过《家长的陷阱》？

“你认为研究人员可以利用这项研究的数据吗？”南希一边喝着她的卡布基诺咖啡，一边问我。

“我很矛盾，”我说道，“我认为双胞胎他们本人有权获取这些资料，但如果这些研究成果一旦出版，就相当于告诉医学界开展研究时，可以通过不道德手段获取数据。”

如果约瑟夫·门格尔怪异的研究在理论上可以挽救一个生命，它应该加以应用吗？人们从未找到门格尔的档案，因而这个问题是有争议的。把纽伯的秘密研究与门格尔的双胞胎研究进行比较，这也许有点夸张，但还是行得通的。一听到我和埃利塞曾是分离双胞胎研究项目的对象，大多数人马上就想到了门格尔的实验。

为了优化所谓雅利安优等民族，在种族灭绝的大屠杀中，约瑟夫·门格尔这个臭名昭著的奥斯维辛集中营医生对大约三千名同卵双胞胎进行了令人毛骨悚然的实验。我既是孪生子又是犹太人，肯定会成为他理想的实验对象。门格尔来到奥斯维辛，显然是为了研究双胞胎。这一研究是他以前研究工作的延续。他曾在法兰克福的遗传生物学和种族卫生学研究所担任他以前的教授匡特·奥特马·凡·沃舒尔的助手。对于门格尔来说，奥斯维辛这个最大的纳粹集中营是实现他导师梦想的关键。门格尔有权接近成千上万的囚犯，能够为一项涉及范围广的研究集中足够多的双胞胎。

早在一九三五年，沃舒尔就撰文提到为了全面、可靠地确定人类的遗传因素，有必要开展双胞胎研究。正是沃舒尔说服了德国研究学会资助门格尔的研究工作。门格尔跟他的一个同事说：“不利用奥斯维辛集中营里现有的双胞胎做研究是罪过，是犯罪，是不负责任的行为。不会再有这样的机会了。”

清晨，火车驶来。又一批人来到了这个死亡集中营里，门格尔认为有必要把双胞胎、侏儒，还有那些生理特征独特的人安排在他的实验区。门格尔创立了一个和研究所差不多的机构，以及一个特殊的解剖室。在那儿，许多双胞胎接受医学实验和手术，包括器官切除、阉割和切断手术。

按照他的理解，双胞胎们注定是不幸的，所以他没有必要去考虑他的研究所牵涉到的伦理道德。他经常在不给研究对象注射麻醉剂的情况下就实行手术。有些双胞胎被饿死、传染疾病，或者被毒死，这样可以知道他们能坚持多长时间才死去。门格尔经常杀死一些双胞胎，这样的话他就能做死后验尸实验。他对大约三千名双胞胎进行实验，然而最后幸存的却不到二百人。

“我认为任何人都不应该利用纽伯博士的研究结果，”我对南希说道，“这开启了一个危险的先例。”

由于用作实验样本的双胞胎数量太少，纽伯博士所获得的数据不会有多大用处。而且在两个双胞胎身上做实验的是相同的研究员，他们会更倾向于寻找两者的相同点。

“纽伯博士认为他没有做错什么，”南希最近还和珀尔曼博士一起在纽约东部纽伯博士的家里与他见了面，她说道，“把双胞胎分开可能是维奥拉·伯纳德的主意，纽伯博士只是想做他的研究。”南希又补充说纽伯博士曾尽力想通过其他领养机构招募双胞胎们，但是没有成功。

账单送过来的时候，南希很骄傲地向我展示了她和纽伯博士的照片，这是最近那次她和珀尔曼博士一起去拜访纽伯时拍的。照片上南希站在纽伯博士的身旁，她强作笑颜，而纽伯博士则呆呆地盯着摄像头。他浓密的椒盐色的头发，健壮的体格，一点皱纹也没有的脸庞，已是九十出头高龄的纽伯博士却看起来只有七十五岁的样子。我对埃利塞讲述了我和南希会面以及纽伯博士照片的事情。她说道：“双胞胎研究的目的也许就是为了找到永葆青春的秘方！”

埃利塞：昨晚我做了一个梦，那梦简直像真的：很多医生在对我进行研究，因为我已有三个月的身孕。此时此刻，我体会到随时有临产可能的保拉的感受。我不清楚保拉一进入分娩阵痛期，我和她双胞胎之间的心灵感应是否灵验。尽管保拉和我同其他人一样经常就我们是“有心灵感应的双胞胎”开玩笑，但我不得不耐心地等待小外甥女的到来。

自从中世纪以来，一种神秘感就围绕着同卵双胞胎。那个时候他们被视为是拥有特殊魔力并能进行心灵沟通的人而受到人们的憎恶或崇敬。公众对双胞胎超感知觉的观点感到好奇，但不幸的是，双胞胎的超感知觉根本不存在。尽管有报道称双胞胎能感觉到对方的疼痛，还没开口就知道对方要说什么，明白对方内心的想法等等，科学家们还没有发现任何证据来证明双胞胎间的超感知觉是真实存在的。除了同卵双胞胎共有相似的脑电波之外，认为 DNA 完全一致、许多人生经历也基本相似的两个人，能够凭直觉感知对方的想法也是合情合理的。配偶，最好的朋友，血缘很近的兄弟姐妹往往有着相似的体验。

即便如此，关于双胞胎明显存在的心理联系报道，继续让科学家和双胞胎研究人员困惑不已。最近，我通过阅读了解到一个发生在一九六二年的案例。一对三十一岁的孪生姐妹芭比和贝蒂几分钟之内相继离奇死亡。尸体解剖没能够揭示死亡的原因。据当时的一家报纸报道，孪生姐妹的一位朋友说这两位女子的一生有着不可思议的相似之处。一个牙痛时,另一个也是如此;一个生病时,另一个紧跟着也生病。更让人惊奇的是,姐姐在一间屋子里哼着一首曲子，妹妹在另一间屋子里也哼着同样的曲子！两姐妹被合葬在一起。在她们的死亡证明书上，死亡原因一栏空着。甚至联邦调查局的调查也没能对她们奇异的死亡做出解释。

另一组类似的莫名其妙的死亡发生在一九七零年的芬兰，也是一对孪生姐妹几分钟之内毫无缘由地相继死亡的案例。这对二十三岁双胞胎姐妹的母亲表示:“两个女孩间有着几乎令人毛骨悚然的关联。”

保拉：怀孕第九个月卧床休息时，我聚精会神地读沃利・兰姆长达九百页的长篇小说《我知道这多半是真的》。这部小说讲述了一名离异的中年男子和他患精神分裂症的孪生兄弟的扣人心弦的故事。它并不是什么轻松的读物，但兰姆对孪生兄弟之间复杂关系的描述吸引了我。

兰姆的主人公多米尼克说："心灵感应这东西跟了我们一生——我们哥俩用只有双胞胎才有的方式来分享彼此的生活。有时另一个甚至还没开口问，就回答了对方的问题。"

我这个准妈妈躺在床上听着《准妈妈听的莫扎特》，把思绪放飞到另一个宇宙，在那里，我和埃利塞用"只有双胞胎才有的方式来分享彼此的生活"。

待在公寓里，我终于有时间去听听劳伦斯·怀特的关于维奥拉·伯纳德的磁带。劳伦斯·怀特慷慨地答应借给我这盘磁带。磁带录下了他对维奥拉·伯纳德博士进行的录音访谈内容。怀特是为了自己的著作《双胞胎以及他们对我们的启示》，对伯纳德博士专门做了访谈。让伯纳德博士从她的坟墓中活过来接受盘问已是不可能的了，好在我有这盘访谈磁带。

接受怀特的访谈时，伯纳德已经快九十岁了。她试图辩解多年前她把同卵双胞胎分开收养的决定是合理的。听到她颤巍巍的声音，我感到怪异。我假装是我，而不是怀特，要求伯纳德解释她是怎么想出这个主意的。

"当时，儿童心理学文献认为，把同卵双胞胎分开，放在不同的家庭里养育，对孩子，对收养家庭都有好处。"伯纳德说。

也许如此，但当时其他收养机构却不同意将一对双胞胎分开。

"如果失散的双胞胎日后相遇了怎么办呢？"怀特问。

"的确有一次，一位邻居很偶然地认出了双胞胎。双胞胎之一知道了此事，于是我不得不告诉另一位。"伯纳德说。她补充说她多年来一直与他们保持着联系。后来，我得知，他们团聚后，伯纳德为饱受困扰的双胞胎提供免费咨询。考虑到她是第一个应该对他们的分离负责任的人，她的善后工作不能让我领情。

我开始思索，埃利塞和我甚至连这些谜一般的双胞胎名字都不知道，怎么样才能查出他们的下落呢？

“我了解到自从路易斯·威斯公司关闭后，他们的档案都被转到斯彭思蔡平服务公司，”我打电话给巴黎的埃利塞，让她填写我的调查表时，我告诉她说，“我打电话给斯彭思蔡平服务公司的罗妮·戴蒙德，她同意把我们档案中的所有非公开资料都寄给我们。”

斯彭思蔡平服务公司是纽约市最受人尊敬的领养机构之一，和路易斯·威斯公司一样，它起源于二十世纪初期。该公司的领养事务后续服务主任罗妮负责会见那些回来想了解自己身世的被收养的成年子女。因为斯彭思蔡平服务公司接管了路易斯·威斯公司的档案，罗妮的工作量加倍了。

“要让她知道是我允许你得到我的档案的。”埃利塞说。

“或许她会知道路易斯·威斯公司安排收养的其他已经团聚的双胞胎。”

埃利塞：我正要出门到内森先生家，教授星期四晚上的课程，这时我接到了保拉的电话。我脱掉黑色的长外套，在还没有铺好被子的床边找了个地方坐了下来。“我已收到你寄出的维奥拉·伯纳德的翻录磁带。我们总算知道他们只研究同卵双胞胎！你认为维奥拉·伯纳德真的会把双胞胎的胎盘一路送到哥伦比亚进行检验吗？”

“在当时，血液化验可能是唯一能确认他们是同卵双胞胎的方法。”保拉回答道。

读了劳伦斯·怀特对伯纳德博士的采访录音，这项双胞胎研究的一些方面已明朗化，但其他方面却还是谜团。如果像伯纳德所声称的那样，分开的双胞胎不能根据这项研究的要求加以安置，那我和保拉被安置在一个社会、经济背景相似，且家中都有一个年龄相仿的哥哥的家庭里，这难道仅仅是一个巧合吗？研究人员试图减少收养家庭的差异，他们很想知道这对被分开的双胞胎到底能有多大程度的相似吧？也许根据伯纳德的理论，即分离使得孩子的个性更加突出，研究人员深信即使是在类似的家庭环境下成长，分开的双胞胎孩子也会表现出差异的。也许伯纳德是对的，多亏我和保拉成长的环境不同，我们才得以更好地发展我们各自的个性！

“这项研究看起来是对儿童发展做出新贡献的机遇。”伯纳德说。她不告诉孩子他们有一个双胞胎，是在“减轻他们寻找双胞胎同伴的欲望”。伯纳德怎么就能认定向我隐瞒这一重大事实是她对我的一种恩赐呢？

也许罗妮·戴蒙德会就我们幼年时成长的一些问题做出解答。她已经找到了我们的档案，下个月我到达纽约时保拉和我会与她见面。

我们需要做的所有调查都在纽约进行，而我还在巴黎耽搁什么呢？我不仅想近距离了解这些调查的最新进展，还急切地想见即将出世的小外甥女，我下定决心，是回纽约老家的时候了！

保拉：“你准备好做妈妈了吗？”我的接生医生给我做完第三十八周例行检查后，发现我宫口开了四厘米时问我。

“准备好了！”我大声回答。事实上，我急不可耐地想见到在我肚子里睡了九个月的小东西。

在家里，我准备好医用背包，在去学校接杰茜前先给朋友和家人打了个电话。杰茜和我回到公寓后不久，我的羊水破了。羊水湿透了我的孕妇牛仔装，紧接着子宫开始剧烈收缩。

我打电话给邻居，她答应当天晚上照看杰茜，之后又打电话给正在上班的艾弗让他马上回家。他马上打车回家。可是一个半小时后当他赶到家时，我担心我们已经来不及去医院了。

上帝保佑！我爬上艾弗身旁一辆黄色出租车。每当出租车经过坑洼时，我都忍不住大声呻吟。当我感觉到胎儿的头顶着要出来时，我使劲夹住腿不让她过早出来。

“到最近的医院！”我疼痛地叫喊着。我们来不及再跑到镇上我预约生产的那家医院了。我们被堵在西滨高速公路上，出租车司机瞅准机会钻了出去。

“是要生孩子了吗？”在最近的圣文森特医院，我蜷缩在入口处，保安问我。没有人想到我们会来。

我点了点头。

还没弄清怎么回事，一个护士从我身后跑出来，扶我坐上轮椅，飞奔着把我送到分娩室，他们一把我安置在产床上，值班医生就给我进行了检查。他确认了一个我早已意识到的事实：孩子马上要降生了！

“宫口开了十厘米，使劲！”他命令我。

随着一声撕心裂肺的叫喊，我用尽全力终于把孩子生出来了。鲁比神奇地出现在我的胸膛上。我还没来得及拥抱她，她已经被匆匆抱去新生儿加护病房做进一步的检查。

“她的生命体征良好，但是由于分娩太仓促太危险，她有点休克。你也知道，到医院八分钟后你就把孩子生出来了。”医生回来的时候说。

我和艾弗一起到新生儿加护病房去，在那里我们不得不戴上手术用的面罩，穿上隔菌罩袍才能看小宝宝。鲁比抽噎着，全身插满了管子。她孱弱的小身体里有过多的新生儿产后荷尔蒙。

艾弗被要求回家后，我躺在医院的病床上，渴望把小鲁比抱在怀里轻轻地摇。我能想象得到我的亲生母亲生完埃利塞和我后是多么的孤独无助，不知道她有没有机会抱抱我们甚至看看我们。没有任何证据证明她已经生育了一对双胞胎，离开医院后，她或许还得试图忘记她曾经怀过孕。

后来，我读到简·沃尔敦的回忆录《无奈的抛弃》。作者讲述了一个身无分文的年轻单亲妈妈，没有受过任何教育，也得不到亲人的救助，她别无选择，只好放弃她的婴儿让别人领养。

“有些女士生完孩子后，她们体验到婴儿的诞生给她们带来的无限快乐，但她们往往无法理解，为什么自己的母亲不愿体验或从未感受到孩子的诞生给她们带来的不可言喻的幸福感？”沃尔敦在分析被收养的女孩怎么揣度自己亲生母亲的心思时这样写道，“她们认为，只有弃婴身上有什么残疾，才能解释为什么在这么值得感恩的时候却有如此冷酷无情的抛弃。”

记起生完杰茜后，我脑海中闪过的第一个念头是：我的母亲怎么能在遭受了这么巨大的痛苦后还忍心把我送给别人呢？

二零零六年五月一日早晨，我用抗菌肥皂清洗了双手，穿上手术用的隔菌罩袍，来看我的鲁比。一进新生儿加护病房，护士就告诉我一个好消息：鲁比再也不需要静脉注射，她的血糖已恢复正常。我的宝宝在她匆忙来到这个世界后的第三天，回到了她自己的家。

埃利塞：我在网吧慌乱地查看着我的电子邮件。看到保拉已生下一个女儿的消息，我欣喜异常。保拉为她取了一个我喜欢的名字——鲁比，这让我感到受宠若惊。听到这个消息前，我都不曾意识到自己多么希望她能生一个女孩。我兴致勃勃地想象着保拉的两个女儿一起嬉戏玩耍，就像她的妈妈和我小时候本来能够的那样。当晚在朋友法布莱斯家为我举行的送别晚会上，我告诉他们小外甥女鲁比出生的好消息。我们听着塞尔洛尼奥斯·蒙克的歌曲《我亲爱的鲁比》，喝着一瓶波尔多佳酿，庆祝小外甥女的诞生。

我在巴黎生活的四年时光结束了。昨天晚上和法布莱斯和让克劳德依依不舍地道别之后，我开始对邻居们说再见，跟我每周都在那里买《巴黎万花筒》的报摊小老板说再见，跟每天买他面包的面包师说再见，跟街上那些纪念葬在这里的伟人的碑牌说再见……我要回家了，回到全新的世界。

第十四章

保拉：接到电话的时候，我正在家照看我那一个月大的小鲁比。打电话给我的是斯彭思蔡平公司的顾问罗妮·戴蒙德。我们的收养档案现在已移交到斯彭思蔡平服务公司。最近我要求其提供最新的非公开资料，罗妮·戴蒙德负责这件事。

罗妮同情地说："你出生时，你的亲生母亲是一家州立精神病院的自愿入院病人。她在试图自杀失败后，就一直住在那家医院，入院时间是一九六八年六月二十四日。"

我迅速算了一下，发现我们的亲生母亲在试图自杀时怀着埃利塞和我已有五个多月时间，我不禁热泪盈眶。我猜测她由于意外怀孕（是双胞胎），想结束自己的生命。我思忖着"试图自杀"到底是指什么行为？割腕还是吃过量安眠药？不管哪种方式成功了，埃利塞和我都不能够来到这个世界上。

我轻轻地把鲁比放在杰茜的旧摇篮里，鲁比睡着了。

"这事发生了好几次？"我问。

"是的，从一九五九年起，她好几次因精神病住院。她一直在服用康帕嗪。生你们时，她服用的是奋乃静，因为那时她的症状不严重。"

我已经开始接受亲生母亲患有精神病这一事实，然而一时间，我却把她想成胡言乱语的疯子，那种在地铁里骚扰陌生人，旁若无人地说些莫名其妙言语的蓬头垢面的女人。

罗妮接着说道："据说你亲生母亲体格壮硕，身材肥胖，深褐色头发，棕色眼睛，牙齿不好，面部轮廓分明。”

念大学时，我觉得亲生母亲的体重应为五百磅，看来我这个无端的直觉还是准确的。我们的生母肯定明显超重，不然她怀孕九个月，怀有双胞胎时，社工不会说她“壮硕”并且“肥胖”。

“你生母的生活混乱不堪,连她也不知道你的亲生父亲是谁。”罗妮说。

虽然路易斯·威斯公司的来信提到我们的生母不知道孩子亲生父亲的身份，但埃利塞和我不再相信这家公司提供的资料。不过，罗妮没理由骗我们，所以听了她带来的消息，我很受打击。我对生父没有过多的期望，然而现在知道我再也没有机会了解他是谁，我还是感到失望。

罗妮披露了很多令我吃惊的消息：埃利塞是九个月的时候被收养，而不是路易斯·威斯公司所说的六个月。我同情埃利塞，她先是从生母身边被带走，然后与双胞胎姐姐分离，九个月大的时候离开哺育她的寄养母亲，六岁的时候又失去养母。虽然我认为自己比较幸运，在出生后六个月不到时就被领养了，要知道这六个月是培养亲子关系的关键阶段，然而我明白科学方法根本不能够衡量这其中的损失。

罗妮觉察到我的难过，试着安慰我。“你的母亲没法照顾你们，因为她知道她必须继续接受精神病治疗。”她说道。

我再也沉不住气，啜泣起来。

“放弃我们，她是对的。我是为她哭，”我边哭边咕哝着，“以后我们还能找你了解其他事情吗？”

“当然可以。我知道你们要花点时间接受这件事。”

挂了电话，我百感交集。失望的是我们将永远都不可能知道亲生父亲是谁。欣慰的是埃利塞和我没有受遗传倾向的影响，我们都很正常。

那天晚饭时，我仔细打量杰茜和鲁比。

“这样的悲剧下，怎么还能生出身心这么健康的孩子呢？”我问艾弗，其实我并不是想得到他的回答。我思索着，我和艾弗是否应该高度关注杰茜和鲁比发病的任何早期症状。

“如果早知道我亲生母亲有精神病，我们还会要孩子吗？”我问艾弗。那天晚上，我和艾弗偎依着，身上盖着一条薄棉被。

“会的，但我们会有更多心理负担。”他坦承道。

艾弗睡着后，我睡不着，脑子里都是关于生母的想法和问题。她后来是不是自杀了？如果她还活着的话，她是否还关在精神病院里？我不能入睡，于是我踮着脚尖来到餐桌边，匆匆地在日记上写道：“我对生母的不幸经历了解得越多，就越想找到她，让她看看她当初做的决定是对的。她创造了我们，我们现在活得很好。”

埃利塞：纽约的六月天气是炎热的。这让我想到了二零零三年袭击法国的那场热浪，大批被家人落下，没有出去度假的老年人被送进拥挤不堪的急诊室。约瑟夫在布鲁克林找了间新公寓，我睡在沙发上，醒过来后发现全身都是汗。回来的第一个早上，闹钟还没响，我就冲下床，赶忙去租房子。

没想到在纽约找房子是这么复杂。拿不出租房历史，我可能会被认为是刚下船的移民。被拒绝了几次后，我怀疑我额头上是不是有个看不见的记号，上面写着：“我在小盒子里住了四年，我完全不正常。不要租给我。”一周后，在被这么多房东拒绝之后，我泄气了，便逃到住在北港的堂姐特蕾茜家稍作休息。我躺在她家大后院的草坪椅子上胡思乱想时，被电话铃声惊扰。

我跑进去拿起话筒。听到保拉兴奋的声音，我知道有消息了。“我从斯彭思蔡平公司拿到我的医疗资料了。”她将一切都告诉我。

我们的亲生母亲是一九五九年第一次入院的，那时她才二十岁。我险些重蹈她的覆辙。

我二十岁时第一次使用毒品。当朋友们从幻觉中苏醒过来，去小餐馆吃早饭时，我却像精神分裂症发作一般躺在床上，眼睛呆滞地仰望着。我无法回归到真实世界，无助地呼唤“妈妈”，不知道我是在叫养母琳恩还是亲生母亲。我脑海中闪过亲生母亲幽灵般的身影。我的室友抚摸着我的额头，安慰我说这是个噩梦，会结束的。不知道为什么，当时我只感到被抛弃了。“你母亲不在你身边。你独自一人。”我反复絮叨着。如果我早知道自己有精神病的遗传倾向，也许我会避开危险。不过也许我会直面它。

很多母亲会给未出世的宝宝听莫扎特的音乐，会对着隆起的肚皮轻声说话。“我一直在想，我们在她肚子里听到的肯定是精神病院里其他病人的尖叫。”我说道。

“哇，我们一路走来挺不容易，是吧？”保拉说，然后我们紧张地笑了笑。

虽然保拉不会在意是否找到了生母，不过我能感觉到她在知道真相后还是松了一口气。“我们已过了精神分裂症发作的年龄。我们很幸运，活得很好。”保拉说道。

我们的亲生母亲是真的打算自杀，还是只想除掉体内的胎儿？我们也许只是她自厌症无辜的牺牲品。我想起我在巴黎的朋友杰奎琳。她十九岁时不小心怀孕，为此烦恼，试图割腕自杀，不过没有成功。三十年后，她儿子饱受躁郁症之苦。她很愧疚，她觉得也许是她把当时的痛苦传递给了肚里的孩子。

杰奎琳这样想，可能是受了法国心理分析学家佛朗索瓦兹·多尔多的影响。佛朗索瓦兹·多尔多认为，母体内的胎儿能够感受并理解母亲的情绪状态。因此，多尔多鼓励父母们从孩子一出世就跟他聊天，什么对小孩产生影响，就可以跟他说什么。

保拉继续给我读信。“据说她体格壮硕，身材肥胖，深褐色头发，棕色眼睛，牙齿不好，面部轮廓分明。”保拉补充说，“就像童话故事里邪恶的大灰狼。”我无法认出这家公司描述的这个女人形象。我和保拉只继承了她的棕色眼睛吧？一想到一个超胖的女人穿着鲜艳的宽松棉质裙，我就感到很尴尬。要我跟家人说我亲生母亲有肥胖症，总觉得有点丢脸，说她有精神病倒显得更容易。我怀疑我们母亲肥胖是困扰我和保拉饮食紊乱的根源。也许，她的肥胖症是她服用的药物造成的。

罗妮说，我们的亲生母亲是在生我们两周前才得到产前护理的。是不是因为她太胖了，所以精神病院的人没有注意到她凸起的肚子？她自杀失败后，一定很排斥肚里成长的小生命。我们的亲生母亲一直在服用康帕嗪，但在生我们时换成了奋乃静。我在网上搜索这两种药，了解到孕妇可以服用后，我如释重负。

“这可能让你吃惊。”保拉说道，她让我做好心理准备。我心一紧。还有什么吗?

“她不知道孩子的父亲是谁。”保拉宣称道。

“为什么你认为我会吃惊呢？”我防备似的问道。

“你说过也许他们的爱情为旁人不容。你把他们的事想得很浪漫。”

“那只是我的假设之一。我不是说这是唯一的假设。”不过，我还是有点难受。我宁愿自己是别人偷食禁果的爱情结晶。

“现在我们永远都不可能知道了，”我垂头丧气地说，“除非有一天我们能遇到她，她告诉我们，但前提是她知道。”为了让气氛轻松点，我又说道，“好了，我们的亲生父亲肯定有一口好牙！”

我们已核实了亲生母亲患有精神疾病，我们因此怀疑我们是否还要调查下去。我很担心一旦我们找到她，她会处于什么样的境况。

“如果她待在精神病院里的话，我们该怎么做？”保拉说出了我的想法，“我们是不是一定得每周去看她？”

我安慰保拉：“我们只要向她表示尊敬就行了。”

据罗妮所说，我三个月的时候做了疝气手术，路易斯・威斯公司不得不延长我的寄养时间，以观察我的后续情况。五个月的时候，保拉就被收养了，因为这个变化，研究人员肯定被迫放弃了对我们的研究。

这样，没有人再对我进行研究。我九个月大的时候被收养，跟养母琳恩在一起的时间比我想象的更短。凯瑟琳告诉我，我是在六个月大的时候被收养的，她一定弄错了。

“好了，至少路易斯·威斯公司考虑到尽可能对我有利，没有把我留下来。”保拉说道。这家公司会为我们着想？我对此嗤之以鼻。

我很失望我没拿到相关的材料说明。罗妮有保拉的医疗资料，却没有我的，我忍不住很恼火。她没说我得自己去提出正式申请，保拉不能替我申请。

“我很想打电话给罗妮，骂她一顿。”我对保拉大喊大叫。我找不到人发泄怒火，罗妮成了我的出气筒。“不过我不会的。”我向保拉保证。尽管心烦意乱，我还不至于乱发脾气。

“不要误会，不过我想也许你该考虑下治疗。”保拉小心翼翼地建议道。

我做自我分析已好多年了，一想到要从头到尾讲述我那些史诗般的经历，我就头晕。而且，我免不了要想为什么保拉在服用抗抑郁药，而我却没有。也许在日复一日的平淡生活中，我的抑郁症已一笔勾销了，我早就接受了不可预测的生活循环。没碰到保拉前，我从没想过我需要治疗。此时此刻，我想这些年来我是不是一直在假装自己精神健康，以防止精神病缠身。

孩提时代，我的行为举止很夸张的时候，我父母会叫我莎拉·伯恩哈特（十九世纪末二十世纪初法国著名女演员）。“夸张”是“疯狂”的代名词吗？在电影里，女主角把唇膏乱涂在脸上，我们就能知道她疯了。行李还摆在地板上时，我就能马上开始装疯卖傻。我记不清一系列事情的先后顺序。巴黎，旧金山，布拉格，巴黎。我怎么又回到了纽约，我的出生地？幸好我过了精神分裂症发病的年纪，不然我会担心自己变成偏执狂。

保拉：埃利塞如今已在纽约，她可以经常与外甥女见面。有天下午，我和埃利塞在当地咖啡馆喝完茶后，她陪我去夏令营接杰茜。杰茜的幼儿园老师看到我们很相像就说："我不知道你还有姐妹呢。"

"我也不知道。"我开玩笑道，简单地跟她讲了下我们团聚的故事。

"如果我得知某人是被收养的，我相信他父母一定很想要他。"杰茜的老师轻声说。

"养父母想要我们的另一面是亲生父母不要我们，最近我才开始这样想。"过后我对埃利塞说，当时我们正和一群女孩子慢慢地走向操场。那天是个温和的夏日。

"他们希望我们好，他们知道他们无能为力。这并不意味着他们不想要我们。"埃利塞说。

成长过程中，我很自豪自己是被收养的。毕竟，不像有些孩子那样被传为"意外"的产物，我是被选择的。我父母要我。我珍藏着父母给我的一本淡绿色硬皮书，书名为《被选中的婴儿》，故事很感人。这个婴儿是从收养机构的一群婴孩里挑选出来的，因为他很特别。他没有搅局的亲生父母，他似乎是从收养机构里蹦出来的。

到现在我才能明白《被选中的婴儿》神话的欺骗性。在我被养父母"选中"前（我以为他们是从收养机构一排小孩里把我挑出来的，其实不然），我首先必须被亲生父母抛弃。在一九七九年出版的《失去与得到：收养经历》一书中，身为收养倡导者的作者贝蒂·珍·利弗顿提到了《被选中的婴儿》。她说该书"重点在于描述这个婴儿如何成为这个家庭的一分子，而不是他怎样来到这个世界。'被选中'这个词用来抚慰孩子的心灵，使孩子不至于对其他隐藏的真相刨根问底"。

这个浪漫的故事轻而易举地掩盖了真相，即：尽管我父母最终选了我，事实上我只是他们的第二选择，因为他们最初打算怀上自己的孩子。虽然父母一直都坦诚面对收养的想法，从不向我或哥哥隐瞒收养的事实，但是，毫无疑问他们更希望把我们视为收养前没有任何经历的孩子。《被选中的婴儿》里说每个婴儿都在等待与之相配的夫妇,这是理想化的看法。我父母没有刻意选择我。他们只是想要收养个小女婴。我只是被挑选出来给他们收养。

以为我是被选中的，让童年的我背上了很大的责任。我以为，如果我父母选择了我，我最好表现好点，否则他们会改变主意，“不选”我。直到现在我才知道自己过去一直觉得有责任弥补父母生不了小孩的缺憾。我得比他们不存在的亲生小孩优秀，我觉得我剥夺了那个小孩的出生权。

虽然从未感觉到父母遗憾没能生自己的孩子，不过他们肯定想过要是有亲生骨肉的话该多美好。少女时代，我的体重和情况严重的痘痘困扰我时，我曾经想过如果我是父母的亲生孩子，我自然应该比较瘦，皮肤洁净。我会和他们一样，应该有黑头发，橄榄色皮肤，以及蓝色眼睛。也许我不会有抑郁症。

“你有这样好的父母收养，真是太幸运了。”过去我长大成人之前，朋友们经常这样提醒我。也许这是事实，不过，朋友们所说的话表明我被选中并逃出了孤儿的宿命，应该感恩戴德。后来，我患抑郁症的时候，我觉得自己其实是很幸运的，不应该这样悲观沮丧。

埃利塞：我很快就适应了我的临时居所，一套豪华的公寓。公寓有三间卧室，还有一个阳台。早上我可以坐在阳台上喝咖啡。我和保拉曾经天各一方，但如今我们已成近邻。位于公寓大厦后面的紧急出口直接通到保拉家的门口。保拉家是用褐砂石建的房屋。现在，我可以神奇地出现在保拉的家里，带书给她，或者帮忙照看鲁比。

将六周大的小鲁比抱在手上，我感觉再自然不过了。我仔细端详着她那小小的脸庞，以及柔软的红褐色头发，我忍不住觉得看到了我自己。尽管杰茜待我很亲热，但是我看到她时，她已经两岁半了，我没有看到她蹒跚学步。我会陪着鲁比，珍惜她取得的每一个进步。“她让你想起谁？”我给爸爸发了一张鲁比的照片，问他。

“你。”爸爸答道，疑惑地笑了笑。

尽管我为刚刚确认的血统感到自豪，但我确信比起鲁比，我更爱泰勒。我对泰勒的爱超越血缘。

搬到纽约前，与保拉的见面都是短暂、匆忙的。如今，我们有时间定期见面，享用金枪鱼三明治午餐，聊聊天。即使在一起吃饭，我们也会有很多发现，因为我们会比较彼此的口味。保拉喜欢在饮料里放冰块，可我经常会忘记给她放；我得提醒她，我吃三明治喜欢配泡菜和芥菜。

有时候我坐在阳台上看书，可以看着保拉和她的两个女儿同一群妈妈和小孩在院子里玩耍。杰茜被一个拿着水管的小“虐待狂”追着跑，发出快乐的尖叫声，我的阅读因此被打断。

因为最近一段时间我都在纽约，我和保拉便开始进行正式的调查。以前，我们只希望收集更多有关被分离双胞胎的资料，了解使我们分离的那项研究的内幕。不过，现在我们开始调整目标。首先，我们要得到纽伯的研究结果，了解他的结论。其次，我们将查找卷入这项研究的其他被分开的双胞胎的下落。最后我和保拉希望查到亲生母亲后来怎么样了，不过，目前这个目标暂时被搁置一边。

一天下午，保拉路过我家，我们一起写了封信给犹太家庭及儿童服务理事会，这是非盈利的心理健康和社会服务机构。犹太家庭及儿童服务理事会依然管理着有名的儿童发展中心。最初开展双胞胎研究时，该中心的主任是纽伯博士。该理事会将儿童发展中心的双胞胎研究数据捐献给了耶鲁大学档案馆，这些数据的封存期限为二零六六年，因此查阅这些资料，我们必须向这两家机构提出申请。

“作为纽伯博士双胞胎研究的研究对象，我们觉得儿童发展中心的档案对我们将会非常有帮助。”我们用正式格式将信件打印出来，信上写道，“如果我们能根据该档案，进一步了解该项研究的看法，我们会受益良多的。”

一周后，保拉冲到附近我分租的住处，带来他们的回复。我们可以在一起商量商量，制定一个方案。

“你可能知道，从收到捐赠后开始的七十五年内，这些档案必须视为机密文件来保存。因此，我们不能够让你们看这些档案。”信是犹太家庭及儿童服务理事会法律总顾问艾伦·尤瑟姆寄来的。

在我家装修豪华的空调卧室里，我和保拉分派当天的调查工作。

“要不你打电话给犹太家庭及儿童服务理事会的律师，我打电话给消防员双胞胎吧？”我给保拉分配任务。保拉在餐桌边坐好，拿出笔记本电脑和派乐特·普雷塞斯牌钢笔，我也用这个牌子的钢笔。

虽然“消防员双胞胎”马克·纽曼和杰利·雷维没参加任何研究，但我和保拉认为，这对二十年前在他们三十一岁时团聚的双胞胎，应该能够给我们之间的关系提点建议。

消防队休息的时候，马克很自如地回答了我的问题。他父母不知道他有个双胞胎兄弟，马克同我一样，一直觉得自己的生命中缺少什么。他解释说：“我过去一直反复梦到有个长得像我的小婴儿在做手术，但我见到杰利后，就没再做这个梦了。”

“我对自己的身份很满意，”没等我发问，马克接着说道，“和杰利团聚后，我跟他说：‘我不会因为你而改变自己。’”

这对双胞胎第一次见面，就发现他们非常相像。两人都剃着光头，身高六英尺四英寸，都喜欢到深海钓鱼，喜欢喝啤酒，喝酒的时候都喜欢将小指垫在瓶子底。他们跟其他离散的双胞胎一样，看到彼此姿势相同都很吃惊。说起他们的团聚，杰利说道“这不可思议”。他们的兴趣一模一样，以至马克最终怀疑为什么他要跟自己的双胞胎兄弟一起玩。“既然他这么像我，跟我做一样的事，为什么我要跟他待在一起？”

挂了电话后，我对保拉说：“真搞笑！我可不会因为和你对电影的兴趣相同，就不想跟你泡在一起玩。”

保拉：“坦白说，我很吃惊，想不到你这么没有同情心。”我对犹太家庭及儿童服务理事会律师尤瑟姆女士说，希望她能重新考虑她的决定。

埃利塞赞许地点点头，鼓励我继续说下去。我仿佛是个律师，正在做结案陈词。

“犹太家庭及儿童服务理事会应该为儿童谋福利。我们就是需要帮助的那群人。不让我们了解这些资料对谁有好处呢？这些资料能让我们知道发生过的事情，难道我们没有权利知道吗？”

尤瑟姆女士说她无权对此发表看法。

“他们为了保护谁？这是为犹太家庭和小孩服务的非盈利机构啊。”埃利塞一边准备午饭吃的金枪鱼三明治，一边嘀咕着。

我的思绪从我们的调查中摆脱出来。我对散落在木质地板上的玩具熟视无睹，遐想着我和埃利塞还在这个体积很大的公寓里享受着单身生活。如果我们从小一起长大，我们可能就像那些年轻的大学毕业生一样，在事业上没做出点成绩之前，已在城市里一起合租。

埃利塞：一个朋友的朋友最近听说我们在找亲生母亲，建议我们跟南希·坎联系。她也是从路易斯·威斯公司被人收养的，现在成了民间寻人专家。

我和南希安排在离纽约公共图书馆一个街区的酒吧吃午饭。在入口处，我见到了她。南希比我大几岁，橄榄色的皮肤，散发着健康的光泽。

她周末经常去汉普顿斯度假。她身着白色亚麻布套装，脚穿颜色相称的高跟鞋，看起来像个优雅的纽约人。中西部地区雄心勃勃的女士翻阅星期天的《时代》周刊时尚栏目时看到优雅的纽约人通常会看得发呆。南希热情地拥抱了我和保拉，然后毫不掩饰地上下打量着我们，对我们进行比较，对此我们已习以为常。

“我花了很多时间才找到我出生时叫的名字。”很多闹市区的商人都在这里吃午饭。在这种嘈杂的环境下，南希开始讲她的传奇故事。南希自从去年跟亲生母亲幸福团聚后，一直都强调寻根的重要性，并帮助了很多像我和保拉这样的收养子女。

“在图书馆关闭前，我在‘W’开头的姓名中终于找到了她的姓！”南希从“同学”网站查到了亲生母亲的下落。相聚后，她了解到亲生母亲当时是很有前途的心理学专业学生，也是个很有才华的舞者。她与教授相爱并怀了孕。我知道我和保拉都在想，我们的亲生母亲受到精神病的困扰，也许没能回去完成大学学业。

“我还能给你们一个寻人专家的名字，他专攻路易斯·威斯公司的收养案例，”南希主动提出，“即使你们能找到出生名字，但如果你生母结婚了，那也很难查到她的下落。”

“我想她不会结婚的。”保拉悲伤地说。自从罗妮·戴蒙德确认我们最近获得的资料属实之后，我和保拉都怀疑我们的亲生母亲不会张开双臂欢迎我们。我们主要想多了解我们亲生父母的那个家庭。

“她患了精神分裂症，在做治疗。”我坦率地说，南希没有就此话题提出更多的问题。我没把亲生母亲试图自杀的事告诉她。

南希给我们看了她生母写给她的一封言辞恳切的信。看完这封信，我泪流满面。在信中，南希的母亲描述了她抱着女儿时的喜悦。听了她的故事，我不禁想到，不知我们的生母是否有机会抱过我们。听了南希讲述她生母放弃她时非常痛苦，保拉深受感动，开始哭了起来。她想的肯定跟我的一样：我们的故事不会有美好的结局。

南希拿出她在注册簿中登记页面的复印件。她在自己出生时的名字上画了个圈，用钢笔写上了大家一直叫她的名字。我把这张宝贵的登记页面直接放到我的文件夹里，为去图书馆做好心理准备。

我们问南希如何进入耶鲁大学档案馆，她主动提出："到时候给我朋友布鲁斯的父亲杰利打个电话，他是路易斯·威斯的前任董事长。也许他能够帮你们。布鲁斯也是从路易斯·威斯公司领养的。"我们起身准备离开时，注意到除了几个无所事事的人还在喝威士忌之外，酒吧里的人差不多都走光了。

"我们大家都是经路易斯·威斯公司被人领养，我们都是一家人。"南希与我们拥抱道别。

保拉：我沿着东九十四街步行，到斯彭思蔡平公司去找罗妮·戴蒙德，却看到刻着"路易斯·威斯服务公司"字样的褪色黄铜招牌。我很惊讶。我从不知道这两家有名的收养机构竟然是隔壁邻居。我仿佛看见收养心切的夫妇们先在斯彭思蔡平公司接受面试，然后转到隔壁公司去填写表格。路易斯·威斯服务公司去年关门了，这栋楼被改建成豪华的私人住宅。

我最后一次走过这条人行道是在一九八七年，那时我来找芭芭拉·米勒，向她了解我的出身。现在事隔这么多年，我又来了，仍然是为了了解真相。

我坐在斯彭思蔡平公司的大厅里，想象着所有未来的养父母都在这耐心地等待，他们希望能有机会为人父母。墙壁上贴满了不同肤色的微笑的漂亮小孩照片，就像一幅班尼顿服装广告。

我们一被领进罗妮的办公室，我就试探地说："我们来找你，是因为我们从路易斯·威斯公司得到了关于这些事实的不同说法，我们不知道该相信哪一种说法。"埃利塞靠着我坐在旧沙发上，显得很紧张。

“只要被人欺骗，就很难再相信别人。”罗妮说。她一头金黄色的鬈发，五官端正，加上母性的温柔，真是相得益彰。听到她的声音，我感到一丝慰藉。

“我们被收养时，斯彭思蔡平公司有没有跟我们的养父母透露过我们有精神病的家庭历史？”我问道。

“我的天哪，你们俩的微笑一模一样。”罗妮惊叹道，然后她回答了我的问题，“那时候，一般来说，人们认为收养是新的开始，如果事先知道某人病史中的不利情况，人们往往自说自话似的进行预测。”

埃利塞接过话说：“其实我仍然不相信我们亲生母亲的疾病诊断，说她有精神病，很有可能是因为她在脸颊上涂了和平标志，然后在大街上大喊‘停止越战！’。”

“不管怎样，你们的亲生母亲无力养育小孩。”罗妮说。

“道理上我明白，”埃利塞说，“不过，每个被收养的人总会觉得自己被抛弃了。”

罗妮同情地点点头。她是个耐心的听众，我和埃利塞很轻松地向她倾诉我们的忧虑。见面结束时，我们都感觉像做了心理治疗一样。我和埃利塞拥抱罗妮后，她送我们走出大楼，然后帮我们在路易斯·威斯公司以前的总部前拍了照。我和埃利塞都穿着浅色背心裙和凉鞋，在镜头面前，我俩咧着嘴笑，似乎想说：“一切从这里开始。”

列车高速驶过曼哈顿大桥，开往布鲁克林。穿过地铁隧道时，已是夜幕降临。

我和埃利塞并排坐着，头靠得很近。谁也没法避开对方的注视。有时我希望自己能够暂时不关注我们的双胞胎关系。与埃利塞在一起就已经令人筋疲力尽了。她每说一句话，我就问自己：“我也是那样想的吗？”她做的每个动作都像是我的动作被放大了一千倍。

“你的面部表情真丰富。”埃利塞说，似乎知道我在想什么。

“真奇怪，我也在思考有关你的同样问题。你的面部表情跟我很像，不过变化比我更大。”

“不，我倒觉得你的面部表情像我，不过比我更夸张。我阐述自己的观点时，总会微微扬起眉毛，但是你的眉毛扬得很高。你似乎想特别强调一下你说的所有情况。”

“大体上，我认为你的面部表情比我夸张。”我说道。

“你是对的，但是我还是认为你的面部表情比我夸张。”埃利塞说。

“你觉得这会让人烦躁吗？”

“有点。”她承认。

“看到你的表情，我很烦躁，因为我怕我的表情跟你一样夸张。”

听到我让她心烦意乱，我很伤心，同时我觉得自己也伤了埃利塞的心。突然，我们对自己脸上的表情有点不好意思，于是让我们脸部不表露出任何个性特点。整个回家的路上，我们都尴尬地坐着，一声不响。我只好希望我们最终总会习惯的。

离开地铁站，我往家里走。在路上，我盯着橱窗和汽车后视镜里的自己，观察着自己的表情。不过我的表情总是很不自然。我清楚自己永远都看不到别人眼里的我是什么样子了。

第十五章

保拉： 即使在我"离职"之后，我所做的每件事似乎都与埃利塞和我之前一直进行的调查有关。因为许多记者、双胞胎和他们的养父母住在斜坡公园，在听了我的故事之后，好像每个人都有故事要讲。有时候，一次不经意的巧遇就会使我们的调查有了新发现。

一个温暖的夏日午后，在斜坡公园三街游乐场，我一边推着杰茜和鲁比荡秋千,一边与另一个孩子的母亲聊了起来。我们交流了生活中的各种趣事，我也透露了最近发现自己是个双胞胎。

"你可能不相信，但是我认识一个人也是从路易斯·威斯公司被领养的,并且也发现她有一个双胞胎姐妹。"这个皮肤白皙的娇小女人说道,"我觉得她参与了某个研究。"她递给我一张纸条，匆匆写下她朋友萨拉的电话号码。"打个电话给她。"她说。就这么简单。

那天晚上，我打电话给萨拉的时候，她接到路易斯·威斯公司经手的另一个被分开的双胞胎的电话，大吃一惊。我屏气凝神地听完了萨拉如何发现自己还有一个双胞胎姐妹的故事。

萨拉第一次察觉到还有一个双胞胎姐妹是在她七岁的时候。一天下午，她去看望住在街区南面的朋友阿曼达。和萨拉一样，阿曼达和她哥哥杰弗里也是从路易斯·威斯公司领养的。"我记得阿曼达和杰弗里告诉我他们刚刚在朋友家，那里有个小女孩长得和我很像。"

七岁的萨拉还没有足够的悟性把她朋友说的话和心理学家有时到她家测试她的各种能力，并拍摄她的生活联系起来。但是有一次萨拉的父母听到阿曼达和杰弗里说的话，他们立即打电话给路易斯·威斯公司询问这件奇怪的事情。

这家公司承认萨拉有一个双胞胎姐妹吉尔，她和养父母住在纽约。这时萨拉的父母才得知他们以前同意参与的儿童发展研究实际上是双胞胎研究，感到非常气愤。这个秘密被披露之后，路易斯·威斯公司打电话给吉尔的父母，告诉他们吉尔是双胞胎中的一个。这家公司请求两个家庭不要把真相告诉自己的女儿。“我父母被告知：‘你们必须把她们俩分开来，如果她们俩见面，后果不堪设想。’”萨拉说道，“我父母赞同了他们的说法，因为他们不想造成进一步的伤害，于是就照着路易斯·威斯公司所谓正确的做法去做了。”就这样，两个家庭都退出了纽伯的双胞胎研究项目。

几年之后，即一九七七年，在十七岁生日的一周前，萨拉参加了游泳运动会。有一个选手告诉萨拉她和他们学校的一个女孩子长相十分相似。这句话在萨拉心中产生共鸣，因为她总觉得父母对自己隐瞒着一个家庭秘密。在那次游泳运动会后不久，萨拉第一次见到了她的孪生姐妹吉尔。除了在游泳方面不相上下，她们还有不少共同点。她们的哥哥或者姐姐也是从路易斯·威斯公司领养来的，而且成人之后都与爱尔兰人结婚了。萨拉和吉尔团聚之后，她的父母承认自从她七岁时在邻居家发生的那件事之后，他们就知道她还有一个孪生姐妹。

“我顿时觉得天崩地裂，对一切都丧失了信心。这件事是非常有害的，因为我当时正处于可塑性很强的年龄段。”萨拉回忆道。

萨拉得知有一个孪生姐妹后，最初感到十分兴奋，但现实并不那么容易被接受。上了大学之后，十九岁的萨拉变得郁郁寡欢并且退了学。和萨拉一样，吉尔也离开了大学，之后再也没有回去。萨拉的精神状态令她的父母忧心如焚，于是他们联系了路易斯·威斯公司的维奥拉·伯纳德，就是她起初使萨拉和她的孪生姐妹分开的。伯纳德博士答复说萨拉不能成为她正式的病人，但会每星期免费来看望萨拉，对她进行专业心理辅导。同时，她也愿意对萨拉的孪生姐妹提供心理辅导。

萨拉不记得伯纳德博士是否曾经因为把她和孪生姐妹分开或者在双胞胎研究方面误导她父母而表示过歉意。“我仍然能记得听到过伯纳德博士说：‘我希望让两个家庭都快乐。’我父母相信了她的说法，而我也相信了她。”萨拉回忆道。

萨拉和吉尔团聚不久之后，她们就查到了她们亲生母亲的下落，得知她饱受着抑郁症的折磨。萨拉和吉尔如今已经四十七八岁，都被诊断患有两极型异常疾病，也称为躁郁症，为此她们都接受了不定期的住院治疗。研究表明两极型异常疾病中有强烈的遗传因素的影响。如果一个同卵双胞胎患了这种病，双胞胎中的另一个得这种病的概率高达百分之七十到百分之八十。与此相反的是，异卵双胞胎患病的概率只有百分之十到百分之十六。

我想起了同《纽约日报》记者斯蒂芬妮·索尔的谈话，正是她让我首先想到这个研究的目的之一有可能是确定精神病的遗传可能性。除了我和埃利塞一生中都被抑郁症所困扰之外，前面提及的一组三胞胎中的三个人也都在童年时期去看心理医生，其中一人在成年之后自杀了。如今，我们得知了萨拉和吉尔也患有两极型异常疾病，就更难无视这个假设。

“萨拉和吉尔像她们的生母一样都曾受到过精神病的煎熬，这点让我很惊讶。也许纽伯博士当时确实在研究精神病的遗传问题。”我对埃利塞说，她看上去似乎相信这个说法是正确的。

我们决定应该坚持和纽伯博士见个面，希望最终能从他那儿得到些答案。我从家里打电话给纽伯博士，尽量表现得很随和。自报家门后，我提出要和他见上一面。

“你知道，决定把双胞胎分开的是路易斯·威斯公司而不是我们。”他说。

“是的，我们明白，根据维奥拉·伯纳德的理论，双胞胎分开来抚养会对他们更好。”我附和道。

纽伯博士并没有再次挂断电话，相反，他说：“下次再打给我。”不管怎样，我们还是看到了一些希望。

埃利塞：在景前街区一家法国咖啡屋里，我随意问了一下他们是否需要人。这家餐馆温暖舒适，暖色调的墙壁上挂着法国茴香酒的海报，让我想起了在旧金山工作过的那家餐馆。既然保拉和我的调查研究已接近尾声，我就可以悠闲地接这份服务生的兼职工作。一边把盘子端平，一边和顾客闲聊，我感觉舒适自在。

在炎热的盛夏，我们的调查如火如荼地进行着。在这样的日子里，我们仿佛就是故事书里的女侦探哈里特或南希·德鲁。

最近，保拉和我收到一封来自犹太家庭及儿童服务理事会的律师艾伦·尤瑟姆的信。她拒绝了我们查看存放在耶鲁大学的双胞胎档案的请求。南希则按照承诺安排我们和路易斯·威斯公司前任董事长杰尔姆·费尼格见面。保拉和我希望杰尔姆·费尼格能够凭借他的影响力，说服路易斯·威斯公司董事会开启这项研究的一些档案，披露这项研究的真正目的。这样，离了解我们的过去又近了一步。

大世纪站台外的街道非常闷热，保拉和我从那里的喧闹里逃离出来，一阵风似的跑进耶鲁精英俱乐部。着装正式的服务生向我们打招呼，一盏枝形吊灯照亮着我们前行的道路，我们仿佛来到豪华宾馆。南希身穿一件做工考究的黑色小礼服在门口迎接我们，皮肤比我们上次碰面时晒得更黑了。她把我们介绍给她的朋友，费尼格的儿子布鲁斯。布鲁斯也是从路易斯·威斯公司被领养的。看起来，我们这些收养子女的人数已达到召开路易斯·威斯收养俱乐部临时会议所需要的法定人数了。

南希和布鲁斯领我们进入豪华的起居室，雪白的墙壁上挂着从耶鲁大学毕业的许多美国前任总统的画像。我一边置身于高档的耶鲁俱乐部会所，一边却盘算着要得到存放在耶鲁大学的那些档案，我觉得这颇具讽刺意味。七十五岁左右的杰尔姆·费尼格看上去很威严，像法官一样坐在高背椅上。坐在他面前，我们觉得像在求助于法力无边的奥兹巫师一般。

我们又把我们案件的来龙去脉和他讲了一遍。

费尼格从繁忙的社会事务中抽出时间来见我们，因此直奔主题。“你们想要做些什么呢？”他慢吞吞地大声问道。

“我们希望进一步了解过去发生的事情。”保拉回答道。

“你们在哪儿上的大学？”他问我们俩。

“威斯利学院。”保拉回答道。

“噢，天啊！”他大叫一声，“你知道的，希拉里也在那儿上过学。”

费尼格一下子被保拉吸引了过去，我感觉自己成了隐形人。

“纽约州立大学石溪分校。”他问我同样问题时，我回答道。“你也没什么可抱怨的，”费尼格对我说，“嗯，你们都上了大学。”这是显而易见的。我担心他会像我们的父亲和那个律师那样开始大讲道理，说我们没什么官司要打的。忘了这一切吧，你们已经找到彼此了，而且都过得很好，那就继续你们的生活吧。

我突然意识到费尼格错误地以为我们是在请他帮我们找到亲生家庭。作为一个养父，他在这方面具有自我保护意识。于是我尝试换一种方式。

“保拉和我在各自的家庭中都生活得很愉快，”我试图让他放心，“无论如何，研究表明，收养的子女对于收养家庭是否满意，和他们是否想要寻找亲生家庭并没有联系。”我向他解释了我们的真正意图。

“如果打开耶鲁大学的资料，你们就能满足了吗？”费尼格问道，“你们就不再查找下去了吗？”

“我们要的就这些。”保拉向他保证。

费尼格勉强同意帮助我们。“从你们现在所坐的这个地方来看，我们在耶鲁大学还是有一定的影响力的。”他说。福特、布什和克林顿这些总统画像就悬挂在我们头顶上，我愿意相信他的话。“你们只要答应我，一旦我帮了你们，不要再让我听到任何关于你们的消息。”

保拉和我因为费尼格的直爽而忍不住笑了出来。

“我们答应！”我们异口同声地答道。

我们调查路线的下一站是哥伦比亚大学健康科学图书馆。一九九八年维奥拉·伯纳德博士去世后，她的笔记、信件以及档案等都捐给了这家图书馆。保拉和我穿着夏天的连衣裙、背着双肩背包，很容易就被误认为是哥伦比亚大学的学生。我们到存放伯纳德博士档案的地下室时，因为带了不止一支钢笔被禁止进入。我们把包放在一边，在空着的房间里的一张木桌子旁面对面坐着。

在耶鲁大学，关于双胞胎研究的档案都是封闭的，而在哥伦比亚大学健康科学图书馆，大多数伯纳德的文件都对公众开放。遗憾的是，我们最感兴趣的三只箱子——也就是与儿童发展中心双胞胎研究有关的箱子——要到二零二一年一月一日才会开放。但我们仍然抱有希望，以为伯纳德可能忘记消除关于双胞胎研究的每项记录，或者我们可以从字里行间体会出其隐含意义。

伯纳德博士那里存放着很多便条，似乎她保存了任何出现在她桌上的纸条。她的所有文档堆起来多达一百二十八点五立方英尺，要三百七十八只箱子，五只超大箱子和三只文件夹才能装下。在伯纳德的文件中，与路易斯·威斯公司有关的文件就有一百一十二只箱子。

我们假装伯纳德博士在整个调查过程中指导我们，我们便指望她潦草的笔记为我们指明正确的方向。每当我们找到任何与精神病遗传问题有关的资料时，我们都会精神大振。在一九九六年迈克尔·朱曼起诉路易斯·威斯公司的案件中，伯纳德博士的宣誓书写道，当初路易斯·威斯公司故意把有精神病家族遗传史的两个孩子送给他人收养，他们的养父母对遗传因素也并不在意。收养迈克尔之前，在与路易斯·威斯公司的社会工作者交谈中，朱曼一家明确表示他们认为后天培养胜于先天因素。我们的父母说他们不在乎遗传因素，不明智地要求收养有精神病家族遗传史的孩子。

在朱曼案件审理期间，伯纳德博士声称，迈克尔被收养的一九六五年并没有确切的科学资料证明精神分裂症的遗传性。但随着我们调查的进一步深入，她档案中的一些文章表明事实并非如此。她的一些文章介绍了一九五三年的一项研究。该研究表明，如果某人有亲戚患有精神分裂症，那么他本人得这类疾病的概率要比普通人高出许多。因此，我和保拉怀疑伯纳德博士保存的许多文档和精神分裂症有关。

当读到一九五八年路易斯·威斯公司收养处写给伯纳德博士的一封信时，我们了解到只有当孩子出生于精神病院时，路易斯·威斯公司才会告诉养父母有关孩子精神疾病的情况。"也就是说，我们别无选择时，才会这样做……我告诉工作人员你（伯纳德博士）……觉得不管孩子是否真的出生于精神病院，一旦明确诊断患有精神疾病，我们就有责任告知收养孩子的父母。我们全体工作人员都反对这一观点。"

如果伯纳德博士认为精神病是不会遗传的，那她为什么认为应该告诉养父母他们孩子的精神病家族史呢?

"你看，我找到资料了！"保拉大声喊道。我站在她肩膀后赶忙看过去，看到了一九六四年一月路易斯·威斯公司收养处的工作人员会议记录。当时，这个会议的议程是评估与未来养父母分享孩子健康状况的这一做法。会议秘书总结了伯纳德博士的意见："倘若我们与家长分享资料，让他们自己决定，我们会感到舒服些吗？抑或这样做会无谓地增加我们的忧虑？与经验论证相关的是涉及双胞胎成长的一项儿童发展中心研究项目。这些双胞胎的家庭背景涉及到很多精神病理学研究。”

这也就是说——有迹象表明，事实上，这次研究目的之一在于确定精神疾病是否遗传。

我们调查的进展要比我们预期的快得多。尽管饥肠辘辘，我们还是推迟了吃午饭的时间。伯纳德博士保存下来而且画线或批注的任何一篇文章都会促使人们刨根问底。当无法辨认伯纳德博士的潦草笔记时，我们都希望她在旁边解释自己所做的批注。伯纳德博士在一九七一年发表的题为《医学遗传学与收养》的文章里画了三个惊叹号，并且圈出了“精神病”三个字。

这篇文章写道：“如果能把双胞胎安置在不同地方抚养，并且在全国范围内建立档案，以便跟踪研究他们的生活轨迹，那么收养机构就能为双胞胎研究项目提供重要的数据。”其中，有句话用星号做了强调，这句话提到“分开抚养的双胞胎的精神分裂症症状是高度一致的，这与一起长大的同卵双胞胎精神分裂症症状有点不同”。显而易见，她有兴趣研究双胞胎以确定先天和后天因素对精神分裂症发作的影响孰轻孰重。

很快，我们又有新的发展。“啊哈！”保拉一声大喊，打破了图书馆的宁静。

“你发现了什么？”我一边问一边盯着打开的文件夹看。图书管理员也好奇地转身看着我们。保拉给我看了伯纳德博士寄给佛洛伦斯·克瑞奇的一封信，那时佛洛伦斯·克瑞奇担任路易斯·威斯公司的执行理事。这封信表明一九七六年以前，路易斯·威斯公司一直竭力向公众隐瞒这个双胞胎研究项目。这封信写于一九七六年三月，伯纳德博士在信中写道：“我们一直小心翼翼地进行这项研究，并不希望和别人共享研究资料，尤其是在目前还需要征得当事人同意的情况下。”到一九七六年，儿童发展中心不再选择双胞胎作为研究对象，但是研究人员仍然不断地搜集数据信息。

有一位同事了解到路易斯·威斯公司参与了这个双胞胎研究项目。克瑞奇对此感到很吃惊，他在另外一封信里安慰伯纳德，说他没有透露任何关于他们是否将多胞胎分开收养的情况。

不过，我们找到了一九六五年路易斯·威斯公司执行董事佛洛伦斯·布朗寄给维奥拉·伯纳德的信。她指出，路易斯·威斯服务公司曾经努力“帮助”其他愿意参与儿童发展中心研究的收养机构。“只要我们不逼迫他们使双胞胎分离，我真的不明白为什么那些所谓的‘上级’提出这么多的反对意见。”布朗女士写道。

一篇出现在伯纳德博士收养档案中的文章特别引起了我的关注，即：利昂·亚若一九六五年写的题为《收养研究的理论意义》的文章。亚若写道，在母子关系发展的关键时期，让孩子与母亲分离，很有可能会影响孩子进行深层次人际交往的能力。根据这篇文章，有些婴儿在和母亲分开的3个月起就开始出现问题。

读到亚若所下的结论时，我陷入了深深的悲伤之中。该结论指出所有婴儿如果在六个月大的时候就与母亲分离，他们就会心神不安。我早在九个月大的时候就离开了母亲，我为自己曾是一个弃婴而悲伤不已。

然而，亚若的理论让我想起最近收到的一封信，那是斯彭思蔡平服务公司罗妮·戴蒙德寄来的信，信中记录了我被收养的全过程。根据有关记录，我在与寄养母亲分离时，曾有点焦躁不安。这不足为奇，因为寄养母亲曾是我唯一的母亲。这封信也证实了我很快对新哥哥杰伊产生了浓厚的兴趣，在他身上我肯定找到了双胞胎姐姐的替身。

由于伯纳德在亚若一九六五年发表的文章页边空白处做了“养育”的注释，并且在“关键的分离时期”下面画线，我开始怀疑伯纳德不仅仅打算利用双胞胎来探寻精神疾病的病因，而且也试图研究母子分离对儿童发展的影响。更令人不安的是，伯纳德也可能试图在寄养家庭限制孩子社会和感觉的刺激，以达到测定婴幼儿时期感情投入的重要性。一想到保拉和我之中的一个或我们两个在寄养家庭都可能无人关爱，我们就不寒而栗。而且，当我把寄养家庭想象成一个活生生的实验室时，我不禁疑虑重重。

在亚若的文章发表之前，路易斯·威斯公司已讨论了如何对待早期收养儿童的问题。一九六四年的一次员工会议上，全体员工达成了共识，认为应该尽快把婴儿安置在精心挑选的家庭中。但不包括一些存在问题的情况，如精神病父母的孩子和混血儿童等。然而，如果他们怀疑保拉和我的问题行为是我们生母的精神疾病所造成的，为什么只有我被排除在外？

伯纳德在亚若文章的空白处用黑色墨水潦草地写了一些注释。我分析了这些注释，意识到路易斯·威斯公司很可能想了解母亲与孩子如何相互适应。此外，亚若提到对不同母亲抚养的双胞胎进行研究的诱人前景。路易斯·威斯公司自一九五二年开始就与纽伯在这个双胞胎研究项目上进行合作，肯定考虑过有关将孩子分开抚养这一做法的研究。而纽伯也对天赋相同的人们如何影响周围环境感兴趣。

在某种程度上，二十世纪六十年代的心理学文献都提出一种假设，即孩子塑造父母，而不是父母塑造孩子。我和保拉生理特征相似，家人对我们的印象可能也会因此而相似。我们性格都很随和，我们的父母对我们的看法接近。

或许这项研究旨在确定家长不同的教育方法对孩子性格塑造的影响。因为母亲的过世，我们的家庭结构改变了，但是在保拉和我被收养时，我们养父母家庭的结构也非常近似。我突然想到埃米和贝斯的故事。她们的爱好反复无常，她们母亲采取了不同的应对方法。我不清楚路易斯·威斯公司是否会认为我们两人的母亲中，一个母亲纵容而另一个严格。

保拉和我有很多问题都没有得到解答，因此决定去查阅耶鲁大学的文献资料，拜访纽伯博士。每次我们和他通电话时，他都让我们下个礼拜再打来。他是不是想无限期推迟和我们见面，或者要慢慢消磨我们的决心？

保拉：八月末的一天早晨，我心情轻松，漫步在风景公园。我随着乔治·克林顿的音乐轻快地跳跃着，这时手机响了。

“我们收到了你发来的传真。”一位年轻女士说道，她自称是犹太家庭及儿童服务理事会的代表，该理事会是耶鲁大学双胞胎研究文献的监管单位。最近我们向该理事会提出请求，但没有以杰尔姆·费尼格的名义。“我们正在研究如何帮助你们。我们会仔细查阅，看看能不能找到你们想要的资料，不管那资料是什么。”

我把我能想到的表示感谢的词语都用上了。

“一旦我们得出正式结论，你们就能收到我们的法律咨询委员会寄来的通知。”这位女士说道。

所有这一切都要感谢了不起的、能干的杰尔姆·费尼格，他似乎重新打开了我们以前眼睁睁看着被关上的门。

我绕着公园疾步行走，满头大汗，气喘吁吁。我拨通了埃利塞的电话，告诉她这个好消息。

“我们总算进入耶鲁大学档案馆了！”

“太好了！这一次来得太快了。我们星期一就可以到纽约公立图书馆里找到我们生母的名字了！”埃利塞说道。

第十六章

保拉：我并不迷信，但我总在艾弗上班前虔诚地亲吻他，生怕万一不幸降临，我再也见不到他。因为同样的原因，我们从不把当天的意见不合留到明天。但在这个特殊的早上，艾弗一门心思都扑在他自己导演的独立影片的发行谈判上，这次谈判马上要进行。我还没有来得及跟他说声再见，他就急急忙忙地冲出房门。

不过，我还是打手机让他回来，尽管我知道这样做会让他迟到。毫无疑问，他急急忙忙地又折了回来。

“什么事？”他问我。

“我知道到图书馆去对我来说已不是什么新鲜事，但这次却非同一般。”我说着说着，泪水流了出来。自从接到那个决定命运的电话已过了将近一年半的时间，埃利塞和我终于下定决心开始寻找我们的生母。

艾弗紧紧地搂住了我。

“今晚我再见到你的时候，我就能知道她的名字了。”我说。

我和埃利塞一心想完成未来的使命，登上了位于第五大道的纽约公共图书馆中市区分馆破旧的台阶。两头狮子雕像威武地护卫着伯克斯艺术大楼。这里收藏着我们身世的秘密。

我父亲大半生都在林肯大楼工作，那里与这家图书馆隔街相望。我曾去过无数次看望父亲。我曾经与自己的“真实”姓名擦肩而过，却从来没有想到去获取这个姓名。试想一下，这是多么滑稽的一件事。

当我和埃利塞穿过那道气势恢宏的拱门进入家谱阅览室的时候，彼此都意味深长地瞥了对方一眼，好像在说："我们到了！"我们要求管理员让我们看那两本囊括纽约一九六八年所有出生记录的特大型图书，他会意地看着我们。这本由纽约市卫生处编纂的档案按字母顺序排列，共分为两册。对于许多已经知道自己姓氏的人，他们只需索要包含他们姓氏的那本即可。而我们却要盲目地寻找关于我们自己现在身份的资料。

埃利塞：我们抬起这两本又大又重的书，一人一本开始分工查找。保拉从A查到K，而我则从L查到最后。在这本官方书籍里，有一处涉及一对双胞胎女婴的情况，她们十月九日出生于斯塔滕岛的里士满县。

保拉和我用不同的方法查找。我从县区一栏开始,查找里士满的"R"，保拉则从出生日期那一栏寻找和我们出生的十月份对应的"十"。如果我们能找到出生地点和日期都吻合的一对婴儿，而不是一个婴儿，就只剩下最后一步，那就是将她们出生证的号码和我们的收养证的号码核对一下。只有那样，我们才能知道我们出生时的姓名。

我思考着这些字母和数字，希望能从中找到微妙的组合。然而，许多条目都没有名字，而只是在"女孩"或"男孩"旁边列出了姓氏。我暗暗祈望我们能找到自己原来的名字，祈望我将有一个好听的本名，诸如伊莎贝拉、伊内兹等。

五小时过去了，我尽力憋着不上洗手间。即使我很想到洗手间，我并没有起身，生怕在我离开的那会儿工夫，保拉会抢先找到我们出生时的姓名。我们应当一同找到我们出生时的姓名，这相当重要。我一整天盯着很小的印刷字体，两眼发干，眼皮也直跳。我们该走了，可保拉还是不停地往下浏览。从她的韧劲来看，她很可能会在我不再寻找之后找到我们原来的姓名。

我们感觉我们之间好像在进行着一场无声的较量，看看谁将率先找到我们的宝藏。

保拉：我们都很清楚，我们的生母是个犹太人，所以我们就浏览加西亚、贺南德泽和维塔雷利等姓氏，之后又转到科恩、斯坦伯格和夏皮罗等姓氏。我默默地祈祷,但愿我们的姓氏不会糟糕到类似“海门”什么的。

我找到丽莎、里拉、朱蒂斯、米歇尔等姓名，还有特拉·伯恩斯坦，但唯独就没有保拉。照出生记录看来，并没有哪个保拉·伯恩斯坦在一九六八年十月九日出生于斯塔滕岛。也就是说在我养父母收养我并给我取名保拉·伯恩斯坦之前，我并不存在。要是他们当时收养了埃利塞或者另外一个婴儿，那么她会成为保拉·伯恩斯坦，而不是我。

亲生子女也许会想：要是我们的父母素未谋面或者没生小孩，那将会怎样？但被收养的孩子们却会有无数个假设的情景。既然我知道了我被收养的各种不同寻常的情形，我可以想象更多可能的结果。

埃利塞和我盲目地来回翻阅了好几个小时，尽可能使自己注意力集中。鲁比才三个月大，前一天晚上几乎通宵都闹腾着没有入睡，我实在太困了，查着查着禁不住打起盹来。图书馆里的空调嗡嗡地响着，像催眠似的，我恍恍惚惚地进入了梦乡。除了早上咖啡奶茶的一点作用外，唯一支撑我保持清醒的就是找到我们生母的希望。

最近，我和杰茜一起看了电影《查理和巧克力工厂》。我一直在等待我们中的一个能够找到一张“金券”。我想象埃利塞和我欢天喜地地跳到一张长长的木桌子上，引吭高歌。

我查出了几个纽约出生的小学同学：劳伦、珍妮佛、梅莉萨和艾米。不知为什么，她们的名字只是按家族姓氏和父姓列出的，并没有列出母亲姓氏。我非常嫉妒我的这些老朋友。只要想查，她们就能轻易地查到自己的出生档案，而不必像我一样费尽九牛二虎之力去查询成千上万个名字。她们的家庭血缘关系一清二楚，而这对我来说却是一种奢望。

因为两个一致的出生日期不常出现，我每次看到双胞胎就会停下来。马克斯韦尔和马可欣，詹妮和詹姆士，海伦和海雷恩，等等。我搞不明白为什么他们都有这么好听的名字。如果埃利塞和我以双胞胎身份被人抚养，我们会不会也有押头韵的名字呢？我们的父母会不会把我们打扮得一样呢？

花了五个小时，查阅了数千份出生档案后，我们只分别查到了F部和R部。

“我估计我们只有下周再来一趟才能查完。”埃利塞沮丧地说。

“再多查一页吧，”我说，“我有种感觉，我们的名字说不定什么时候就会蹦出来。我还不准备认输放弃呢。”

就像是大西洋城里乱下赌注的赌客一样，在轮盘上抽数字希望赢大奖，我跳到犹太姓名集中的那些页面，想发现点什么。可惜今天运气不好，什么也没有。埃利塞和我发誓马上回来查完这些档案。

埃利塞：我没有带行李在出租房住了两个月后，终于搬了出去，住进了靠近克林顿山的一幢公寓里。约瑟夫和他男朋友也刚搬到附近。尽管我挺喜欢斜坡公园那儿的和煦夏日，但我还是自然而然地倾向于住在到处都是单身年轻人，思想活跃开放的社区里。另外，我意识到保拉和我都需要各自独立的空间。那时我就想让她留在斜坡公园，自己一个人去克林顿山过逍遥自在的日子。

我在巴黎的公寓面积很小，只有我现在住的一居室公寓的房间那么大。这套公寓很宽敞，属于战后住房合作社所有。我准备在布鲁克林给自己安个家。我拿出玛格里特玻璃杯垫，这是我在布鲁塞尔的一家酒吧喝格里姆伯根啤酒得到的。接着，我把珍爱的电影海报量好准备做个框架。屋里的装潢摆设是我在网上淘旧家具，一点点攒起来的。每一件对我来说都是独一无二，都有自己的故事。据说，一位中年妇女为失去她所爱的装饰品而伤心。这些年来，她保存那些装饰品全是为了她的女儿。可到头来,她女儿根本没兴趣继承她那可怜的遗产。我确实继承了一些宝贝，可那些宝贝根本不值钱。家里给我留下的只有些脏兮兮的银器。这些东西还是我继母的外婆传下来的呢。

把这些东西运回家实在是麻烦。一个好心的出租车司机帮我把一个大木书柜绑上了绳子，可我还是得自己把它背回家。要是我现在住在约瑟夫家和我纽约大家庭的附近，我大概经常会找到帮手的。我知道就像许多初到一个城市的人一样，我只有花钱才有人肯帮忙。谁知打电话找了两个搬运工都不满意，我只能再找第三个。他登在 craigslist.com 网站上题为《有卡车的男人》的广告是这么结尾的:“祝你好运。韦尔斯上。”一个搬运工怎么会有韦尔斯这样的名字呢？我打电话给他，请他周日来搬走那些中看不中用的东西和那台大屏幕电视机。他很好说话，声音听起来像是英语专业学生在和同学聊天。

劳动节前一天，我在大楼的警卫室外和韦尔斯见了面，打了招呼。相视一笑后，我们钻进他的松绿色丰田卡车准备去搬家具。收音机里飘着巴蒂·赫利的悠扬歌声。我们自由自在地谈论音乐，交流在布鲁克林的生活经验。虽然刚从北卡罗来纳搬到这儿不过九个月，可他说起纽约来却和当地人一样熟门熟路。

“你是从哪儿搬来的？”他问我。

“巴黎。”

“啊,很好。我曾在阿讷西住过三个月。”他用温文尔雅的法语回答道。

我遇到了一个乡村来的伙伴。

他的头发像婴儿的那样蓬松，带着淡黄色，皮肤像牛奶一样白。他亮闪闪的绿眸闪烁着智慧的光芒。他曾在德国上学,在塞内加尔当过志愿者。他一边像个搬运工一样到处做兼职，一边在一家媒体企业干一份全职工作。尽管只有二十多岁，但毫无疑问他有着丰富的生活阅历。韦尔斯本来是我雇来帮忙的，可和他待了一段时间，彼此熟悉之后，我几乎忘记付钱这回事了。搬完之后，我给他一听可乐，这样我们可以接着谈下去。

他注意到了我桌上那本关于精神分裂症遗传性的书。尽管我之前对他避而不谈我们进行的调查，我还是挺平静地告诉他，我的生母曾被查出患有精神分裂症。

“我曾祖母也曾在精神疾病中心待过好多年。”他的回答十分平静，好像这是件再平常不过的事情。他把他的电话号码给了我，让我需要他服务的时候好告诉他。可我感觉他这是在想方设法约我出去。晕晕乎乎地和他告别之后，我紧紧地抓住写有他电话的小纸片，生怕它丢了似的。

我很快打了过去，问他能否抽时间一起出去。“好啊！”他的回答很热情。接着我们商量了那晚该怎么过。

我很庆幸，如果是我家人来帮我搬家的话，我就永远见不到我的男朋友了。

一星期后，我们回到了家谱阅览室。保拉和我又重新开始了令人乏味的检索人名和日期的工作。在查到以字母T开头的人名时，我听见保拉合上了书。保拉改进了检索方法，已完成了她那一半的检索任务，排除了我们两人的姓是由以A到K字母开头的可能性。我们继续找下去，查到了沙因和伯恩斯坦，发现我们的名字竟然和我们养父母的名字是一样的，实在是有点讽刺意味。我示意保拉坐在我旁边，让她负责查阅这本书的左边部分。我们如同暹罗的双胞胎一样，同时看着一本书。

虽然我们小心翼翼地检索着名字列表，我仍然担心我们会漏掉或会出错，因为检索时我们不时地停下来小声说话。当保拉指着关于她一些同学的条目时，我一直记着要告诉她关于韦尔斯的事。

“我对他感觉不错，他说我很漂亮。”

“我也听到过这类赞美。”保拉说道。我坐了个鬼脸，强调这句赞美是给我一个人的。

“嘘！”一位坐在长桌尽头的面容憔悴的中年妇女嘀咕道。

“对不起。”我们眨了一下眼睛一同说道，我们尽量忍住不笑。突然之间，保拉和我成了被老师责骂的淘气小女孩。尽管现在我们的检索工作十分严肃，但我们发现现在的气氛要比预期的轻松。

保拉：我已经检索完了我查的这本书，埃利塞还剩下二十二页要检索。不过，一小时后我要去接替保姆照看孩子。我们这次回家是不是又要一无所获呢？

“那么如果，”埃利塞绝望地说道，“如果我们已经漏掉它了呢？那么我们就不得不从第一页重新开始了。”

“别担心，我们会找到它的。”我鼓起勇气激励埃利塞，同时也激励着自己。

我从埃利塞的肩膀上方看下去。当我在里士满县看到“十月九日”，发现“珍”列为第一个名字时，我倒吸了一口气。在条目后面有一段空格，所以过了会儿我才看到“玛丽安”。我指出了这个名字，埃利塞的脸一下子露出喜色。

埃利塞：只有当我往下浏览，看到下面的“玛丽安”名字时，我才意识到这本书我已查阅了一千零五十四页，只剩下二十二页，我们的查阅便告一段落。我们现在知道我们出生时的姓氏叫“维特”，而玛丽安和珍只是我们在寄养家庭的称呼。既然现在它们在出生登记册上写着，这个名字肯定是我们亲生母亲给我们取的，而不是像我们想象的那样是由我们寄养养母取的。

可是，有关我们亲生父亲名字的一栏是空着的。

也许如果我们见到亲生母亲，她会告诉我们亲生父亲的身份。无论如何，获悉我们亲生母亲的姓使我们离找到我们的亲生母亲又近了一步。

保拉：我不明白为何我们的亲生母亲把我们取名为珍和玛丽安。也许她给我们起这两个名字是为了纪念她所失去的亲人吧。我盯着“珍·维特”这个名字看，希望它能为我揭示更多的信息。当我想到三十六年前被一位公务员打印在一本书上的名字竟然指的是我时，我不由得感到奇怪。这个名字听上去不是那么有犹太味，但多少和犹太还是有点关联。“珍·维特”不由让人想到二十世纪四十年代迷人的电影明星或是夜总会的女民谣歌手形象。

在我出生后的头五个月里，我叫珍·维特。在我的养父母领养我之后，我被改名为保拉·伯恩斯坦。在我三十一岁时，我嫁给了艾弗，在法律上采用了他的姓，成了保拉·奥尔金。所以现在，我既叫伯恩斯坦，又叫奥尔金，还叫维特。虽然每个名字所指的都是同一个人，但不同的名字对我来说有着不同的意义。保拉·伯恩斯坦表明我是养父母的女儿，它代表着我的童年；保拉·奥尔金表明我是艾弗的妻子，杰西和鲁比的母亲，它代表着我的成年。

珍·维特是我子虚乌有的身份，我从没有经历过那段岁月。

埃利塞：我坐在图书馆里，热泪盈眶。自从我两年前开始寻找我的亲生父母以来，我从没有想到过我能够自己找到他们。我想拥抱保拉，因为是她帮我来到了这里，也为了我们早已分享过的一切，然而她似乎把这份经历放在了心里。尽管我们已经走得很近，我仍不敢看透她的内心。

“珍这个名字听上去犹太味并不重。”保拉说道。因为我们知道我们的养母是爱尔兰人，大概是天主教的，所以我们推测她为我们选择了两个带有基督教味道的名字。

我过去可能是玛丽安·维特。这个名字让人联想到曼哈顿上东区的豪华住宅和学费昂贵的私立学校教育。

那天晚上，我在因特网上查找玛丽安和珍这两个名字的起源时，我很高兴地发现玛丽安是一个中世纪的法国名字。

"维特。"我不断地对自己说着，想要习惯这种发音。这个名字没有一点内涵，维特是那些爱丽丝岛上人名的缩写吗？比如，维特斯基。这是一个波兰或者俄罗斯名字吗？我过去常常想象我大学时代的男友亚图和我因为我们的祖先，即比邻而居的犹太人和天主教家庭而联系在一起。他们曾经在华沙和睦生活着。

"我们是维特家族的后代。"我自言自语地说道，就像声称拥有合法遗产的公主那样自豪。

保拉：我对调查工作非常投入，一到家就马不停蹄地继续寻找亲生母亲的下落。我为孩子准备好了吃的，开始上网。因我们从路易斯·威斯公司提供给我们的非公开资料中，得知我们生母的兄弟及其父亲都是律师。于是，我在网上寻找姓"维特"的所有男律师。

我找到了一个叫马科斯·维特的律师，他的儿子也是一名律师。根据我们的收养档案，当我们出生时，我们的外公大约六十五岁。而马科斯·维特是一九零三年出生的，正好符合这一点。我找到一些姓维特并且在那段时间出生的律师，但没有一个人的儿子也是律师的。这似乎太巧了。然而，马科斯的讣告没有提到他有一个女儿。或许这个家庭否认有这个女儿，或者感到非常羞耻，不愿意将一个麻烦不断的女儿视为家庭成员，也许她已经死了。

他的儿子，大卫·维特，出生于一九三六年，比我们的生母大三岁，是马科斯·维特唯一幸存的后人了。难道他就是路易斯·威斯公司提到的哥哥吗？

当我查到网上介绍马科斯·维特是位共产党领导人时，我不禁兴奋起来，他有可能就是我的外公。他的父母是从俄国移民到曼哈顿西部移民区的。马科斯·维特从纽约大学毕业以后，靠着自己开出租车，读完了哈佛大学法学院。我在大学期间，就曾经和一个共产主义青年革命者谈过恋爱，还创办了一份左翼报纸。大二时，我为了反对学校在南非投资，帮忙建造了一个小棚子，并且在里面过夜。我的父母开玩笑说："犹太人总要跟共产党挂点钩。"埃利塞告诉我她还在布拉格的时候，就已经是一名工人阶级坚定的支持者了，她还看过爱玛·戈德曼的自传。也许，我们正是从外公那里继承了自由主义倾向和正义感吧。

当我告诉埃利塞有关马科斯·维特的情况后，她说："这样的话，我们虽然有一个患有精神分裂症的生母，但是至少我们可能有不错的舅舅或者外公！"

我们已经非常熟悉查阅的流程，在第三次到纽约公共图书馆族谱阅览室时，我们很轻松地找到了一九三九年的登记簿。我们相信生母的名字就在这册发霉的书里，满怀信心地打开了这本书。因为埃利塞和我都是在纽约出生的，所以我们天真地认为生母也是在那里出生。

我们是在一九六八年十月份出生的，那个时候我们的生母还不满二十九岁，所以她一定是在一九三九年下半年出生的。海伦·维特、玛格丽特·维特和玛克辛·维特都是在一九三九年秋天出生的，但是光知道她们的名字，也不可能确定谁才最可能是我们的生母。接着我们又想到我们甚至连我们生母在哪个区出生都不知道，或者，她就是出生在纽约。

也许是因为想宣泄一下，我在一九三七年的记录里面查找了"玛里琳·维尼可夫"。我竟然找到了我养母的名字，我非常欣慰。如今，不管我是否能找到生母的名字，我已经有一位妈妈了，她一直默默地在背后支持我寻找自己的出身。即使没有证据表明"保拉·伯恩斯坦"是在一九六八年十月九日出生的，但看到这本脏乎乎的旧书印有妈妈的名字，我也得到了一丝慰藉。

在一个清新的秋日下午，我在豆芽幼儿园外等杰茜放学，突然手机响了。我以为是艾弗要告诉我今晚晚餐的安排。我兴奋地接起电话说："嘿！"

"你好。"说话的声音很深沉。我花了好一阵才反应过来，这是纽伯博士。虽然埃利塞和我已经又给他发了信息，但我们没想到他会回复。其他孩子的母亲都在安排游玩的时间，而我却在小声地同这位受人尊敬的精神病学家交谈着，他最后告诉我他能够见我们。

我和埃利塞打算在十二月份去他的公寓见他，离现在还有好几个月。我希望那时他不要改变主意或是去世了。因为纽伯博士已经九十多岁了，所以这并不是不可能的。

埃利塞："重归。"犹太教圣歌唱道。对我来说，秋天和犹太新年一样象征着开始。在斜坡公园的犹太教集会上，我看到杰茜冲上台加入了罗什·哈莎娜儿童服务队，心里感到非常骄傲。我怀抱着鲁比，给保拉当了一天的非正式保姆，我心满意足。接着，人群开始唱了起来："回归自我，回归所在，回归到你出生的地方，回归到你灵魂的土地。"

第十七章

埃利塞：韦尔斯上班后，我还在床上磨蹭，这时我接到了一个电话。是杰梅打来的，她开门见山地说道："你要坚强。"我忍着不马上挂电话。

要坚强？父亲一定出事了，要不然，他会在路上打电话给我的。他正驱车带着泰勒去北卡罗来纳州威尔明顿，泰勒将和一些不沾毒品的朋友们在那里一起生活。他已经二十岁了，他要在那边的镇上重新开始他的生活。

"不，我坚强不起来。"我一边对杰梅说，一边想象着父亲正奄奄一息躺在高速公路旁。

"泰勒出事了，"电话那头传来杰梅的声音，"他正在急救室。他服用毒品过量。"

尽管有了最坏的打算，我心里还是感到揪心的疼痛。我挂了电话，如往常般地打电话给保拉和韦尔斯。

"我不知道泰勒是否能逃过这一劫。"我麻木地跟保拉说。

"他会好的。"保拉这样回答道，试图安慰我。但我感觉到这次不一样。这个小男孩已多次谎报自己的真实处境。

这么多年来，我一直为泰勒吸毒上瘾一事责怪父母。他们不应该过分溺爱他，不应该送他上军校，而是应该把他送到旧金山，和我一起生活。这样我就能保护他了。他们也应该早点告诉泰勒他的亲生母亲是谁。如今既然最坏的事情发生了，一想到我要冲到父母那里支持他们，责备父母的情绪也就随之烟消云散了。收养泰勒是我们全家共同的决定，我们要齐心协力渡过这个难关。

我订好机票，在公寓里忙得团团转，把必须要用到的东西扔进行李箱，然后套上了件黑色衬衫，怕是要有一场葬礼。

这一切本不应该发生的。他就像我的弟弟，我的儿子一般。我忍不住想我要是能多做点什么，多说些什么，这场噩梦就不会发生。我们想让他融入我们的生活，是不是错了？倘若泰勒被一家无亲无故的人领养，一生都不遇见我们，一生都不知道他亲生父母的消息，会不会更好？

在拉雷杜汉机场的酒吧里，我喝下了双份的威士忌，做好了面对从达拉斯飞来的托妮的准备。我走到威尔明顿的接机口，托妮正缩在座位上，满怀期待地望着我。

“护士说他的大脑已经停止活动了。”我平静地说，如同在背诵一段晚间新闻。在登上从纽约起飞的航班前，我收到了医院最新的诊断报告。托妮用手捂住了脸。在飞往威尔明顿的中转航班上，这是一家双引擎的小型喷气式飞机，我们都哭了，手紧紧地握在一起。经历这场悲剧，我和托妮的心更贴近了。但是代价是多么沉重啊！

在心脏病重症监护病房前，爸爸妈妈笼罩在一片白蒙蒙的荧光里，相拥而泣。我感到孤独惆怅，寂寞万分，迈着轻轻的步子走向他们。

我们领养泰勒那年，我十六岁。我告诉朋友们，是泰勒教会我怎样去爱人。我骄傲地宣布，为了他，我甚至可以斩断手臂，以此证明我对他无尽的疼爱。但是，泰勒内心深处始终觉得我们爱他爱得不够。现在，我明白，我再也无力帮助他了。

泰勒躺在轮床上，胸脯随着输气管不停地灌输氧气而平缓地起伏。他看上去似乎只是睡着了。护士们一直在等我们来，征得我们的同意后，她们便会拔出输气管。

爸爸妈妈无法面对已经变成了一具空壳的泰勒。但是我必须最后再看看他。他出生的时候，我就是在旁边看着他的。现在，他要离开这个世界了，我想让他走得平静安详。

第二天，安排了遗体运回俄克拉荷马州的事宜后，我和父母便逃也似的连夜驱车赶往杜兰特。黎明时分，我们到了目的地，忙不迭地赶去灵堂，以确保明天泰勒的讣文能上报。遗照该选哪张？棺木要挑哪口？土葬还是火化？一时间，我满脑子纠缠的都是这些问题，让人忧心忡忡。

尽管所有的双胞胎研究都涉及遗传学，我却感到，环境的压力迫使我养成了一种坚忍的性格。机缘巧合，保拉幸免于难，但我依然很难想象她要如何面对这场悲剧。正如我们有相似之处，我们也存在着巨大的差异，这些都不是数据能衡量的。

自我告知保拉泰勒的噩耗以来，她一直给我的语音信箱留言，安慰我体恤我，但我一直提不起精神回复她。我已经被痛苦麻痹了，连话都说不出来。葬礼之后我回到父母的家，亲朋好友都来吊唁，屋子里挤满了人，我只能寻个僻静的角落给保拉打电话。我艰难地挤出话来，慢慢地诉说几天来发生的事。在葬礼上看到泰勒是何种滋味，摆出笑脸迎接访客是何感觉，怎样安慰失去了唯一爱子的哥哥，如何安慰失去了唯一孙子的双亲。

我似乎能听到保拉在凝神静听我的喃喃低语。她的同情溢于言表。“我真想抱抱你。”她说。而后保拉道：“我爱你。”这是我们相见以来她第一次这么说，我能感觉到话里的真诚。

“真希望你能和他见上一面。”我说。

“我也想。”

保拉：去哀悼一个根本不认识的人，这很不可思议吧。从埃利塞那听了那么多关于泰勒的事之后，我本想我们终能见面的，但现在却再也不可能了。

“要是我和埃利塞没有团聚，我真担心她现在过得怎么样。”告诉艾弗泰勒的死讯时，我说道。虽然我的家人无法弥补泰勒的死，但或许能减轻埃利塞的痛苦。

埃利塞失去的太多。现在泰勒也走了，她每天早晨孤零零地起床会是什么感觉？但与其说我同情她，她作为一个幸存者更引起我的敬佩。事实上，我更感到内疚，因为她是双胞胎中注定要承受痛苦的那一个。如果可能的话，我真希望能分担她的痛苦。泰勒的死让我们之间的不愉快也烟消云散了，她是我的孪生妹妹，我爱她。

我原本想飞去参加泰勒的葬礼，这样我可以陪在埃利塞身边，但最终还是作罢。我担心自己去了俄克拉荷马州会让埃利塞应接不暇。她会觉得应该介绍我和她的亲朋好友认识，而我非常不希望“双胞胎团圆的场面”给泰勒的葬礼蒙上阴影。

只要一想到埃利塞正处于悲痛中，我便无心做其他事情，于是我决定把我们已进行的调查接着做下去。我要追踪芭芭拉·米勒，路易斯·威斯公司收养后续服务处的前任主任，一九八七年我曾见过她。我想知道她是否记得我们的会面，能不能对这项双胞胎研究给出进一步的说明。

曼哈顿的电话簿里有十一个芭芭拉，而我甚至不确定她是不是还健在，也不知道她住在哪里。我曾找过她三次，三次都失败了，我几乎已经准备放弃寻找她了。我做了最后一次尝试，功夫不负有心人，我找到了她！

“我是在路易斯·威斯公司被领养的，这是一件让人幸福的事。”之所以这样说，是为了让米勒女士放心，打电话给她不是和她争论。“在念大学的时候，我索要非公开资料，然后我就遇见了你。你当时并没有告诉我我的生母患有精神疾病，还有我是双胞胎。”

米勒女士对于我们的会面毫无印象。

“你当时为何不告诉我，我的生母被诊断患有精神分裂症？”我问道。

根据米勒女士所言，当时路易斯·威斯服务公司的代理律师并没有将一九八三年的法律条款告诉那里的社工，那条法案规定：关于被收养者血亲家庭的所有医学资料必须得公开。

“我只是一个雇员，制定政策并不是我的职责。”米勒女士回答道。对此我深感怀疑。作为一名曼哈顿顶尖领养机构里的社工，她怎么可能忽视这个会对自己工作产生影响的重要法律呢？

“我认为自己没有做错。”米勒女士急切地说道。

“我并不是在评价你当时所做的决定，也没有想指责你。只是出于好奇：当面前坐着一个迫切想知道答案的年轻女孩，但自己却没有说出事实上她是孪生的，并且生母还患有精神疾病这个真相。这是怎么一种感受？”

米勒女士顿时无言以对，她似乎在思考我抛出的问题。

“当一对夫妇去路易斯·威斯服务公司领养孩子时，”米勒女士解释道，“他们会例行地被问道，是否介意孩子有精神疾病的家族病史。他们只有不介意才会被纳入收养具有‘可疑’病史儿童的考虑名单。”

“你的意思是想说，这是我父母的过错？假设他们被问及对于精神疾病的看法，虽然对此我并不能肯定，但他们一定不知道自己正接受特殊的考核。这种考核的目的是为了看看他们能否抚养一个可能会成为精神病患者的孩子。而他们当时只会觉得这是一个假设性的问题。”

米勒女士解释说，路易斯·威斯公司会告知前去的夫妇，收养子女存在很多不确定因素。“只有一些非常特别的夫妇才会真正爱不是自己亲生的孩子。如此看来，你的父母在这方面做得很好。”她说道。

“他们的确如此。”我肯定地对她说道。当听到楼上传来鲁比的号啕哭声时，我意识到自己该去做正事了——自己早该去替换保姆了。于是在谢过米勒女士后，我挂了电话。

那天晚上很晚的时候，我给父母打了电话。他们也记不得当时在路易斯·威斯公司是不是有人问过他们会不会介意收养一个有家族精神病史的孩子。

“我倒记得有人问过，是否会介意领养一个残疾儿童，当时我们都觉得自己会介意这样的事情。”母亲回忆道，“他们还问：‘如果一个孩子在领养后得了残疾或是患了什么病，会不会介意？’然后我回答说：‘那情况就不同了，因为他们已经是自己的孩子了。’”

父母当时全然不知，他们对这个特别问题的回答可能会导致领回一个“不明病史”的孩子。

埃利塞：自从最后一批哀悼者离开父母家后，那里就萦绕着一股死亡般的气氛。“如果你碰上什么事情，我们希望你自己来决定我们能为你做些什么。”父母这样对我说。保拉曾经一直说,她觉得自己应该对我负责任，因为我过去都是靠自己。现在，泰勒去世了，父母也已到中年，我觉得自己要是立遗嘱，保拉就是那个我想让她去宣布遗嘱的人。

告别父母，离开了在俄克拉荷马州的家让我觉得异常悲伤，但令人感到宽慰的是：至少自己在纽约还有一个家可回。

第十八章

保拉： 初雪降临，布鲁克林的人行道泥泞不堪。杰茜很兴奋，看到水洼就踩，不过我们要先给她买双冬天穿的靴子。我是在西风景公园的一家童鞋店接到犹太家庭及儿童服务理事会的希勒尔·赫士宾的电话的。我和他说“现在不方便接电话，能不能等会儿给你打过去”，但是他却告诉我一个坏消息。在我和埃利塞被收养之前，儿童发展中心不再将我们作为双胞胎研究项目的研究对象，犹太家庭及儿童服务理事会于是认定耶鲁大学档案处肯定没有我们的资料，这样他们再次拒绝我们调阅档案。

我们要修改一下游戏方案了。只要我们能与其他被分开的双胞胎和三胞胎合作，犹太家庭及儿童服务理事会就不能再搪塞我们了。双胞胎研究的其他研究对象也很想知道这项研究的目的。我们寄出了一份最新申请，该申请由这些双胞胎和三胞胎签名，要求与犹太家庭及儿童服务理事会交涉。之后，埃利塞和我终于要在这周和纽伯博士见一面。

在和纽伯会面的那天早晨，我和埃利塞在地铁站台会合。我提醒她：“就算我们再生气，也必须要表现得热诚。”我们也尽量不要向他透露个人信息，否则他现在就可以“研究”我们了，这正中他的下怀。

“我会装得很酷。我很想对他大吼大叫，不过我向你保证，我会规矩的。”埃利塞说道。

“他肯定会很恼火，所以我们尽量不要惹他。说不定他会把我们骗到他的公寓，绑架我们然后给我们洗脑。”我轻描淡写地说。

“以防万一，我早就告诉韦尔斯我今天要去哪里了。”埃利塞一说，我们都咯咯地笑了。

三个身着制服的门卫迎接我和埃利塞，我甚至还期待他们向我们敬礼。不过，他们只把我们领到了纽伯博士这间曼哈顿上东区寓所的豪华休息室。站在博士家的门外，我们深深吸了一口气，准备着等会儿怎么对付我们的敌人。这时纽伯博士打开了门，热情地微笑着，招呼我们进去。

当他听我们说起埃利塞最近从巴黎搬到了纽约，他就改用法语和她攀谈起来。埃利塞告诉他她住在蒙帕纳斯的高档住宅区，纽伯博士惊讶不已。从他在电话里唐突无礼的反应，我们以为他会恶意粗暴地对待我们。可从今天的情况来看却恰恰相反，他非常和蔼可亲，倒像是一个失散多年的叔伯请我们喝下午茶。

纽伯博士黑漆漆的公寓大得像个洞穴，很容易迷路。他领我们穿过一个由精致的鸟类绘画装饰的大厅后，带我们来到他以前做心理咨询的客厅。我和埃利塞坐在他的对面，我们周围堆满了有关诗歌、心理学和文学方面的书籍。纽伯博士穿着黄褐色的灯芯绒裤子，黑色的毛衣，坐在破旧的沙发里。他摘下金属框的眼镜，示意我们可以开始提问了。

在我们提出第一个问题之前，纽伯博士拿出了一本笔记本，开始记笔记。他移开桌子，看上去倒像是要采访我们。他问我们为什么来找他，我们只能把那老生常谈的故事再和他讲一遍。

“我从来没想过要去找我的亲生父母，但是当我知道我有一个双胞胎妹妹的时候，一切都变了，我们总是一家人啊。”我说。

“我问过路易斯·威斯公司为什么要把我们分开，他们告诉我这是为了一项研究。”埃利塞补充道，“你知道为什么后来我们又没有卷入这个计划？”

纽伯博士承认，负责这项研究的儿童发展中心组织当时的确来找过我们，但由于我们两姐妹体重上有差异，儿童发展中心就没有接受我们。

我比埃利塞早四个月被人收养，所以研究结果一定走样。纽伯博士还说，九个月大的时候，寄养家庭已经对埃利塞产生很大的影响，那时再比较我和她就没有意义了。

每当埃利塞或者我问及纽伯博士和其他研究人员做这个项目究竟为了什么，他就摘下眼镜，慌张地看着我们，接着，吞吞吐吐地说，这个研究项目是为了确定究竟是什么决定了每一个人各自的身份。先天基因和后天环境哪个对人的影响更大?

纽伯又解释道，当时维奥拉·伯纳德坚信双胞胎没有得到父母充分的关注。既然路易斯·威斯公司可以把那些兄弟姐妹分开，我们为什么不可以把双胞胎也分开呢?

纽伯博士颇为骄傲地说，儿童发展中心的研究是跟踪调查那些一出生就被分开抚养的双胞胎，而这是从来没有人做过的。他坚持说，研究并非是双胞胎被分开的目的。

“研究进展如何了？”我问道。

刚开始，研究人员每两个月去这些双胞胎的家里调查，之后每四个月去一次。每次上门走访，他们会对这些双胞胎和三胞胎进行测试、拍照甚至录像。

为什么研究内容从未公开发表过？纽伯博士说要是让双胞胎看到这些内容的话，会对他们造成伤害，因为他们许多人都不知道自己是双胞胎。颇具讽刺意味的是，他居然口口声声说是在保护我们这些人。

“对于像我们这样已经知道这个研究的人呢？”我问道，“如果你能帮我们得到那些资料，我们愿意签署法律文件，承诺我们不会泄露机密信息。”

纽伯博士说看了这些数据会对人造成伤害的。

“对谁造成伤害呢？”我问道，可他拒绝回答。虽然纽伯博士不愿直截了当地回答我们的问题，但他暗示当时研究人员在研究如何使孩子和养母更好地组合。同时，他们计划跟踪双胞胎的成长轨迹，想知道收养的经历是如何成为孩子负担的。

“那么，当时你想研究不同母亲的养育方法会对孩子有何影响？”埃利塞问道。纽伯博士表示认同地点点头。

“我很想知道你得出了什么结论。”我说道。

“我肯定你很想知道。”他一边说一边邪恶地笑着。

我不屑一顾，继续问道：“那么，维奥拉·伯纳德主张分开双胞胎有利的理论是正确的吗？”

他承认，如果她活到今天不会再有这样的想法。

“那你认同她的理论吗？”

纽伯博士不愿回答，只是再次提醒我们，他与维奥拉·伯纳德决定分开双胞胎一事毫无瓜葛。

“当然,她的理论是否行得通,你有你的看法。”我说着,催促着他回答。

纽伯博士告诉我，如果当时他认为她所做的事情是对的，他就不可能不参与其中。

埃利塞：“那你是否知道路易斯·威斯公司的方案是要把双胞胎分开的？当时肯定再也找不到第二家机构支持这种做法了。”我说道。

“人们可以分开收养兄弟姐妹，”纽伯博士说道，“换成是双胞胎，又有什么区别呢？”

“可是双胞胎不一样，他们之间有种特殊的联系。”我说道，“我不敢肯定有没有碰到我的兄弟姐妹，如果是我的同父异母或同母异父的兄弟姐妹，我就更不能确定了。但如果是同卵双胞胎，我们就不能否认这种特殊联系的重要性。”

接着，纽伯博士回忆起他当时找到了一家天主教的收养机构，问他们是否愿意把双胞胎分隔两地抚养。修女当场就拒绝了，说道：“上帝赐予我们时是成双成对的，我们没有理由把他们分开。”纽伯博士就反问她，那母亲和孩子之间的联系比起双胞胎间的联系就不那么神圣了？

保拉和我不大认同这一比较。收养机构并不是故意将母亲和孩子分开的，而是由于情势所迫。不管如何，正如纽伯博士所说的，他似乎承认了他曾经主动地挑选双胞胎进行研究，而不是被动地研究被分开抚养的双胞胎。

“既然我们没有对你们进行研究，那你们为何在乎我们做了些什么？”纽伯博士问道。

“因为你拿我的一生开玩笑，而且采用各种方法改变了我的生活。”我说道。

“知道自己第一次微笑是在五个月大或六个月大的时候，这又有什么意义呢？”纽伯博士问道。

“这会让我知道自己那时是不是得到了精心照顾，是不是有人好好地爱我。”我轻声地说道。纽伯博士沉默无语。

“在调查过程中，我们发现大多数被分开抚养的双胞胎都有家族精神病史，”我说道，“保拉和我都得过抑郁症。你当时在研究精神疾病的遗传性。”我自信地说道，仿佛是在陈述，而不是在提问。

纽伯博士告诉我他不想再讨论这项双胞胎研究，这时我注意到他在假笑。我似乎触动了他的神经。

纽伯博士与我们换了座位，开始向我们提问。我们多大年纪时抑郁症发作。我们可能同时得抑郁症，他似乎对此很兴奋。

“要找到父母遗弃，被人收养，亲生父亲或母亲患有精神病的犹太双胞胎，并非易事。”我说道，想让他回答。

“的确如此。”纽伯博士答道。太棒了！纽伯博士委婉地承认了我们的预感是对的。尽管这项双胞胎研究的最终目标是论证先天因素和后天环境的影响，但是心理学家也对精神疾病的遗传性感兴趣。

我问他：“观察儿童被分开后各自的反应，也是这项研究的目的吗？”

“是的。”他解释说，他们研究内容的一部分就是观察儿童在分开后被安置在新环境时的反应。我想，如果我能让他研究的那些抽象的双胞胎对象都站到他的面前来，或许他会意识到他所造成的伤害吧。

“我得抑郁症，有没有可能是因为我经历了几次与亲人分离的变故？我先是失去了亲生母亲，然后失去双胞胎姐姐，最后还失去了寄养母亲。”我问道。

纽伯博士说这也是他和儿童发展中心的同事们正努力回答的问题：一个生命最初阶段的遭遇到底会对往后的发展造成什么影响呢？

纽伯博士可能是想对我们做进一步解释，于是又提到有名的儿童心理分析专家梅兰妮·克雷恩。梅兰妮·克雷恩的研究以西格蒙德·弗洛伊德理论为依据。不同的是，弗洛伊德的心理分析理论源自于他对成人进行的研究，而克雷恩则试图通过分析儿童玩耍的过程得到结论，以便将研究结果应用于医学治疗。

我想知道纽伯博士现在在哪所学校工作，所以假装不经意地问他都在哪些学校做过研究。他回答说，先在维也纳工作，后来去了瑞士，在那里跟着有名的心理分析专家、提出“精神分裂症”概念的尤根·布洛伊勒。事实上，布洛伊勒跟弗洛伊德和杨是同一时代的人，他也只是介绍过“精神分裂”这一概念。他将“Schizo”(分裂)和“Phrene”(大脑)这些希腊词结合成一个术语，这个术语是指以前称为过早性痴呆的精神疾病，不像以前那样具有贬义。大多数人认为精神分裂症是由于大脑受到不可逆转的损伤所引起的，然而，布洛伊勒并不这样认为。

在谈起精神分裂症这一话题后，纽伯博士说的话变得就像密码一样难懂。我想，这是否意味着这个计划是为了证明精神分裂症的遗传性呢？

有一点很让人吃惊。虽然纽伯博士是西格蒙德·弗洛伊德档案处的负责人，但是他和弗洛伊德不一样。他并不认为儿童时期的心理创伤会对日后发展有很大影响。

“这个研究从未公布于众。你对此感到满意吗？”保拉问道。

纽伯满怀期待地说，他很希望这个研究能够公开。

“那你为什么不借这个机会告诉大家真相，并且消除人们的错误观念呢？”

自从一九八零年三胞胎研究的事情被公开后，媒体就一直在试图挖掘有关他的消息。因此，纽伯博士对于这项研究公布后可能在公众中产生的负面反应非常小心。

他看起来很希望我们能够留下来多聊聊。但是，我们不想再谈其他情况，而他显然也不会披露更多的信息了。我们于是告辞。把我们送到门口的时候，纽伯停了下来，仔细地将我和保拉打量了一番，好像是第一次见面似的。他说我们的骨架很相似，但是保拉的肤色比我的要浅一些。他默默地看着我们，又让我转向保拉。那一刻，我以为他会拥抱我们。但是，他只是帮我们穿上外套，说他很抱歉没有请我们吃维也纳蛋糕。“要不然下次吧。”我说道，这时门在我们身后关上了。

坐在开往布鲁克林的列车的六号车厢，我和保拉仔细回味着刚才发生的一切。虽然我们做了一件极其重要的事情，也就是证实了我们对目前这项研究的目的的推测。这整项研究之所以令人恼火，并不是因为研究人员的所作所为，而是因为这些研究人员竟然比我们自己还要了解我们小时候的情况！而且，他们竟然傲慢专横地向别人隐瞒这些情况。

我们终于找到了这个秘密的答案——这个秘密有一种神秘的力量左右着我们的生活。事实上纽伯并没有做出任何让步，但是我们却觉得自己变得强大起来。这好比我们刚刚赢得了一场胜利——仿佛我们把自己生活中曾经受到别人摆布并永远封锁起来的部分收了回来。保拉和我认为，如果再得到一些问题的答案，我们就可以找到结论。

第十九章

埃利塞：我和保拉自相认起，就一直关注着卷入研究的其他双胞胎的命运。除了萨拉、吉尔和那对之前提到的三胞胎，还有三对下落不明的双胞胎，他们甚至从来都不知道在这个世界上还有一个自己的双胞胎姐妹或兄弟。

最近我和保拉才了解到这三对双胞胎中的一对——道格和豪伊的情况。一九九九年，即他们重逢的那一年，他们三十六岁。在马萨诸塞州我打电话给道格，向他讲述了我的身世和他相似。之后，他真诚地向我诉说了他是如何发现自己的双胞胎兄弟的。巧合的是，一九九七年他和双胞胎兄弟大约在同一时间与路易斯·威斯公司联系，要求提供非公开资料。不过，道格做事拖沓，没有将签好名的申请表寄给路易斯·威斯公司，而豪伊却及时递交了表格。凯瑟琳·博拉斯在第一时间通知豪伊，他有一个双胞胎兄弟。

在苦苦等待道格再次联系路易斯·威斯公司两年之后，豪伊渴望与自己的孪生兄弟重逢。他恳求凯瑟琳同意让自己亲自去寻找道格。就在凯瑟琳告诉他这个消息时，道格正开着卡车来路易斯·威斯公司的路上。“那一刻，我兴奋极了。”

在电话里，这对孪生兄弟发现了彼此一些惊人的相似之处。“我俩几乎拥有着相同的大学经历。听豪伊说着他的经历，我不住地点头说：‘我知道。’”结果他们两人是在同一年遇到了自己的妻子，在同一年结婚，在同一个时间当上了爸爸。他们在纽约长大，收养他们的家庭有着差不多的社会经济地位，并且他们都有一个比自己大三岁的姐姐。

然而，很快他们就发现了彼此之间的一些显著差异。虽然基因因素可以解释双胞胎之间身高方面百分之九十的个体差异，但道格身高六点二英尺，豪伊只有五点一英尺。道格体重一百九十五磅，而豪伊只有一百六十五磅。我们可以这样来解释体重上的差异，即在三十八岁之后双胞胎的体重差异开始增加，而基因对体重的影响随着年龄的增长越来越小。

“有人曾对我的养父母说：‘你们必须要参加一项关于儿童成长的研究。这是领养过程的一个环节。’”据道格回忆，他的家人在不知情的情况下参加了纽伯的双胞胎研究项目，而且从来都没有机会同时收养两个男孩，他们为此感到非常难过。道格还依稀记得有心理学家上门拍摄下他玩耍时的情景。

道格问我是否想要找到亲生母亲，我给了他我一贯的想法：“我们不想打扰她的生活，但是我们肯定要知道她是谁。你怎么想呢？”

“她在路易斯·威斯公司留了信给我们，我们只需要登记索要个人公开信息就可以与她取得联系。但是，我很矛盾要不要去找她。”虽然道格很高兴与豪伊重逢，但即使是这样，他还是无法确定自己是否想要与亲生父母家庭的其他人见面。

“这样的结果不会让我感到不安，因为我过得很好。我只是觉得被剥夺了些什么。”当我问他是否总会想着他失散的双胞胎兄弟，他回答道。和保拉的感受不同，道格对自己先被豪伊找到没有任何的疑虑。

保拉：“道格是被他的兄弟先找到的，他对此没有不悦并很快地接受了豪伊。”这是埃利塞打电话向我讲述她谈话内容时说的。

“每个人在遇到这种事情的时候反应都会不同。你无法预测如果我先找到你，你会有什么感受。”我小心翼翼地对埃利塞说。我能感觉到她对我的反应有点不满。因为我没能像道格那样表现。

我承认：“如果是我先知道你的存在，我也会努力去找你的，”我附和道，“但是现在我无法改变我的想法。”

我花了整整两年的时间才能鼓起勇气向埃利塞坦白我最初的感受，告诉她我对我们之间关系的疑虑。现在我们之间关系比以前亲密，我觉得必须消除我们之间的些许误会。

“还记得我们在巴黎的时候，你对我说，唯一会伤害你的就是我根本不想与你联系。其实，那个时候我没有说实话，因为我不想伤害你，但是我的第一反应就是‘你胡说什么呢’。”

“真的吗？”埃利塞温柔地问道，“为什么呢？”

“我们当时沟通起来很辛苦，我不确定我的生活中需要你的存在。”我试探性地说，“我只是想我们可能一年只见一次面，偶尔发发邮件。”

“我很震惊，”埃利塞说，“当时我不知道我们的关系将会如何发展，但我从未想过要把你排除在我的生活之外。我更无法相信在我们通过邮件、电话沟通四个月后，你还会有那样的想法。”

“我的生活好不容易安定下来了。我不想要寻求任何其他的东西。”我说，“我承认有时我对发生的一切很兴奋，但有时我只想过回我原来的生活。”

从一开始，埃利塞只是想当然地以为我们是双胞胎，我们就应该亲密无间。可是对于我而言，这并不是顺其自然的事。虽然我们有着相同的 DNA，但当我去巴黎拜访埃利塞时，她对于我而言，仍然是个陌生人。可是想要把她和我今后的生活捆绑在一起的想法最后还是占了上风。我的这种感觉想必也会让她得到安慰吧。

“我不会再这样想了，”我很肯定地对埃利塞说，“现在我很高兴你已经融入了我的生活。我想你对于我而言，是一个无比重要的人，是一个很特别的人。自从你搬来纽约，我开始慢慢了解你，尊重你。我想现在我可以发自内心地承认，埃利塞，我爱你！”

可是，无论我怎么努力解释，埃利塞始终无法理解我曾经想要和她断绝来往的念头。如果我是她，知道这一切，我也会感到困惑，受到伤害的。

埃利塞：我知道保拉在被我找到时的心情很矛盾。但我还是很震惊。过去，她的感觉可能是混乱的，但她的行动恰恰体现了她对于我们关系的兴趣。她把女儿的照片寄给我，并把我介绍给她的家人，让我觉得她在邀请我。之后她也热情地给我写信。这一切都让我相信我对她说的一切并没有让她感到恐惧。在邮件里，保拉写道，一看到我的照片，她就有种似曾相识的感觉，在邮件最后的落款她也写得很亲切，“想念你的”或是“我亲爱的”。

这样，我并没有多想和保拉关系的发展。如果我知道保拉当时并不想那样做，我也就不会继续发展和她的关系。我说过要与她分享未来的生活。就因为我曾经对她的这个承诺，现在我竟感觉自己像是一个被遗弃的情人。

我始终无法理解保拉对我的坦白。但当我听到她说，她不再对我有这样或那样不真实的感觉时，当她说她爱我、接受我时，她的话化解了我的伤痛。我才意识到从一开始我就应该让保拉对我完全坦诚。我很高兴我们的关系又近了一步，她终于可以向我敞开心扉。

保拉：珀尔曼博士是曾经参与纽伯双胞胎研究项目的研究生。自从我们得知他到过我们的寄养家庭来看望我们，我和埃利塞就开始不断地罗列出一系列的问题想要问他。珀尔曼博士是密歇根大学的临床助理教授，现在在纽约度暑假。他答应和我们见面。

珀尔曼博士来到我们事先安排好的见面地点，那是一个朋友在切尔西的公寓。我们就好像是多年没见面的亲戚,我俩礼貌地亲吻了他的脸颊。

“和你上次见到我们的时候相比，我们的变化大吗？”我和珀尔曼博士开玩笑地说。珀尔曼拘谨地笑着。这离他见到我们已经足足有三十七年了。他当然不知道我们会变成啥样。说不定他还担心我们把他带到这里来是为了谴责他当年的行为。

珀尔曼博士，六十多岁，灰白胡子，瘦弱身材。他坐在我们中间的扶手椅上。他和蔼文雅，很快就让我们感到安逸自在。

“你二十八岁看到我们的时候，我们长得怎么样？是不是特别引人注目？”我面带微笑地问他。之后，我们便开始提了一些严肃的问题。

“你还记得我们寄养母亲的有关情况吗？”

遗憾的是，在那么多年之后，珀尔曼博士已经想不起麦高恩太太这个名字了。他也记不起我和埃利塞在寄养家庭里有没有在一起，也想不起当时的情景了。为了唤回他的记忆,我们给他看了一份只有一页纸的报告,那是他当时在观察我们之后写下的,可惜现在,他终究什么也想不起来了。

在被收养期间，我严重营养不良。埃利塞有很长一段时间待在寄养家庭里。我们都很想知道当时研究人员是不是故意不给我们食物和关爱,以此来观察我们的反应。事情真的是那样的吗?

“绝对不会有人剥夺那么小的孩子的食物来观察他们会出现什么反应。他们绝不会如此用心险恶。”珀尔曼博士说。

“噢，我觉得轻松多了！”我大声地喊道。

“我认为不会有人故意这么做，背着双胞胎的养父母将他们分开，不让养父母知道事情的真相。”珀尔曼说。

“那么为什么要进行这项研究呢？”埃利塞问，“你对心理疾病的问题感兴趣？”

“他们本没有想到会这样。因为他们只是想要努力让双胞胎正常成长。”珀尔曼博士解释说。他不仅参与教学也是一位临床医学家。“他们只是想观察不同的外界因素会不会导致孩子在成长过程中产生差异，如不同的育儿方法或养父母性格的差异。”

珀尔曼博士当时只是一个研究生，他可能不像伯纳德博士和纽伯博士那样对精神疾病的遗传性感兴趣。所以我更相信伯纳德博士提供的情况以及我们在纽伯博士档案中获得的发现。

“你们跑了一家又一家之后，得出了什么结论？所有的双胞胎之间都很相像吗？”埃利塞问。

“现在我坚信是环境造就人。可是，当时我真的被这些小生命如此相像的外表所震撼。”珀尔曼说道，“那一整年里，我一直在思考你们的性格里有多少是生来就形成的呢？”

告别了珀尔曼博士，我和埃利塞在切尔西的大街上闲逛。我们细细琢磨着和珀尔曼博士的谈话。

“我们一次又一次地听到性格是与生俱来的。但是我们不同的成长背景无疑会对我们的性格造成影响。你说呢？”我问埃利塞。

“当然，我们不同的家庭、各自的朋友和生活经历都会影响到我们。这些怎么可能对我们没有影响呢？正如我们常常说的那样，如果教育对人没有影响，那么人人就都一样了。”埃利塞答道。

“你说得对。即使是生活在一起的同卵双胞胎到头来也还是会有不一样的地方。”

我和埃利塞沿着哈德逊河漫步，我能感受到我们曾经对伯纳德博士和纽伯博士的怒气在渐渐消逝。

“我们还是我们。”埃利塞说。

还有一个严峻的问题摆在我们面前：我们的亲生母亲究竟是谁呢？

第二十章

保拉：“我越来越意识到自己非常希望能够了解到从生母角度讲述的关于我们出生的情况。”埃利塞说道。夏日，阳光明媚。我们沿着风景公园漫步，似乎所有人的心情都不错。

我抬头望着清澈蔚蓝的天空，凝望着太阳，那灼热的光芒刺得我流泪。

“我很想了解我们出生时的情况。说真的……我私底下希望我们的亲生母亲已不在人世。这个想法听起来很可怕，不过倒是可以将事情变得更简单。”我说道，内心有一种犯罪感。

埃利塞一脸茫然地看着我，我试着向她解释。

“你想，如果她不在了，我们就不必担心会打搅她平静的生活，不必担心在我们的生活中能不能给她找个合适的位置。一切都将成为过去。”我说道。

在我的内心深处，我依然无法彻底接受我们亲生母亲还在世上。虽然我很清楚玛里琳·伯恩斯坦并没有给我生命，但我还是固执地认为我是她所生。

在心理学导论的课堂上，认知分歧概念和人们言行不一致的观念让我着迷。此时的我不得不接受这样一个现实，即虽然我一再强调自己没兴趣寻找和自己有血缘关系的人，可是我却在做这件事。当我努力解决这一无法调和的矛盾时，我的身体开始不听使唤。最近，我的胃痛比往常发作得更厉害了。手指上，湿疹一个个冒了出来。多年来，我皮肤洁净，可最近脸上却出现了粉刺，鼻子旁长了一个很大的囊肿，有可能挡住整张脸。所有症状都非常明显——我不敢面对我们如果找到生母可能了解的真相。

几天之后，我和埃利塞达成一致，打电话给大卫·维特。我们有充分的理由相信这个人可能就是生母的亲兄弟。正当我们准备为寻亲之旅迈出最后一步时，我内心暗流涌动，一触即发。

今天早上，艾弗正准备去上班，我为他喂杰茜吃的早餐这类小事斥责他。

“发生什么大事了吗？”他问我。

我无助地站在那里，知道自己在无端地挑起事端。我为什么不能控制自己的情绪？我到底怎么了？

我决定陪艾弗走到地铁站，这样我好有时间向他解释刚才的事。可是还没等我开口道歉，艾弗就直截了当地对我说：“你最近有点儿反常。一会儿在感情的低谷，一会儿又兴奋异常。真的很神经质。”

我听他说，可是又好像什么也没听进去。上班的行人在我身旁匆匆而过，我站在人行道上却怎么也迈不开脚。艾弗的话已渐渐远去，然而恐惧却占据了我的脑海。内心的惊慌失措搅得我魂不守舍。我开始失控地抽泣起来，害怕自己永远哭个不停。

精神病？就好像我的生母。我艰难地呼吸空气，感觉自己被水呛住。我害怕极了，以为艾弗会就此离开我。杰茜和鲁比会有一个精神失常的母亲。我想象着他们面带礼貌的笑容，经常来精神病院探视我。我哭得快断了气，像一个快要溺毙的女人，死命地拽着艾弗，就好像是抓着一根救命稻草。我不想连累他，只是想要抓住什么能让我浮起。艾弗如同贴身的束缚衣一样，紧紧搂着我，要求我呼气。最后，我身体开始放松，不再惊慌失措。我又能够呼吸了。我要活下去。

待我镇定下来,艾弗继续往地铁站赶。我很清楚自己要做的事。于是，我打电话叫来精神病医生，让他增加了百忧解的剂量。此外，他还开了抗焦虑药物阿蒂凡。如果这种药是用来治恐慌症的话，我倒不想再吃这类药。

埃利塞：保拉对我说："这些天，我思绪烦乱，就想着要打电话和你倾诉。我不大指望自己能排解心中的烦闷。"我们并排坐在保拉厨房的桌子旁，手里攥着手机。

"我很彷徨，但是我相信自己能应付。"于是我拨通了大卫·维特所在的那家著名律师事务所的电话。

接电话的是位秘书，她问我："你是法律顾问，还是来洽谈业务？"

"我不是法律顾问。实际上，我正在做关于身世的调查，我觉得我们可能是亲戚。"

我听到突然"嗒"的一声，秘书把我的电话直接转给了维特先生。电话那头传来了一个沙哑的嗓音，他直奔主题："什么事？"

"我叫埃利塞·沙因，我想我们可能有血缘关系。"我一本正经地说，"我是个领养儿，最近才知道我出生时的姓氏是维特。我想在不打扰亲生父母家人的情况下，找到有关我亲生父母家庭的信息。我要找的是一个事业成功的劳工律师家庭。他的大儿子也是个律师，他还有一个女儿生于一九三九年，请问你有妹妹吗？"

"我这儿没有你要的信息。"维特先生匆匆地说道，然后挂了电话。

我们该怎么理解维特先生这种奇怪的反应呢？也许他仅仅是位多疑的律师，不想在电话里和一个素不相识的人说私事。这可以理解。可是，如果真是这样，那为什么在电话里他不直接说："我不是你们要找的家庭成员。"他拒绝承认或否认我们的关系是不是恰恰说明我们说到点子上了？有可能他根本不知道我们的存在。或者说如果他知道，只是不想因此回想起多年前他患有精神分裂症的妹妹抛弃的一对双胞胎姐妹。

显然，要找到我们的亲生母亲只有雇私家侦探了。保拉说："我们打电话给帕姆·斯拉顿吧。"

保拉：在帕姆·斯拉顿促成的所有家人团聚的案例中，她自己与家人的团聚是至今最令人伤心的。当她好不容易寻到生母下落的时候，她的生母却否认文件记录的真实性，即自己是她的亲生母亲。她后来还告诉帕姆这么些年自己从未想念过她，也根本不在乎她的死活。虽然帕姆很失望，但这却并没有影响她成为一个职业的寻亲专家，受雇于他人，帮助被收养的子女找到亲生父母的家庭。帕姆至今已经办理了两千五百件案子，其中大部分的家庭最后都是皆大欢喜。

最近，我和埃利塞看了 VH1 电视专题纪录片《DMC：我的被领养之路》，片中提到了传奇人物达瑞尔·穆克丹尼尔在获悉自己是收养的孩子后寻找生母的事。帕姆通过政府机构的搜寻帮助他找到了生母。最终他和生母团聚了，而他的生母也很高兴达瑞尔·穆克丹尼尔能够找到她。

我打电话给帕姆，咨询请她帮忙的事，她感觉到了我的犹豫不决。

她用很浓厚的长岛口音问我："你真想要找到她吗？"

"坦白地说，我不知道自己到底想不想见她。我只是想要知道当年在她身上究竟发生了什么。"

"只有她本人才能为你解开谜团。而我只能告诉你她是不是过着稳定的生活——这二十年里她是搬过四十七次家还是一直住在一个地方；她有没有结婚，或者她有没有孩子。"

我们现在没有任何回头的余地。我和埃利塞决定找到我们要的答案。我向帕姆说了所有我们已经知道的关于亲生父母家庭的情况。我们已掌握了很多情况。除了生母的姓，我们还知道她的出生年月以及她父亲和哥哥都是律师的事实。

帕姆很自信能够在几天之内找到她的下落。明天我和艾弗，还有孩子们要去希尔顿海德。我和帕姆说好了七月最后一个周末之后，我们回来时再告诉我们结果。我还不打算和我的养父母提及这件事，想等到帕姆落实了生母的名字，抑或是个故事之后，再向他们和盘托出。在我的身世真相大白之前，我只想和家人一起度过轻松自在的七天。

埃利塞：我和韦尔斯在一起很合得来。有时候我会想，他是不是也曾和我一样和他的双胞胎兄弟一起待在母亲的子宫里。不久之前的一个晚上，他在我这儿过夜。韦尔斯与我说笑。他笑我这么大了还和玩具熊普吉睡在一起。“你不是说保拉和艾弗结婚后就不和她的宝贝熊睡了吗？”韦尔斯边说边在我们中间挤捏着小熊。我很长时间都是单身，连我自己都不敢相信这么快就投入到韦尔斯的怀抱。

韦尔斯要去北卡罗来纳州会老乡，在那里度过漫长的七月最后一个周末。临走前的晚上，韦尔斯在我家吃晚饭时对我说，他可能不能赶在我们和帕姆见面前回来了。

我突然呜呜地哭了起来。

我们很快就会知道亲生母亲的名字了。我又开始想起那些在还没有见到保拉前就无数次问自己的问题。要是她是精神病患者该怎么办？如果她已经死了？如果她还活着？

当韦尔斯提出更改航班的时候，自尊心作祟的我向他保证我不会有事的，但实际上我自己都不确定我到底能不能承受这一切。

“你还有保拉。”韦尔斯说，他尽量安慰我。可是保拉说过如果我们生母去世的话，她会如释重负的，我怎么可以将内心深处最真实的恐惧毫无保留地告诉她呢？我不能对她说我希望母亲还活着，已治愈精神疾病。我幻想着在看到她的时候，我的信念能够得到证实，我能够对她说：“我始终信任你。”

保拉：七月四日晚上，我们从希尔顿海德返回，正赶上看烟花。在邻居家的屋顶上能欣赏到烟花中的曼哈顿西部全景。第二天早上醒来，我感觉自己好像在期盼着一出即将上演的戏剧。天空突然变暗，乌云密布，猛然间下起了倾盆大雨。

我在为杰茜准备午饭，她正躺在睡椅上看名为《安妮》的 DVD。杰茜对着 DVD 里的歌曲《也许》说歌词，却对歌词的意义全然不知。可是这首歌正是我童年时想对生母唱的。我期盼着有一天，我的幻想可以成为现实。

一位邻居敲了敲门，她拿来了我们外出期间替我们签收的一封信。我一眼就看到信封上写着犹太家庭及儿童服务理事会。撕开信封，我看到了一份来自犹太家庭及儿童服务理事会副总裁兼首席执行官阿兰·西斯基恩德的信。

犹太家庭及儿童服务理事会驳回了我、埃利塞以及被分开抚养的双胞胎查阅耶鲁档案的请求。西斯基恩德先生在信上写道："这些文档中有很多机密的个人信息，它们关系到双胞胎本人，他们的兄弟姐妹以及他们的父母亲……这些个人都有权维护他们的隐私受到尊重不被外泄。"这一次，犹太家庭及儿童服务理事会拒绝了曾经多年作为研究对象的双胞胎和三胞胎们的请求。因此，他们原先认为我和埃利塞没有参与这项双胞胎研究，无权查阅耶鲁档案的说法站不住脚。这些档案只有等到二零六六年，也就是我和埃利塞九十八岁时，才能公之于众。

我站在雨棚下避雨等车子来接我。我准备和埃利塞一起去见帕姆。我边等边给她打电话。

"车子还在路上，我们一会儿去接你。我不知道现在是否应该告诉你。"我说道。

"说吧，现在就告诉我！"

"我们刚刚收到犹太家庭及儿童服务理事会的来信。他们又一次拒绝了我们的请求。他们说这关系到这个项目研究对象的隐私和机密。"

"你知道吗，我突然一点儿都不在乎耶鲁的档案了，"埃利塞说，"事实是，我对此嗤之以鼻。"

埃利塞的气话让我禁不住大笑起来。

"很有意思，我也有同感。"

"我们到底要找寻什么？三胞胎在三轮车上的底片？"埃利塞问道，"还是多年以前的那些莫名其妙的心理图？"

"那些东西到底能告诉我们什么？实际上，我们已经开始做我们自己的双胞胎研究了。"我补充道。

埃利塞说："还有什么比我们能找到对方，彼此相亲相爱更重要的呢？"

埃利塞是对的。虽然我们可能到老都看不到那些文档，但是今天我们马上就会知道我们的出身。我们花了那么多时间和精力试图查阅那些文档，却突然意识到我们所做的事情并不重要。想到这，我们都笑了。

埃利塞：我感到异常的平静。无论结果如何，那些没完没了的问题都要到此为止。即使我们仅仅只能了解亲生母亲生活的大致情况和她的联系方式，我有一种奇怪的预感，我今天就能见到她。

保拉和我都穿得很庄重，我们坐在一辆黑色出租车的后排。我对她说，感觉自己像是去参加葬礼。我试着想调节气氛，但说出来的话却比预想的更令人不安。于是，我又说："韦尔斯决定提早回来，今晚他会来陪我。我说我自己一个人没问题的，可是他却坚持要来。"

保拉说："你可以到我家来。"我很感动，但是却无法想象自己在艾弗和孩子们面前崩溃的样子。

我们一到餐馆就沿着狭窄的楼梯直奔二楼，和帕姆见面。保拉激动得脸都红了。

我安慰她："无论发生什么，我们都回家，照常过自己幸福的日子。"

帕姆头发染成金色，一双催人入眠的蓝色眼睛，一副妖娆的身形。她给我一种妖媚的感觉。

我们在帕姆对面落座之后，她问我们："那么你们认为我今天会带来什么信息？"

"我只是觉得她已经过世了。"保拉说，"她永远离开我们了。"帕姆点了点头，一言不发。

"我不知道是我的愿望还是直觉，"我大声地说道，"但是我知道如果她能战胜精神疾病，如果她还活着，她一定是一个很了不起的人，一个很聪明、很坚强的女人。"

帕姆眼中流露出的惋惜让我不能自已。

保拉："很不幸，被你说中了，"帕姆严肃地说，朝着我点头，"你们的亲生母亲确实已经过世了。"

我很难过，但又感到一丝的安慰。那一瞬间，苦乐夹杂，难以言喻。不会有感人的团聚了，也不需要在我的生活中替生母找个合适位置了。我转向埃利塞，紧紧拥抱着她。我以为她会泪如泉涌，然而她没有哭，只是出奇地平静。

埃利塞：她死了。听到这句话的时候，我都没有反应过来。我不是难过而是呆住了。让人惊讶的是，我感到如释重负，我意识到我和保拉寻找生母下落的工作已告一段落。

帕姆说："她叫勒达·维特。"

具有讽刺意味的是，勒达这个名字在希腊神话中指"大地之母"。更为滑稽的是，在希腊神话中勒达也是一对双胞胎的母亲。在宙斯化作天鹅引诱她之后，勒达生下了卡斯托耳和波吕丢刻斯，勒达用他们的名字命名双子座。

据帕姆说，勒达死于一九七八年，那年我和保拉只有九岁。她生前住在纽约。这么说，当我经常去看望在曼哈顿的爷爷奶奶时，我可能还在格林威治镇的大街上与她擦身而过。勒达去世的时候，我们都还太小，还没有想到要了解我们的身世。也可以说，这样的结果让我们没有了负担。如果她是几年前刚走的,我可能会因为自己没有早一点去找她而自责。现在我们很清楚当时她无法抚养我们，那么也就不存在为什么她要抛弃我们的问题，我们不再有被遗弃的感觉。

保拉：虽然帕姆无法确定勒达的死因，但是她认为因为精神疾病而去世的可能性很大。

帕姆走后，我们坐下，在餐馆里点了一些葡萄酒。埃利塞说道："放弃抚养权一定更加重了她本就过重的精神负担。"

勒达有过自杀史，因此我和埃利塞都怀疑她自杀身亡，抑或因为意外过量服用药物而死。我和埃利塞想象力都很丰富，喜欢编情节剧，对黑色幽默情有独钟，因而常常往最糟糕的方面想象她的死。

"可能她是被车撞死的。"埃利塞说道。

"或者也可能她以卖淫为生，后来被人暗杀了。"我说。

我肯定，如果有人听到我们的对话，一定以为我们是疯子。可是有谁能告诉我在得知自己从未谋面的母亲已经死了的消息后会有什么反应。

埃利塞："我很难过，我们的亲生母亲永远都无法知道，当初抛弃我们是正确的决定，她永远都不会知道我们过得很好，还找到了彼此。"保拉说。

当我们为勒达干杯时，我们都为母亲逝世二十八年后悼念她的念头感到好笑。我们计算着，推断她死的时候应该只有三十八岁。过了明年的生日，我们也将到她这个年龄了。仿佛一切又回到原地，有一种恍如隔世的感觉。

我本来以为在与帕姆见面之后回到家里，我会蜷缩在被子里直到韦尔斯下班回来。可是我并没有感到悲伤，反而觉得很轻松，几乎可以说是愉悦。我生命中的一个大谜团终于被解开了。我们是勒达的女儿，我们悼念了那个给了我们生命的女人。

保拉：现在我知道勒达已经过世了。我再也不用揣测着年龄和她相仿的女人是否会是我的亲生母亲。我想起自己九岁时的情景。那个时候我不知道埃利塞失去了她的养母，也不知道我们的生母也刚刚去世。勒达死的时候会不会想着我们？在她去世的那一年，一九七八年，我的脑海里根本没有她。那一年，我读四年级，是老师的宠儿。我情窦初开，喜欢上了大卫·爱泼斯坦，我爱跳绳，和家人一起去波多黎各度假。

当我抱怨生母带给我与生俱来的粉刺和肥腿时，她已经离开了我。当我写文章，说自己不想找到她时，她已在人间消失。当我结婚的时候，她已故去多时。从小时候起，每次过生日我总在想她是不是正在想我呢。现在我知道了，她很早就已经离开了我。

“我的妈妈死了。”我反复说着这句话，可是话到嘴边却觉得苦涩。我的妈妈还健在，她在希尔顿海德活得好好的。

我以一种不同以往的方式悼念着一个素不相识，而且从来都不想认识的亡者。

我把勒达的事情告诉了父亲，他听后对我说：“你和埃利塞为此做了这么多努力，我为你们骄傲。我很伤心，你们的生母在生前过得如此艰辛。”

我的父母肯定也松了口气，因为我再不必找寻亲生母亲了。他们再也不需要和我的亲生母亲尴尬地见面。他们也不需要邀请勒达参与家里的一些事务了。他们现在是我在这个世界上唯一的父母。

曾经，我把自己描绘成“作为收养宣传的招贴女郎”。可是今后我再也不会这么说了。毫无疑问，我像那些亲生子女爱父母一样深爱着我的养父母。我相信他们也视我如己出。但是无法否认，尽管我们相处融洽，但我们的和谐生活是以别人的失去为代价的。我的父母一定会为自己没有亲生子女而哀伤，就如同勒达一样，她为不能亲手带大自己的孩子而痛苦。尽管我多年来一直否认，但被抛弃并由他人收养这一事实却影响了我的个性发展，其影响之大不容否认。

埃利塞：我和保拉都不知该如何称呼勒达。直到现在，我们都还小心翼翼地在“母亲”前加上修饰词“生物学上的”或“生理上的”。当我读到安·菲斯勒《离去的女孩》一书时，书中那位亲生母亲的观点引起了我的关注。

菲斯勒是一个养女。她找到了亲生母亲，却等了十四年才与她联系上。在写书的过程中，她搜集了自二战结束到一九七三年洛伊·维德判决堕胎合法的三十年间，一百位收养子女的亲生母亲的故事。随着收养孩子越来越普及，对健康婴儿的需求量也相应提高。非婚家庭领养的数量从一九三七年的八千例发展到一九六五年的七万例。与此同时，社会舆论依然不能接受非婚育子。为了给这些孩子找到所谓更好的父母亲，收养机构往往逼着未婚妈妈放弃孩子的抚养权，却对领养家庭谎称这些孩子是弃婴。

读到那个时期亲生母亲的讲述，我的心很痛。正是那样一个不宽容的社会迫使了多少年轻的未婚妈妈失去了孩子。很多女人至今都无法走出失去孩子的痛苦，这种痛苦将伴随她们一生。虽然勒达生我们的时候不像她们那样年幼无知，放弃我们也是因为无力抚养而非社会偏见，但是从那些年轻未婚母亲的遭遇中我仍然能看到她的影子。

对于这些女人而言，“生物学上的母亲”这种表达似乎只把她们当成生育工具。如果可以换一种称呼，她们会更希望被称为“自然母亲”。虽然我把琳恩视为我的自然母亲，我仍希望能有一个更恰当的词来形容我和勒达的关系。我突然意识到：准确地说，勒达是我们的母亲而不是我的母亲。

既然帕姆告诉我们勒达就是我们的生母，那么五月份挂掉我电话的那个律师就一定是我们的亲舅舅了。我们猜想大卫·维特并不急于再次听到我们的消息，于是保拉和我决定写信向他解释我们的情况，希望他明白我们并不想打扰他和他的家庭。为了不让他误会我们是看中他的财产，我们在信中告诉他，根据纽约州的法律，我们不享有亲生父母家庭财产的继承权。我们要告诉维特先生，我们已经知道勒达患有精神疾病，而且过早去世。他不必担心我们会为此烦恼。

我们在信中写道：“我们唯一想知道的是关于勒达的事情，想得到她的照片。作为回报，我们让你知道你妹妹的孩子们现在都过得很好，这会给你带来一丝慰藉的。”

我们在信里附上了各自的简历，通过简历他能知道我们没有精神问题，我们是正常的社会成员。我们讲述了各自取得的成就，希望维特先生能明白我们生活稳定、幸福。这样，他才可能有兴趣在妹妹的孩子们出生三十七年之后见见她们。

保拉：两星期后，我们还是没有等到维特先生的回复。我和埃利塞再也坐不住了。埃利塞乘车赶到我家。我们待在杰茜的房间里，决定打电话给他。电话通了，是一个女人接的，应该是维特太太，她听出我们的来意就放下了电话。我不知道她是不是挂了电话，但我还是等着。

几分钟后，维特先生不情愿地朝着话筒咕哝道：“请不要再往这里打电话了，谢谢！”

我和埃利塞震惊地摇了摇头，我们十分尴尬。无疑，让他回忆过去是一件痛苦的事情，可是他有必要对我们这么生硬吗？

“我们是什么？跟踪者？”我揶揄道。大卫拒绝见我们，这刺痛了我。就在不久之前，我扮演的是那个不想被亲人找到的角色。而现在我却扮演了一个闯入他人生活的角色。可能是他还不知道，我们并不要他担当做舅舅的责任。我们只想从他那里得到只有他才能提供的有关勒达的信息。

“今天可不是个戒烟的好日子！”埃利塞说道。她的口气就像是要一次戒毒成功的瘾君子。

“你还会这么说的！”

埃利塞：我们已不能指望大卫·维特回答我们的问题，我急切地想找到能回答我们问题的人。我到处奔波走访，发电子邮件查询，定期在搜索引擎里打入勒达的名字。终于有一天，在著名的布朗克斯科学高中的一个链接下出现了她的名字。那是一九五七年毕业的一个班级正在组织他们的第五十次同学聚会。勒达·维特的名字出现在“纪念专栏”。

也许勒达的同学中有人可以和我们分享关于勒达的回忆。但是，我们应该如何开口而不再节外生枝呢？我们当然不想将勒达当初怀孕的具体情况告诉她的同学。往最糟糕的方面想，我充其量只是逛到纽约布朗克斯区，从布朗克斯图书馆找到当年的年鉴。与此同时，我和保拉给这次同学聚会的组织者发了一封简短的电子邮件，提及我们在寻找有关家庭成员的资料。

终于，勒达以前一个叫玛莎的同学很快回信，我激动得要命。她回信说她和勒达经常在去布朗克斯科学高中的路上，在百老汇公交车上相遇。我对任何关于勒达的情况都欣喜不已，哪怕是点点滴滴的信息。我们终于能够了解勒达的一些生活片断了。

玛莎回忆了“发生在意大利的那次重大事故”。勒达在事故中受了重伤。“她开玩笑地谈起自己躺在医院里，上面挂着十字架，而自己对基督教却有负面的想法。”听到这个趣事，我对勒达产生了一种看法，即她同保拉和我一样显然都擅长黑色幽默。

玛莎告诉我们的新情况使得我们能够将勒达的过去生活连成一条时间线。一九五五年，勒达十五岁时访问意大利。我和保拉在十五岁时也到过意大利，可是当时却不知道我们在步她的后尘。一九五七年勒达中学毕业，读了一年大学之后辍学，两年之后她被第一次送入了精神病院，那年她二十岁。八年以后，她生下了并抛弃了我们。

我浏览了布朗克斯科学高中一九五七届同学会的页面，仔细地翻看玛莎贴上去的她和同学们在毕业当天拍下的照片。我仔细地端详着年轻毕业生的灿烂笑容，她们穿着滚边白裙，胸前佩戴花束。我期盼着能在她们当中认出勒达。

当我看到电子邮箱里有封玛莎寄来的邮件时，我不禁打了个哆嗦。玛莎不知道勒达和我们的关系，但她答应为我们扫描勒达在年鉴上的照片。回想起收养机构对勒达可怕的描述,我充满了恐惧,把她想象成了一个狼人。

透过电脑屏上失真的像素，我看到一个很有魅力的年轻女子模糊的形象。我很快就能从她的面部轮廓，以及深邃而好奇的双眼中看到自己的影子。我沉浸在其中。画面中的女子透射出智慧和理性。我把她想象成了一个目光深邃的女诗人。

到底在勒达纯真无邪的表情背后发生过什么？是什么导致了她两年后被送入精神病院？我知道她今后将遭遇的悲惨命运，看着她十七岁时的照片我真想提醒照片中的她要小心。我舍不得将视线从母亲照片上转移，久久凝望着屏幕中的她，直到眼睛发痛。

保拉：埃利塞将玛莎寄来的邮件转发给我，我第一次看到勒达在年鉴上的照片时，她对我而言非常陌生。看第二眼时，我才觉得她似曾相识。一时间，我仿佛戴上了一副矫正眼镜，她的轮廓越发明显，她和我们的相似之处也显得十分清晰。她有着同样浓密粗糙的鬈发，那对杏仁眼睛里闪烁着淘气的神情。我越是盯着这张模糊的黑白照，越是觉得我们之间的那种相似不可思议。我冲下楼梯翻找出我在高中时的年鉴。将我的照片同勒达高中时的照片进行比对，天啊！我们太像了。

三年前，我一点儿都不指望能了解自己的身世，可是此时此刻，我正看着自己亲生母亲的照片。

她完全不是一头恶狼。相反，她看上去是一个温柔而且富有魅力的可爱姑娘。难道在生我们的时候，她的容貌完全改变了吗？虽然她是我的母亲，但是照片中的她仍是个孩子。面对着照片中的她，我的母性本能蠢蠢欲动，我想要保护她。

勒达在年鉴上写道："巴特勒特的书对于我而言没什么价值。"她暗示这本著名的名言录里，没有什么名言能表达她的情感。她引用的名言——或者说她没有引用名言——恰恰说明了她的智慧和才能，也体现了她与周边环境的格格不入。要是勒达在拍照的时候就知道她的双胞胎女儿有一天会这样仔细阅读年鉴来了解她的性格，她可能会拼命地把年鉴写得更丰富。

凝望着勒达的双眼，我想象着她在拍照的时候会想些什么。我也许对每个细节都探究得太详细，可是我能感觉到她是一个像我和埃利塞一样敏感的年轻女子，对事情的看法过于强烈。

"看到她的照片，我更想她了。"我打电话和埃利塞交换感受，埃利塞说道，"我多么希望她就在这儿，知道她的女儿们一切都好。"

"而且知道我们已经相认了。"我补充道。这张从年代久远的年鉴照片上复制下来的数码照结束了我们对勒达下落的寻找。

第二十一章

埃利塞：我一打开信箱，就给保拉打电话，惊叫道："你猜发生了什么？大卫·维特给我们写信了。"邮戳上的时间表明他应该是八月八日寄的信，那是他挂断了我们的电话，让我们不要再打扰他之后的一天。昨天，我和保拉本来以为要是收到勒达年鉴上照片模糊的复印件，我们就心满意足了。但是我们将进一步了解勒达这一突如其来的希望使我精神为之一振。

什么事使大卫突然改变了心意？可能他只是需要时间调整好自己，然后再和我们联系。我们上次的电话正好推波助澜，因为他显然不希望我们再往他家里打电话，那么这次也有可能是他的好奇心在作祟。

我以一种读商务信函的语气，给保拉读了这封手写的短信：

"亲爱的沙因女士和伯恩斯坦女士，我愿意和你们见面并尽可能把我知道的关于勒达的情况告诉你们。"他的字迹很潦草。他还说他会到纽约访问，到时候再联系我们。信上没有注明回信地址。

我已经列出了一连串的问题要问他。有些问题真的有点儿难以启齿。你如何问对方："你的妹妹是怎么死的？"

维特先生并没有告诉我们他打算什么时候来纽约，所以我们必须尊重他，等他再联系我们。我每时每刻都期待着他的电话。我把他的电话号码存在手机里，这样他一打来，手机里就会立刻显示他的名字。我不想他打来电话的时候，我在招待客人吃饭，或者和韦尔斯在家看电影。

虽然我们已经和那些被分开抚养的双胞胎谈论过他们的经历，但奇怪的是，我们还从没有和那些一起长大的双胞胎交流过。在见到当地的一对双胞胎路易斯和卡罗琳之后，也许我们可以更好地理解如果我们是被一起抚养长大的，我们的关系又会是怎样呢。

最近我们在一本书上读到了路易斯。她是一位生活在斜坡公园的作家，也是一个母亲。她和自己的双胞胎妹妹卡罗琳住得很近，仅隔两个街区。卡罗琳是一个布景师，刚当上了妈妈。我和保拉约她们在七街的法式蛋糕店吃早午餐。我们四个人看上去好像是在等候为双重薄荷糖的广告试镜。我们面对面坐在桌子的两边，彼此打量着对方，端详着彼此的共同和差异。她们快五十了，长得很像。当然，她们还是有明显的特征，我们很容易分得出。她们都直发披肩，头发的颜色都是褐色。只是路易斯把头发整理到一边，而卡罗琳有刘海。

“和双胞胎姐妹一起长大的感觉是怎样的？”保拉问道。我们都笑了，问题好像有点傻。这些奇怪的问题只是让人们换换口味而已。

在这一对双胞胎中，路易斯似乎更加坦率。她说：“我们小时候不像一对双胞胎。我们从来没有交换各自的角色，也从来没有开老师的玩笑。”

“那你们发挥的作用也不同？”我问。

“是的，千真万确。卡罗琳是艺术家，而我是音乐家。圣诞节的时候，卡罗琳得到的是一个美术盒，我得到的是一把吉他。”路易斯说。

显然，即使是一起长大的同卵双胞胎也不会是完全一样的。原因在于她们所处的环境大致相同，但有些方面不同，例如他们各自的朋友圈，不同的生活经历，甚至在母体内的不同位置也会导致他们的差异。

“那有没有人会错认你们呢？”我问。

“父母从不让我们穿一样的衣服。很小的时候，他们给我们理不同的发型。”路易斯说，“还有，我们小的时候经常在不同的学校读书。”

卡罗琳直言:“那个时候,我总嫉妒她有那么多的朋友。她比我人缘好,表现好。她很出色。因此她比我早结婚生孩子。”

“做双胞胎最大的好处是什么？”

“你们有很多可以分享的事情。因为彼此很了解，你会知道她接下来要说什么。”路易斯说，“我会突然打电话给卡罗琳，不需要从头说起，就好像我们之前一直在打电话交流，现在只是继续刚才的话题。我不必向她解释。”

“那你们会不会因为对方而不开心？在另一个脸上看见自己的表情是不是不舒服？”保拉问道。

路易斯承认:“有这样的时候。我不喜欢看到卡罗琳生气，因为我看到了自己。从她生气的脸上，我看到了自己对丈夫发火时的样子。我不喜欢这样。”

我想起了自己在看到保拉做出和我一样的表情时，是多么的生气。这是不是因为我感到有人拿走了属于我的个性或是因为从她脸上的表情看到了我自己。两者皆有可能。也可能是保拉看到我的表情之后做出夸张的回应。

“卡罗琳总批评我的发型和衣着，这让我很生气。”

“我很高兴你没有告诉我该理什么样的发型，该穿什么样的衣服。”保拉冲我叫道，“那样我会发疯的。”卡罗琳和路易斯都笑了。显然，她们从我们的话里获得很多的乐趣。“但是我们很高兴从你们这里得知，即使是一起长大的双胞胎也会有斗嘴的时候。”

“双胞胎要面对一个难题。那就是处理好和自己配偶的关系。”路易斯解释道，“因为自己是双胞胎，有一个人这么了解你，你也会期望自己的丈夫能像双胞胎姐妹那样，你刚说完上句，他就知道下句是什么。”

我说:“我们不在一起长大，至少不需要担心这点。”

轮到卡罗琳和路易斯看我们了，她们仔细地打量着我们，就好像在观摩一场网球比赛。

“你们不像是一个模子里刻出来的。”路易斯坚定地说，“骨骼和身体特征相似，但是你们有非常不同的……”她在寻找合适的词汇来表达，“风格。”

“有意思的是，我可以想象自己和埃利塞穿一样的衣服。”保拉说着，盯着我朴素的灰色球衣和红色套领毛衣。

“不是，”路易斯解释道，“不仅仅是那样。你们的能量不同。我知道这听上去很新潮，但是你们就是有一种说不出的差异。”

“你们有没有希望过自己不是双胞胎？”我问路易斯和卡罗琳。

“是的！有时我希望自己远远离开，但是却不能，因为我们太心心相吸了。我无论做什么决定都会与卡罗琳紧密相关。”说这番话时，路易斯仿佛在介绍一种巨大的负担。

“她就像是我生命的延伸，”卡罗琳说，“我们之间没有界限之分。”

“就好像是一个你无法摆脱的附属物。”我设法解释她们关系的亲密程度。路易斯认同地直点头。

“你们能想象如果不在一起成长会是什么样？”我问。

“我无法想象！”路易斯说，我不会把这个机会和其他东西做交换。”卡罗琳在一旁赞同地点头。

我和保拉已经永远无法弥补失去的过去，但是现在，我意识到她是我生命的一部分，如同路易斯和卡罗琳，有一种无法言喻的联系将我们的生活紧紧地捆绑在一起。从今往后，无论我对未来做出什么决定，我都会考虑保拉和她的家庭。

保拉：“小心！”当我差点在拥挤的地铁里摔倒时，一个迷人的中年妇女温柔地提醒我。我赶着去曼哈顿与艾弗一起，在梭霍饭店吃早午餐，没想到会遇上上班高峰。

我像小孩似的紧紧靠在她的天鹅绒夹克衫上。当列车颠簸着经过隧道时，我觉得我和她很有缘，或是说公共交通使我们在接下来的十分钟内亲密起来。我们开始聊天。

她的职业是一名负责劳工赔偿案件的法官。然而，她真正热衷的是吟唱莲花经。她对我说："我只有在吟唱圣歌时，才能找到真正的幸福。"通常，我对这种说教都是嗤之以鼻的，但是她的一对蓝色大眼睛凝视着我，好似母亲般的认同。那一瞬，我不在乎她的话听上去是多么的牵强。

我简单地讲述了我和埃利塞的事，这让她很惊讶。

"你必须要迈过人生中的这个坎。"她像一个教士用智慧的语言为我剖析。用她的话说，我注定是勒达的女儿，注定被人收养，注定要嫁给艾弗，注定在三十五岁的时候发现自己有一个双胞胎妹妹。我和埃利塞注定无法在一起成长，这一切都是命中注定。

虽然我不相信什么转世，但是这一刻我把面前的这个陌生人当成勒达在这个世界上的化身。当我们到达十四街站时，虽然她不是和我同站下，这位仁爱的法官还是下了车，给了我一个拥抱。她在我身后喊道："生活快乐！"

我从地铁站出来，到了联合广场，菜市场里人声鼎沸。我笑容满面的看着来往的行人，他们每个人也似乎都对我报以微笑。这让我感觉几个星期以来从未有过的轻松，觉得自己没有因为这件事情而精神崩溃。

我拿出皮夹正要买热果子酒时发现手机响了。

我大声说："你好！"

"我是大卫·维特，之前和你们说好了，我来纽约就给你们打电话。"

自我和埃利塞收到大卫的信至今已经两个月，我们都开始有些坐立不安了。几天以前，就在我们庆祝相认后的第三个生日时，我们还担心他是否会和我们联系。

大卫用命令式的口吻说道："十二月十六日上午十点钟，在七十七街和阿姆斯特丹街的东南拐角上见，那是勒达成长的地方。”

“我很期待与你的见面。”在大卫挂电话之前我说道。

“再见！”

我突然想起与大卫见面的那一天，原本我和杰茜要去观看《安妮》，我连票都买好了。我做梦也想不到《安妮》会给我的生活带来这么重要的意义。

我打电话给埃利塞告诉她这个消息。

“他也打电话给我了，我刚和他通完话。”她惊叫道，“你知道今天是勒达的生日吗？”

第二十二章

埃利塞：光明节的第一天是周六。那是一个清新的冬日早晨，我坐上了去市中心的 C 列车与大卫・维特见面。当我正凝视着车厢里铺天盖地的双语健身广告时，一张迎面而来的熟悉面孔吸引了我的视线。

“嘿！”保拉冲我叫道。透过飞驰而过的列车窗户，保拉在 F 列车上一下子就看到了我。虽然这不是我们之前说好会合的地方，但是保拉还是越过站台，跑到我这边。一路上，我们漫无边际地聊天，我们说到了今年奥斯卡奖的角逐者以及鲁比最近造出的新词，但谁也没有提到我们期待已久即将要见面的亲生舅舅。我们聊得很投机，差点儿都错过了 81 街站。当我们经过美国自然历史博物馆时，我想象着在这个附近长大的勒达也曾走过这里的情景。

为了缓和紧张的情绪，我和保拉在阿姆斯特丹街的百吉饼店买了一份百吉饼分着吃。我们边吃边注视着大卫和我们约好见面的七十七街和阿姆斯特丹大道的拐角。我俩偷偷瞄了下墙上的挂钟，十点整，便一起走向了见面的地点。

我们绷紧身子向外冲去，保拉说：“我们就好像电影《法国贩毒网》中的人物，接头的时间到了。”

我本以为“大卫舅舅”会先躲在某个拐角，在见面前确认我们不是乞丐。但是这一幕并没有发生。他已经出现在了街对面的拐角，用期待的眼神打量着我们。他穿着卡其布的牛津衬衫，斜纹软呢的夹克衫，戴着帽子，胳膊底下夹着折叠得齐整的《纽约时报》。这身打扮像个教授。

他柔和的外表，饱满的圆脸，红润的肤色，与我脑海中古板的律师形象一点也不像，也无法让我们将眼前的他和那个在电话里冲着我们大喊大叫的男人联系起来。

我们穿过七十七街，朝大卫走去。“他很可爱，”我喃喃自语道，“我希望能看出他现在的内心变化。”在我们身上他会看到妹妹的身影吗？

“他看上去很了不起。”保拉赞同地说。

保拉：我们和他并没有相互热情拥抱。我们只是礼貌地和大卫握手，顺从地跟着他绕过拐角。如果不知道他是谁，我想我是不会想到他和自己有血缘关系的。但是之前我没有见过许多和自己有血缘关系的亲戚，我只是把维特先生看作是勒达的哥哥而不是我们的舅舅。

我本以为在看到我们的刹那，他会有很强烈的反应，或许是一个拥抱，或许流露出惊讶的表情。可是他却出奇地平静。他开始讲话了，我也就渐渐地不再紧张。

“这里就是勒达成长的地方。”大卫指着一栋砖砌的普通公寓建筑对我们说。我目不转睛地盯着这栋跨世纪的大楼，仿佛它能为我们揭开勒达生活的一些秘密。“她住在这里的时候，街对面有个公立学校。”顺着他手指的方向，我们看到的是在冬季早晨显得荒凉的操场。

大卫用“她”做主语向我们描述，让我感觉很奇怪，好像他是个导游，他也从没经历过正在讲述的过去。

“她在那里度过了生命中的最后几天。”他说道，把我们的注意力引到了街对面的一座豪华宾馆，“那个时候，宾馆并没有像现在这样美观，当时是叫本杰明·弗兰克林单人房旅馆。”

我想到勒达在那间破旧的单人房旅馆里度过的最后日子，或许应该说是她死亡前的岁月，我内心在颤抖。旅馆离她父母的公寓只有一个街区的距离，难道他们都没有经常去看看她？我们和大卫几分钟前刚认识，我忍住没有问他勒达的死因。

“很感谢你能与我们见面，”我说道，想尽量让他感到自在些，“就如你知道的，我们已经为知道真相做好了准备。你不必考虑我们的感受，只要告诉我们事实就好。”

我观察着他，以为他会有所反应，但他的脸依然毫无表情。虽然他表现得很诚恳，但是我们和他之间显然有着一种说不出的隔阂。

大卫领着我们穿过几个街区，来到百老汇街上的维安得咖啡馆。凑巧的是我父母来城里时，我也经常约他们到那里吃午餐。餐厅里很拥挤，我们就在最里边找了个座位坐定，我的脑海里浮现出父母亲走入餐厅，和我们一起吃甜点的样子。

“想吃什么，就点什么。”他说道，俨然一位和蔼可亲的舅舅，在周末带着自己的外甥女在外吃午餐。我点了一份薄饼汤，大卫对希腊服务生说：“我和她一样。”

我笑了，觉得他的点单是对我的一种认可。

埃利塞：大卫拿出两只蕉麻纸信封。给我和保拉一人一个。我们兴奋地打开信封，里面是勒达小时候的照片。一张是一九四五年在 P.S. 87 幼儿园拍的。

大卫像个孩子带着游戏的口吻说道：“你们能认出她吗？”

“就是她！”我一眼就认出她，自豪地说道。虽然她没有什么明显特征，但是我知道那个衣着朴素的六岁女孩就是她。她穿着系有围裙和蝴蝶结的裙子，长着褐色的头发，嘴唇紧闭，害羞地微笑着。毕竟是一家人，一下子就认出了。

“我没有她的其他照片。这几张是我仅有的。”大卫抱歉地说。我想他这样说是为了不让我们看到她之后的可怕样子。

我和保拉仔细地看着照片，大卫开始为我们讲述起勒达的经历。

“大学一年级时，她一切都正常，可是到了二年级，她的精神崩溃了。她无法正常生活。母亲不得不到她那里，为她打扫脏乱不堪的房间，接她回家。”我和保拉边听边点头，让他接着讲。

勒达到底做了什么把房间弄成那样？她是不是把报纸堆得到处都是？还是做出了更可怕的举动把房间给彻底毁了？我并不想逼问大卫讲出更骇人的细节。他在继续讲述之前，看着我们，像是征求我们的意见。“我们原本想象的比实际更糟。”保拉说，她希望大卫不要因为顾及我们的感受而隐瞒可怕的真相。

“有段时间她还是清醒的，”大卫继续说道，“但是后来我们不得不把她送进医院。她出了医院就去看心理医生。她无法工作。”大卫停了片刻，努力地回忆着过去。“最近几年，这些事我都不去想了。”

“当然，我们明白。”我完全理解他。

“妈妈爸爸每隔一段时间就去看望她，确保她一切都好，”大卫说，“他们真的尽力了。”

听到勒达的家人如此关心她，我们感到极大的安慰。与之前我们想象她依靠卖淫为生相比，现在知道她有一个固定的地方住，家人经常来看望她，我们的心好受多了。我联想到了我的哥哥杰伊非常依赖家人，我们尽自己所能让他过得舒心。

“她生病之前是个怎样的人？”保拉喝着汤，抬头问道。

“生病前，她是一个活泼开朗、乐观向上的人。她是一个好学生，很聪明，像你们一样。”大卫望着我们说道。

“她病了之后变得消沉。那是由抑郁症和药物共同引起的。她想要画画和素描，但是我认为她并不擅长这些。”

大卫很坦白，我们都尴尬地笑了。“我也不擅长这些。”保拉说。

“她喜欢音乐吗？”我问道，想了解她是否也听过鲍勃·迪伦的歌。

“不，她对流行音乐不感兴趣。事实上，她相当守旧，不谙时尚。”

大卫笑了。她和我想象中嬉皮士般的叛逆截然不同，当然，守旧古板也是一种风格。

保拉：大卫每说一个勒达的过去情况，我们对她的了解就更进一步。她的小名叫迪迪。她是布鲁克林·多杰斯的忠实粉丝。她的家族要追溯到杰克·罗宾逊，第一个进入大联盟棒球队打球的非洲籍美国人。她的父母亲在家说依地语。

“我们全家都不信教，”大卫说，“我们是犹太人的后裔，但是我却不知道勒达是否去过犹太会堂。”

“是吗？”我有些觉得难以置信，有点儿失望。

因为之前我只知道生母是犹太人，所以我总觉得小时候在以色列学习希伯来语能让我更接近自己的传统。由于犹太教改革，我的家庭无法继续按照犹太教的教规过安息日，但是我们仍然虔诚地参加圣日时的犹太教集会，庆祝光明节和逾越节。

“想看我女儿的照片吗？”我问大卫。还没等他回答，我就迫不及待地从包里抽出照片，自豪地向他展示我女儿的照片。他看了一张杰茜和鲁比在我父母的超大浴缸里对着镜头大笑的照片。太阳透过天窗，她们沐浴着阳光。我等着说说她们像不像我，或夸奖她们的可爱动人。然而，他只是默默地把照片递还给我。杰茜和鲁比应该是他妹妹的外孙女，他的外甥孙女。可是他的表情就好像是在看服务生孩子的照片。

“勒达有朋友吗？”我问道，设法转移话题。

“是的，她的圈子里有很多朋友。”大卫说。

“你是说其他的精神病患者？”我想知道大卫所谓的“她的圈子”是不是对“其他精神病人”的委婉说法。

“是的。”他承认道。

“那么她得的是什么病呢？”埃利塞问。

“她被诊断出精神分裂症，但是我认为那在很大程度上是由于抑郁所致。”大卫说，“她的病给家人带来了很大的痛苦。”

“她有妄想症吗？她会产生幻想或幻觉吗？”我问。我真的很想确认她到底得的是什么病。这可能是我们第一次也是最后一次见大卫，是我们弄清真相的唯一机会。

“我不这么认为，”大卫说，“据我所知，她的病不是家族遗传。”

因此可以推断她并不像精神病人那样精神错乱，语无伦次。虽然我们永远都无法确切地知道真相，但是可能正如我们预感的那样，勒达主要是因为抑郁而得病的。

“你们的母亲实际上很理性，很聪慧。”大卫补充道。

大卫说勒达是我们的母亲，这让我听上去有些不习惯。

“我不认为她应该被称作是我的母亲，”我说，“我更喜欢把她叫作‘生物学上的母亲’。”

“我知道你还有别的父母，但是从我的角度看，勒达是你的母亲。”大卫回应道。

埃利塞：“你们是什么时候知道她怀孕的？”我问道。

“在你们出生之后，我们才知道的。”他答道。

“那你知不知道路易斯·威斯公司？”

“不，我从没有听说过。”如果他从没听说过收养我们的机构，那么他肯定也不知道双胞胎研究的项目。

“我还记得她告诉我们，她生了一对双胞胎，当时我们正坐在父母的客厅里。”大卫把记忆拉回到一九六八年。“知道她当时给你们起了什么名字吗？”大卫笑着问我们。

“我们知道的。我叫玛丽安，保拉叫珍。”我说。大卫试着分清我们谁是谁。

“她高兴地说珍是取自于爸爸的妹妹的名字，而玛丽安是家族一个朋友的名字。我印象中她很高兴自己有孩子，但是很无奈，不得不放弃抚养她们。”

我笑了，因为听到大卫说我们的出生让勒达感到幸福，但是却忍不住想起大卫在轻描淡写地讲述我们的出生造成的可怕、复杂的情景。

“你的父母怎么看待勒达的怀孕？”我问。

“他们很伤心。但是没有办法，她必须放弃你们。因为她无法照顾好你们，也无法照顾好她自己。”

“你知道那个父亲是谁吗？”

“勒达从没告诉过我，我也没有问过她。我对此不做评价。只希望她能有个感情归宿。”这样看来，我们永远都无法知道亲生父亲是谁了。但不管怎样，他有可能是勒达精神病朋友圈中的某个人。和大卫的想法一样，我真心希望勒达曾经有过爱情。

保拉：“知道她有地方住，有人关心，我觉得很欣慰。”我说道，尽量往好的方面去想。

“她所得到的爱不比任何人少。”大卫说，“可最终，她的病还是给了我们很大的打击。父母很爱她，却对此束手无策。”

我泪流满面，想象着如果自己遭受了严重的精神疾病又英年早逝，会给父母带来多大的打击。我摘下眼镜，擦去眼泪，聊以自慰的是勒达是有人爱的。

“那么她是怎么死的？”埃利塞严肃地问道。

“我想她是死于心脏病突发，”大卫说，“后来有人在宾馆房间里发现了她。”

我转向埃利塞，她也同情地看着我。心中无限惆怅。

“你认为她是自杀的吗？”我问。

“勒达偶尔会过量服用药物，但那样做是为了帮助她减轻痛苦。我没听说她死于药物过量，但也不能排除这种可能性。”

我们永远都不能知道勒达是怎么死的。但知道了又怎样，这会让我们对她和她的生活更了解吗？最终，我认为这并不重要。

和亲舅舅坐在曼哈顿西区的咖啡店里，此刻的我意识到我们的寻亲之旅快要结束了。在埃利塞找到我的两年半以后,我的身世终于真相大白。

埃利塞：因为火葬的缘故，勒达没有墓地。为了拜祭她，我们去了位于曼哈顿上西区的旅馆，这家勒达曾经住过的昔日单人房旅馆已改建成旅游酒店。我们还沿着百老汇街漫步，吃着希腊菜。我猛然强烈地意识到我和保拉是勒达在世间留下的最后痕迹。

我们和大卫正式的谈话结束了，他显得更从容，开始和我们闲聊他童年时的纽约。“现在这里到处是连锁店和星巴克。”他黯然神伤地说道。

“我和你有同感！”我说。

我们沿着百老汇漫步，顺路拦车。“你们俩一会儿去哪儿？”他很随意地问我们。

“呃，我打算和女儿一起看《安妮》，埃利塞今晚打算和男朋友一起看《放荡不羁的人》。”保拉说。

“呃，《放荡不羁的人》！很吸引人的哦！”

当我坦言自己都不知道今晚谁是主唱并且这是第一次看歌剧时，维特先生表现得很震惊。

“你可以去听一下《人们叫我咪咪》。”他说的时候，眼睛一亮。

我急速回忆自己的CD小册子歌曲名，用很生硬的意大利语向他重复了曲名。

“不，不是这样的发音。应该是‘简短的往事回忆’。”他十分兴奋地唱着。一瞬间，我仿佛看见整个夜晚，充满爱怜、见多识广的舅舅教我唱歌剧。我们和维特先生握手道别，感谢他这次与我们见面。虽然他也表现得很亲切、很热情，但他向我们清楚地说明这将是我们唯一的一次会面。

“幸好，你们不会与她见面了，”大卫说，“不然，你们会很伤心的。”

我们转过身，刚准备离开，维特先生在我们身后说道：“她是一个善良的人。”

我和保拉跳上了一辆黄色的出租车，车沿着百老汇街飞速驶去。

出租车穿梭在喧闹的大街上，到处都是假日购物的人群。车至麦迪逊广场花园的一个喧闹的拐角处，保拉突然喊停。于是我们匆匆告别。保拉冲进了和朋友约好见面的咖啡店里。此时她的朋友正与自己的女儿和杰茜在店里等她。离和韦尔斯约好见面的时间还有几个小时，我逃离了川流不息的中心街区，向市中心北部折返。至此，保拉和我的寻亲之旅终于落下帷幕，我们又重新回到了各自的生活。今后的生活将由我们两个人共同缔造。

后 记

七个月后。

保拉：第二年六月份，杰茜上幼儿园的最后一天放学后，她的妈妈、小妹妹，还有一位不速之客——埃利塞姨妈都去接她。埃利塞将杰茜托起来，让她坐在肩膀上，这样她可以从成人角度观察世界。看着杰茜兴高采烈地骑在她姨妈的肩上，我体会到她天真无邪的快乐。

我们四人一起吃了午饭，算是庆祝杰茜幼儿园毕业。之后，我们漫步来到附近操场，孩子们在喷泉旁嬉戏。杰茜高兴地尖声大叫，兴奋地将水抛洒在鲁比的头上，埃利塞和我则在一旁，尽可能不让水淋湿。

“这使我想起自己小时候和外公、外婆以及史蒂文舅舅一起度假。”我对两个女儿说道。

“还有埃利塞姨妈。”杰茜补充道，她指着埃利塞。埃利塞正在用毛巾将鲁比身上的水擦干。

“哦，不是这样的，当时，她没有和我们在一起。”我说道。

“为什么不在一起？”杰茜问道，她的鼻子向上翘起。

“我小时候还不认识她。”

杰茜不作声，她试图理解我说的话。“可你们是双胞胎姐妹。”她说道，仿佛在讲我不知道的事情。

“是的。我们同一时间由同一父母所生，可我是外公外婆收养的，她由马蒂和另外一个妈妈收养。后来，我们长大成人时才第一次见面。”

杰茜看着自己的凉鞋。

“这很令人费解——甚至大多数成年人也不能理解。”我安慰她，“这种情况很特殊。”

杰茜不再谈论这个话题，但我们回家时，我接着思考家的意义所在。

年轻时，我以为这种血缘关系无足轻重。但见到埃利塞之后，我不再这样想。最初，我对我们关系的亲密持抵触态度，可如今我却不能排斥我们之间的血缘关系。

我们在不同家庭生活了很多年，因而不必区分彼此。我们之间差异很大，却来自于同一家族。我们在彼此身上看到了相似的精神。认识我们的双胞胎姐妹，了解我们往昔可能拥有的生活，我们会对自己更有信心，更有把握。我们之间相处并不总是那么融洽，但我们对生活中的同一个谜团念念不忘。